新潮文庫

空白の意匠

初期ミステリ傑作集（二）

松本清張著

目次

空白の意匠

初期ミステリ傑作集（二）

一年半待て

1

まず、事件のことから書く。

被告は、須村さと子という名で、二十九歳であった。罪名は、夫殺しである。

さと子は、戦時中、××女専を出た。卒業するとある会社の社員となった。戦争中はどの会社も男が召集されて不足だったので、代用に女の子を大量に入社させた時期がある。

終戦になると、兵隊に行った男たちが、ぼつぼつ帰ってきて、代用の女子社員はだんだん要らなくなった。二年後には、戦時中に雇傭《こよう》した女たちは、一斉《いっせい》に退社させられた。須村さと子もその一人である。

しかし、彼女は、その社に居る間に、職場で好きになった男がいたので、直ちに結婚した。それが須村要吉である。彼女より三つ年上だった。彼は中学（旧制）しか出ていないので、女専出のさと子に何か憧《あこが》れのようなものをもち、彼より求愛したのであった。この一事でも分るように、どこか気の弱い青年だった。さと子は、また彼のその心に惹《ひ》かれた。

それから八年間、夫婦に無事な暮しがつづいた。男と女の二児をあげた。要吉は学校出でないため、先の出世の見込みのなさそうな平社員だったが、真面目《まじめ》に勤めていた。給料は少いが、僅《わず》かな貯金もしながら、生活出来た。

ところが昭和××年に、その会社は事業の不振から社員を整理することになった。さして有能とは見られていなかった要吉は、老朽組と共に馘首《かくしゅ》された。

要吉はあわてた。つてを頼んで二、三の会社を転々とした。仕事が向かなかったり、あまりの薄給だったりしたためである。そこで、さと子も共稼《ともかせ》ぎしなければならなくなった。

彼女は、はじめ相互銀行の集金人になったが、身体が疲れるばかりで、いかにも歩が悪く、出先で知り合った女の紹介で、△△生命保険会社の勧誘員になった。

最初はものにならなかったが、次第に成績が挙がるようになった。要領は、先輩の紹介してくれた女が教えた。さと子は、さして美人ではなかったが、眼が大きく、ならびのいい歯を見せて笑う唇《くちびる》のかたちに愛嬌《あいきょう》がある。それに女専を出ているから、勧誘員としてはまずインテリの方で、客に勧める話し方にもどこか知的なものを感じさせた。それで客に好感をもたれるようになり、仕事もし易《やす》くなった。保険勧誘の要領は、根気と、愛嬌と、話術である。

彼女は一万二、三千円の月収を得るようになった。よくしたもので、一方の夫の要吉は完全に失業してしまった。何をしても勤まらない彼は、何にもするものが無くなったのである。今はさと子の収入に頼るほかはない。彼は妻に済まない済まないと言いつづけて、家の中でごろごろした。

しかし、さと子の収入は、無論、月給ではなく、わずかな固定給がつくだけで、大部分は歩合である。成績が上らない月は、悲しいくらい少かった。

各保険会社の勧誘員たちの競争は激しい。広い都内に一分のすきまもなく競争の濁流が渦巻《うずま》いている。もはや、これ以上の新規開拓は不可能に思われることもあった。都内に見込みが薄いとすれば、何かほかによい道はないかと彼女は考えた。

さと子が眼をつけたのは、ダムの工事現場であった。各電力会社は電源開発で、ダム工事は一種のラッシュになっていた。この工事は××建設とか××組とかいう大きな土建業者が請負うのだが、一つの工事場で働く人は何千人、あるいは万を超えるであろう。その人々は、いずれも、高い堰堤《えんてい》作業やダイナマイト爆破作業などで、生命や傷害の危険にさらされている。場所は大てい交通不便な山奥で、機敏な保険勧誘員もそこまでは足を伸ばさない。いや、気がつかなかった。

これこそ処女地であると、さと子は気づいた。彼女は仲のよい女勧誘員をさそって、二人で近県の山奥のダム工事現場に行った。旅費一切はもちろん自弁だった。渡り者で居住不定の人夫は除外し、土建業者直属の技師とか、技手とか、機械係とか、現場主任とかいうものを対象にした。これは会社員だから安心だと考えたのである。

この新しい分野は、大へんうまくいった。彼らは一応、集団保険に加入しているが、危険は身をもって知っているので、勧誘すれば困難なく応じてくれた。成績は面白いほど上った。掛金は集金の不便を思って、全部一年払いにしてもらった。

彼女の発見は成功した。収入は倍くらいになり、三万円をこす月がつづいた。

生活はやっと楽になりかけた。すると夫の要吉は、それに合せたように怠惰になった。依存心が強く、今はさと子の働きにすべてを頼っている姿勢となった。勤めを探す意欲を全く失い、安易な気分に、日が経《た》つほどならされてきた。

のみならず、要吉は、それまで遠慮していた酒を飲んで歩くようになった。いつも外に出ているさと子は家計費を夫に任せていたのである。彼はその金から飲み代《しろ》を盗んだ。はじめは少額ずつだったが、段々に大胆になった。収入がふえたからだ。

さと子は自分が外を出歩いている間、留守をしている夫の気鬱《きうつ》さを思い、多少は大目にみた。それに彼女を恐れるように、こそこそと飲む子供のような卑屈さが嫌《いや》で、時には帰宅後、夫に自分から飲みに行くように勧めることさえあった。その時の夫は、いかにも安心したように嬉《うれ》しそうに出て行った。

その要吉が、外で女をつくったのであった。

2

あとの結果を考えると、それもいくらかは、さと子に責任があろう。その女を要吉に紹介したかたちになったのは、さと子だったからだ。女は彼女の旧《ふる》い友だちであった。

女は脇田静代といって、女学生時代の級友であった。ある日、路上で偶然に出遇《であ》った。静代は夫に死別して、渋谷の方で飲み屋をはじめているという。名刺をそのときにもらった。女学生のころはきれいだった静代も、見違えるように窶《やつ》れて痩《や》せ、狐《きつね》のような顔になっていた。その容子で、飲み屋の店の構えも想像出来た。

「そのうち、遊びに行くわ」

と、さと子は別れた。静代は彼女の収入をきいて、羨《うらや》ましいと言っていた。

さと子は帰って要吉に話した。

「一ぺん飲みに行こうかな。お前の友だちなら、安く飲ませるだろう」

と彼は言って、さと子の顔を横眼で見た。

さと子は、どうせ飲むなら安いところがいいし、静代も助かると思って、

「そうね。行ってみるがいいわ」

と返事した。

しばらくして、要吉は本当に静代の店に行って、その報告をした。

「狭くて客が五、六人詰めれば、一ぱいなんだ。きたないが、酒は割合にいいのを置いている。お前のお蔭《かげ》でおれには安くしてくれたよ」

そう、それはよかったわね、とその時は言った。

さと子は、月のうち一週間くらいはダムの現場に行った。顔馴染《なじみ》になれば、別な工事場を紹介してくれる人があって、AのダムBのダム、Cのダムと回って仕事は暇になることがない。収入は下ることとなく続いた。

金は全部、要吉に渡して家のことをみて貰《もら》った。ここでは主人と主婦の位置が顚倒《てんとう》していた。それが悪かったのだと、彼女はあとで述懐している。

要吉の怠惰は次第に募り、小狡《こずる》くなるのは金を胡麻化《ごまか》して酒を呑《の》むことばかりである。それも時が経つに従って、大胆になってきた。さと子が勤めを終って帰ってきて

も、二人の児《こ》は腹を空《す》かして泣いている。要吉は昼から出たまま、夜おそく酒の息を吐き散らして帰ってくるのだった。

さと子が肚《はら》に据《す》えかねて咎《とが》めると、要吉は居直って怒鳴り返すことが多くなった。おれは亭主だ、女中ではないぞ、酒を呑むのは世間の男なみだ、少し稼ぐかと思って大きな顔をするな、とわめいた。

はじめは要吉の卑屈から出た怒りかと思い、それに同情もしていたが、さと子は次第に腹が立ってきた。それで口争いが多くなった。要吉は、意地になったように金を握っては、夜遅く酔って帰ってくる。さと子は、勤めから帰って食事や子供の世話に追われる。ダムの出張のときは、隣りの家に留守中の世話を頼んで出ねばならなくなった。

気の弱い男の裏に、このような狂暴さが潜んでいたか、と思われるくらいであった。要吉によって打ったり蹴《け》ったりが日毎《ひごと》に繰り返される。何より困ったことは、要吉の浪費によって貧窮に追い込まれたことだった。三万円の収入がありながら、配給の米代に困ることがあった。子供の学校のＰＴＡ会費や給食代も溜《た》める仕儀となった。着る服も新しいのが買ってやれない。それだけでなく、要吉は酔うと寝ている子供を起して乱暴を働く悪癖が出るようになった。

知っている人が見兼ねて、要吉に女が居るとこっそりさと子に知らせてくれた。それが脇田静代と分った時には、彼女は仰天し、無性に腹が立った。信じられない、とその人には言った。さぞ、ばかな顔に見えたであろうが、それが理性だと思って感情の出るのを抑えた。相手の女の所に駆けつけたり、近所隣りに知れるような声高い争いをしなかったのも、その理性の我慢であった。

要吉に低い声でなじると、

「お前などより、静代のほうが余程よい。そのうち、お前と別れて、あの女と夫婦になるつもりだ」

と放言した。それからは、いさかいのたび毎に、この言葉が要吉の口から吐かれた。

要吉は、片端から箪笥《たんす》の衣類を持ち出しては質に入れた。さと子が留守の間だから勝手なことが出来た。彼女の着るものは一物も無くなり、着がえも出来ない。質入れの金は悉く《ことごと》女に入れ揚げた。要吉が静代を知って半年の間に、そんな窮迫した生活になった。

さと子は、世に自分ほど不幸な者はあるまいと思って泣いた。将来の子供のことを考えると、夜も睡《ね》られなかった。それでも朝になると、腫《は》れた瞼《まぶた》を冷やして、笑顔をつくりながら勧誘にまわらなければならなかった。

昭和二十×年二月の寒い夜、さと子は睡《ねむ》っている子供のそばで、泣いていた。要吉の姿は帰った時から無い。子供にきくと、父ちゃんは夕方から出て行ったと答えた。

十二時が過ぎて一時が近いころ、要吉は戻って、表の戸を叩《たた》いた。四畳半二間のせまい家だった。畳も破れて、ところどころにボール紙を当てて彼女は修繕している。その畳を踏んで土間に下り、彼女は戸を開けた。

それからの出来事は、彼女の供述書を見た方が早い。

3

「主人はべろべろに酔い、眼を据えて蒼《あお》い顔をしていました。私が涙を流しているのを見て、子供たちの枕《まくら》もとにあぐらをかいて坐《すわ》り、何を泣くのだ、おれが酒をのんで帰ったから、わざと涙なんか出して面当《つらあ》てをしているのだろう、と罵《ののし》りはじめました。

私は、折角働いて貰った給金が半分以上飲み代に持って行かれ、子供の学校の金も払えず、配給米代にも困る状態で、よくも毎晩酒をのんで帰れるものだと言い返しました。それは、いつも繰り返す二人の口争いです。主人の様子は、その晩、一層荒れていました。

少々稼ぐかと思って威張るな、お前は俺が失業しているから馬鹿《ばか》にしているのだろう。俺は居候《いそうろう》ではないぞ、と居丈高になりました。それから、お前は悋気《りんき》しているのだろう。馬鹿な奴《やつ》だ、お前の顔は悋気する面ではない。見るのもいやだ、といって、いきなり私の頬《ほお》を撲《なぐ》りました。

また、乱暴がはじまったと思い、私が身体《からだ》をすくめていますと、もうお前とも、夫婦別れだ、静代と一しょになるからそう思うがよい、とおかしそうに笑い出していうのです。しかし、私はその侮辱に耐えていました。不思議に嫉妬《しっと》は湧《わ》きませんでした。

静代がどんな性格の女になっているか知りませんが、まさかこのぐうたらな男と夫婦になるつもりがあろうはずはなく、結局、金めあての出まかせな口車に乗っている

主人に腹が立つばかりです。

すると主人は、お前のその眼つきは何だ、それが女房のする眼つきかといい、ええい、面白くない、と叫ぶなり、立ち上って私の腰や脇腹《わきばら》を何度も足蹴《あしげ》にしました。私が息が詰って身動き出来ないのをみると、今度は、子供たちの蒲団《ふとん》をぱっと足で剥《は》がしました。

寝ている子供たちが目をさますのを、いきなり衿《えり》をつかまえて叩きはじめました。それは酔って暴れているときの主人のいつもの酔狂です。子供たちは、母ちゃん、母ちゃん、と泣き叫びます。私は夢中で起き上ると、土間に走りました。

子供たちの将来の不幸、自分の惨《みじ》めさ、それにもまして恐ろしさが先に立ちました。本当に怖くなりました。私の手には、戸締りに使う樫《かし》の心棒が、握られていました。

主人はまだ子供を叩いています。上の七つの男の子はわめいて逃げましたが、下の五つの女の子は顔を火のように赤くし、目をむきながらひいひいと泣き声をからして、折檻《せっかん》をうけています。

私は、いきなり棒をふり上げると、力まかせに主人の頭の上に打ち下ろしました。主人は最初の一打でよろめき、私の方をふり返るようにしましたから、恐ろしくなって私はあわててまた、棒で打ちました。

主人はそれで崩れるようにうつ伏せに仆《たお》れました。倒れてからも、主人がまた起き上るような気がして、恐ろしいので私は三度目の棒を上から頭に打ち下ろしました。

主人は畳の上に血を吐きました。ほんの五、六秒の間ですが、私には長い労働のあとのように思われ、疲れてへたへたと坐りました。……」

須村さと子に関する夫殺しの犯罪事実は、大体このようなことであった。

彼女は、自首して捕われた。彼女の供述によって警視庁捜査一課では詳細に調査したが、その通りの事実であることを確認した。須村要吉の死因は樫の棒の強打による後頭《ず》頭蓋《がいこつ》骨骨折であった。

さて、この事件が新聞に報ぜられた時から世間は須村さと子に同情して、警視庁宛《あて》に慰めの手紙や未知の人の差し入れが殺到した。多くは婦人からであったことは無論である。

これが公判に回ると、更に同情はたかまった。事実、婦人雑誌は殊《こと》に大きく扱い、評論家の批評を添えて掲載した。無論、須村さと子に同情した評論だった。

評論家のなかでも、この事件に最も興味をもち、一番多く発言したのは、婦人評論家として知られている高森たき子氏であった。彼女は新聞に事件が出たときから意見を述べていたが、諸雑誌、殊に婦人向きのものには、詳細に文章を書いた。彼女の発表したものを総合すると、次のような要領になるのであった。

「この事件ほど、日本の家庭における夫の横暴さを示すものはない、生活力のない癖に家庭を顧みないで、金を持ち出して酒を呑み、情婦をつくる、この男にとっては、妻の不幸も子供の将来も、てんで頭から無いのである。しかも、その金は、妻が細腕で働いて得た生活費なのである。

中年男は、疲れた妻に飽いて、とかく他の女に興味をもって走り勝ちであるが、許すことの出来ない背徳行為である。日本の家族制度における夫の特殊な座が、このような我欲的な自意識を生み出す。世間の一部には、まだこのような誤った悪習を寛大に考える観念があるようだ。これは断じて打破しなければならない。

殊にこの事件はひどい。情婦のもとから泥酔《でいすい》して帰っては、生活をひとりで支えている妻に暴力を振い、愛児まで打つとは人間性のかけらもない夫である。

須村さと子が夫をそこまで上らせた許容は、これまた誤った美徳的な妻の伝統観念である。彼女には高等教育をうけ、相応な教養をもちながら、まだこのような過誤があった。だが、その欠点を踏み越えて、私は彼女の夫に女性としての義憤と大きな怒りとを感じる。自分を虐待《ぎゃくたい》し、愛児が眼の前で打たれているのを見て、彼女が将来への不安と恐怖に駆られたのは尤《もっと》もなことである。

この行為は、精神的にはむしろ正当防衛だと思う。だれでもその時の彼女の心理と立場を理解しないものはあるまい。判決は、彼女に最小限に軽くすべきだ。私としては、寧《むし》ろ無罪を主張したい」

高森たき子氏の意見は世間の女性の共感を得た。彼女のところへは、その意見に至極同感であるとの投書が毎日束になって届けられた。なかには、先生自身が特別弁護人になって法廷に立って下さい、と希望する者も少くなかった。

高森たき子氏の名は、そのことによって一層高くなったように世間に印象づけられた。彼女は、自ら盟主の感のある婦人評論家の仲間を動員して、連名で裁判長に宛てて、須村さと子の減刑嘆願書を提出した。実際に彼女は特別弁護人を買って出た位であった。彼女の肥《ふと》った和服姿は、被告の下をうつむいている姿と一しょに写真が新聞に大きく出た。それに煽《あお》られたように、全国から嘆願書が裁判所に集中した。判決は「三年の懲役、二年間の執行猶予《ゆうよ》」であった。須村さと子は一審で直ちに服した。

4

ある日のことである。

高森たき子氏は、未知の男の来訪をうけた。一度は、忙しいからといって断ったが、須村さと子のことについて先生の教えを頂きたいことがあるというので、とに角、応接間に通して会うことにした。名刺には、岡島久男とあり、左側の住所のところはなぜか墨で黒く消してあった。

岡島久男は、みたところ三十歳くらいで、頑丈《がんじょう》な体格をもち、顔は陽《ひ》にやけた健康な色をしていた。太い眉《まゆ》と高い鼻と厚い唇《くちびる》は精力的な感じだが、眼は少年のように澄んでいた。たき子氏は、その眼のきれいなのに好感をもった。

「どういうことでしょうか。須村さと子さんのお話というのは！」

彼女は、赤ン坊のような丸こい指に名刺をつまんできいた。岡島久男は素朴《そぼく》な態度で、突然、多忙を妨げた失礼を詫《わ》び、須村さと子の事件については、先生の御意見を雑誌などで悉く拝見して敬服したと述べた。

「でも、よござんしたね、執行猶予になって」

と、たき子氏は丸い顔にある小さい眼を一層細めてうなずいた。

「先生のお力です。全く、先生のお蔭です」

と、岡島はいった。

「いいえ、私の力というよりも」

と、たき子氏は低い鼻に皺《しわ》をよせて笑って答えた。

「社会正義ですよ。世論ですよ」

「しかし、それを推進させたのは先生ですから、やっぱり先生のお力です」

たき子氏は逆らわずに笑った。くびれた顎《あご》が可愛《かわい》い。薄い唇が開いて、白い歯が出た。相手の讃辞《さんじ》を聞き流す満足が出ていた。名士の持っているあの適度の自負的な鷹《おう》揚《よう》さが微笑となって漂っていた。

しかし、この男は一体何をききに来たのであろう。口吻《くちぶり》からみると須村さと子にひどく同情しているようであるが。さりげなく眼を逸《そ》らして、応接間の窓に落ちている春の陽を眺《なが》めた。

「私は須村さんをちょっと知っているのです」

と、岡島は、たき子の心を察したようにいった。

「須村さんの勧誘で、あの会社の生命保険に加入しましたのでね。それで今度の事件が満更、ひとごととは思えなかったのです」

「ああそうでしたか」

たき子氏は合点がいったように顎をひいた。頸《くび》が二重の溝《みぞ》になった。

「愛想のいい、親切な、いい女《ひと》でした。あんな女が夫を殺すなどとは信じられないくらいです」

岡島は印象を述べた。

「そんなひとが激情に駆られると、思い切ったことをするものですよ。何しろ、我慢に我慢を重ねてきていたのですからね。わたしだって、その立場になれば、同じことをしかねませんよ」

たき子氏は、相変らず、眼を細めていった。

「先生が?」

と、岡島は少し驚いたように眼をあげた。彼は、この冷静な女流評論家も、夫が愛人に奔《はし》れば、そんな市井《しせい》の女房のような取り乱し方をするであろうかと、疑わしそうな眼つきであった。

「そうです。かっとなると、理性が働く余裕を失うものです。須村さと子さんのような、女専を出た女でもね」

「その、逆上ですが」

と岡島は、澄んだ眼でのぞき込んだ。

「須村さと子さんに、何か生理的な関連はなかったのですか?」

たき子氏は、突然に岡島の厚い唇から生理の言葉が出たので、やや狼狽《ろうばい》した。そして、それは当時の裁判記録も読んで、犯行時が彼女の生理日でなかったことを思い出した。

「別段、そんなことはなかったと思いますが」

「いや」

岡島は、少してれ臭い顔をした。

「その生理のことではないのです。つまり、ふだんの肉体的な夫婦関係のことです」

たき子氏は、微笑を消した。この男は、少し何か知っているらしいが、何をききたいのであろう。

「と、いうと、夫の須村要吉の方に身体の上の欠陥でもあったというのですか?」

「逆です。須村さと子さんの方になかったかと思うのです」

たき子氏はちょっと黙った。そして間をつなぐように、冷めかけた茶を一口のんで、改めて岡島に顔を向けた。

「何か、その根拠がありますか?」

いつも論敵に立ち向ったとき、相手の弱点を見つけるため、先《ま》ず冷静に立証を求める態度に似ていた。

「いや、根拠というほどではありませんが」

と、岡島久男は、たき子氏から眼を据えられたので急に気弱な表情になった。

「つまり、こうなんです。私は、須村要吉の友人をちょっと知っているのですが、その友人の話によると、要吉は前々から、そう、一年半ぐらい前から、女房がちっともいうことをきいてくれないといって、こぼしていたそうです。それで、若《も》しかすると、須村さと子さんの方に、そんな夫婦関係の出来ない生理上の支障があったのではないか、と思ったのですが」

「知りませんね」

と、たき子氏は、やや不機嫌《ふきげん》そうに答えた。

「裁判のときの記録は、特別弁護人に立つ必要上、よみましたがね。そんなことは書いてありませんでした。警察の取調べでは、当然、そのことも調べたでしょうがね。記録に無いところを見ると、さと子さんの身体には、そのような生理的な支障の事実はなかったと思います。それは要吉が、情婦のところへ通うから、さと子さんが拒絶していたのではないですか？」

「いや、それが、要吉君が脇田静代と親しくなる前なのです。だから、おかしいのです。そうですか、さと子さんに身体上の支障の事実が無いとすると、少し変ですね」

岡島は考えるような眼つきをした。

5

高森たき子氏は、眉の間にかすかな皺をよせた。その眉は、彼女の眼と同様に細く、そして薄かった。

「変？　それはどういう意味ですか？」

「なぜ夫を拒絶したか分らないんです」

岡島は細い声で言った。

「女というものは」

と、たき子氏は男を軽蔑《けいべつ》するように答えた。

「夫婦生活に、時には激しい厭悪《えんお》感に陥るものですよ。そういう微妙な生理的心理は、ちょっと男の方には、分らないかもしれませんね」

「なるほど」

岡島はうなずいたが、その通りに、よく分らないといった顔つきだった。

「ところで、さと子さんが、そういう状態になったのは、夫の要吉君が脇田静代と親しくなる半年くらい前だと、考えられるのです。つまり、さと子さんの拒絶の状態が半年ばかりつづき、そのあとで要吉君と静代との交渉がはじまったのです。この二つの事実には、因果関係があると思うのですが」

岡島は、わざとむつかしい因果関係という言葉をつかったが、その意味は、たき子氏には分った。

「それはあるでしょうね」

と、彼女は薄い眉を一層よせて言った。

「要吉の不満が、静代にはけ口を見つけた、という意味ですね」

「まあそうです」

岡島は、次の言葉の間に、煙草《たばこ》を一本ぬき出した。

「その脇田静代は、さと子さんの旧い友だちです。要吉君を静代の店に最初に行かせたのは、さと子さんです。彼女に、その意志は無かったでしょうが、結局、夫と静代とを結びつける動機をつくったのは、さと子さんですからね」

岡島が、煙草に火をつける間、たき子氏の細い眼はキラリと光った。

「あなたは、さと子さんが、わざと夫を静代に取りもったと言いたいのですか?」

「いや、そこまでは断言出来ません。しかし、結果から言えば、少くとも結びつきの役目をしたことになりそうです」

「結果論を言えば、キリがありません」

たき子氏は少し激しく答えた。

「結果は、当人の意向とは全く逆なことになり勝ちです」

「そりゃ、そうです」

岡島は、おとなしく賛成した。彼の厚い唇は青い煙を吐き出した。煙は、窓から射《さ》しこんだ陽のところで明るく僴《は》った。

「しかし、思い通りの結果になることもあります」

と、彼は、ぽつりと言った。

おや、とたき子氏は思った。岡島の言い方に太い芯《しん》が感じられた。

「じゃ、さと子さんに、矢張りはじめからそのつもりがあったというのですか？」

「気持は、本人だけしか分りませんから、推定するだけです」

「では、その推定の材料は？」

「さと子さんが要吉君に金を与えて、静代の店に飲みに行かせていたことです。はじめの間だけですが」

「だが、それは」

と、たき子氏は、細い目をちかちかさせて反駁《はんばく》した。

「さと子さんのやさしい気持からですよ。夫は失業して、家のなかで、ごろごろしている。妻の自分は、仕事のために留守にし勝ちだから、さぞ、夫が気鬱であろうと思って親切でしたことです。

静代の店に行かせたのは、飲み代を安くしてくれるに違いないと思ったからだといいます。それに、同じ飲むなら、困った友だちを、よろこばせたい気持があったのです。その親切が仇《あだ》になって、あんな結果になるとは、夢にも想《おも》わなかったことですよ。あなたのように逆から判断する考え方には不賛成です」

「じゃあ、それは、彼女の寛大な気持から出発したと考えてもいいです」

岡島は、またうなずいてからつづけた。

「そういう親切から計ったことなのに、要吉君はさと子さんを裏切って、静代に夢中になってしまった。女房の稼《かせ》いだ金は、女と酒に費《つか》ってしまう。質草は持ち出す。生活が見るうちに窮迫してくるのも構わず、女のところに遊んで、毎夜おそく帰ってくる。

帰ってきては酒乱から女房子供を虐待する。さと子さんの寛大さが禍《わざわ》いして、今や静代のために生活が滅茶滅茶《めちゃめちゃ》になったのです。いわば、静代はさと子さんにとって憎んでも足らぬ敵《かたき》になりました。

それなのに、どうしてさと子さんは静代のところに、一度も抗議に行かなかったのでしょう? 少くとも、そこまで行きつく前に、静代に頼みに行ってもよさそうなものですが。知らぬ間では無いのです。友だちです」

「よくあるケースですね」

たき子氏は静かに応じた。

「世の中には夫の愛人のところに怒鳴り込む妻があります。愚かなことで、自分自身を傷つけるようなものです。教養のある婦人は、世間体の悪いそんな恥ずかしいことはしません。夫の恥は妻の恥です。妻の立場としての面目や責任を考えます。さと子さんは女専を出たインテリですから、無教養な真似《まね》は出来なかったのです」

「なるほど、そうかもしれませんね」

相変らず岡島は、一度は納得を示した。

「しかしですな」

と彼は同じ調子でいった。

「さと子さんは理由も無く半年もの間、夫を拒絶しつづける。そのまま、夫を脇田静代にひき合せる。相手は未亡人で飲み屋の女です。夫は酒好きで、生理的に飢渇の状態に置いてある。危険な条件は揃《そろ》っています。当然に両人の間には発展があった。それを彼女は傍観でもしているように相手の女には抗議をしない。こうならべると、そこに一つの意志が流れているように思われます」

6

高森たき子氏の睡そうな細い眼の間には、敵意の光りが洩《も》れた。氏の応接間は落ちついた調和が工夫されてある。壁の色、額の画《え》、応接セット、四隅《よすみ》の調度、いずれも氏の洗練された趣味を語っている。

しかし、主人公である氏自身は、その雰囲気《ふんいき》から、今や浮き上ってしまった。彼女の表情は苛立《いらだ》たしさに動揺していた。

「意志というのは、須村さと子さんが何かそのような計画をしていた、というのですか?」

たき子氏は少し早口になって訊《き》き返した。

「推定です。これだけの材料からの推察ですが——」

「非常に貧弱な材料からの推定ですね」

たき子氏は言下にいった。

「およそ人間は、その人を見れば、私には分りますよ。私はこの事件に関係して以来、厖大《ぼうだい》な調書をよみ、また特別弁護人として須村さと子さんに度々会いました。記録のどこにもあなたの邪推するようなところはありません。また、さと子さんに会っていると、その知性の豊かな人柄《ひとがら》に打たれます。あの澄み切った瞳《ひとみ》は純真そのものです。

こんな人がどうして夫の横暴な虐待をうけねばならなかったか、改めて彼女の夫に義憤を覚えました。あんな立派な、教養をもった婦人は、そんなにざらにはありません。私は自分の直感を信じます」

「さと子さんの教養の豊かなことは、私もあなたの御意見に同感です」

と岡島は厚い唇を動かしていった。

「全く、そう思います」

「一体、あなたは、何処《どこ》でさと子さんを知っているのですか？」

たき子氏は質問した。

「前にもちょっと申上げたように、私は須村さと子さんから生命保険加入の勧誘をうけた者です。申し忘れましたが、私は東北の山奥の△△ダム建設工事場で働いている者です。××組の技手です」

岡島久男は、はじめて身分をいい、

「山奥でのわれわれの生活は、仕事以外は全く無味乾燥です」

と話をつづけた。

「何しろ鉄道のある町に出るまでには、一時間半もトラックに揺られなければならない山の中です。仕事が済み、夜が来ると、何一つ愉《たの》しみがありません。食べて、寝るだけの生活です。

それは、なかには勉強する者もありますが、段々周囲の無聊《ぶりょう》な空気に圧《お》されてくるのです。夜は、賭《か》け将棋か賭け麻雀《マージャン》がはやります。月に二回の休みには、一里ばかり離れた麓《ふもと》の小さな町に行って、ダムを目当てに急に出来たいかがわしい家に入って、鬱散するのが精一ぱいです。そこには、一どきに一人が一万円も二万円も費います。

そして、また、山にとぼとぼ上って帰るのですが、満足感はだれにもないのです。われわれは学校を出て、好きでこの仕事に入ったのですが、山から山を渡り歩いていると、さすがに都会が恋しくなります。雄大な山岳だけでは、やっぱりもの足りないのです」

岡島は、いつか、しんみりした調子になっていた。

「そりゃ、恋愛する人間も無いではありません。しかし、それは相手がみんな近在の百姓の娘なのです。知性も教養も何も無いのです。ただ、女だというだけで、対象に択《えら》んだに過ぎません。ほかに無いから仕方なくそうしただけです。環境上、別に方法が無いからです。不満には変りはありません。そういう連中は後悔し、次には諦《あきら》めていますよ。可哀想《かわいそう》なものです」

たき子氏は黙って聞いた。肥った身体を少し動かしたので、椅子《いす》がかすかにきしった。

「そこに現れたのが、保険勧誘に、はるばる東京から来た須村さと子さんと藤井さんという女の人です。藤井さんは四十近い女《ひと》だったから、そうでもなかったのですが、須村さと子さんはみんなの人気を得ました。

さして美人ではないが、男に好意を持たせる顔です。それに話すと、知性がありました。それをひけらかすのではなく、底から光ってくる感じでした。顔まで綺麗《きれい》に見えて来るから妙です。いや、山奥では、たしかに美人でした。それに、彼女の話す言葉、抑揚、身振り、それは永らく接しなかった東京の女の人です。みんなの人気が彼女に集ったのは無理も無いでしょう。

それに、彼女はだれにでも親切でやさしかったようです。皆はそれを承知しながら、それを悦《よろこ》びました。自分が保険に加入することは勿《もち》論《ろん》のこと、すすんで知人や友人を紹介しました。彼女の成績は予想以上に上ったと思います。彼女は一カ月に一度か、二カ月に一度、姿を見せましたが、みんな歓迎しました。彼女はそれに応《こた》えるように、時々、飴玉《あめだま》など土産《みやげ》にもってきました。他愛《たわい》のない品ものですが、みんな悦びました。東京のデパートの包紙を見てさえ、懐《なつか》しがる者があるくらいです」

ここで、岡島は、ちょっと言葉を切って、冷えた茶の残りをのんだ。

「ところが、みんなの好意を寄せられる、もう一つの原因が彼女にありました。それは、彼女が未亡人だと、自分で言っていたことです」

半分、閉じかかったたき子氏の眼が開いて岡島の顔を見た。

「これは仕方のないことでしょう。保険勧誘も、その人の魅力が、大部分作用しますからね。極端にいえば水商売の女が、みんな独身というのと同じです。独りだから、こうして働いているのだと須村さと子さんは微笑しながら主張しました。その言葉をだれも疑うものはありません。ですから、なかには、彼女に恋文めいた手紙を送るものさえ出てきました」

7

岡島は、消えた煙草に火をつけ直して、つづけた。

「むろん、さと子さんは自分の住所を教えていません。手紙はすべて会社あてに来るのです。こういう小さな欺瞞《ぎまん》は許されるべきでしょう。彼女のビジネスの上から仕方のないことです。だが、これは、はっきり彼女にいい寄ってくる何人かの男をつくりました。

彼らのある者は、彼女に二人連れで来ないで、単独で来るようにすすめる者がありました。彼女らの宿、それは現場に視察に来る人のために、たった一軒ある宿なのですが、そこに押しかけて、遅くまで粘っている者もありました。

しかし、さと子さんは、いつも微笑《わら》って、その誘惑をすり抜けていました。職業のために、相手に不快を与えないで、巧みに柔く遁《に》げる術を彼女は心得ていました。彼女は決して不貞な女ではありませんでした。それは断言出来ます。しかし……」――

しかし、と言ったときから、岡島の言葉の調子が少し変ったようだった。それは瞑想《めいそう》しながら呟《つぶや》くといったいい方であった。

「しかし、ダム現場には、もっと立派な沢山の人がいます。この仕事に生命を燃やしている男たちです。しゃれた言い方をすれば、重畳《ちょうじょう》たる山岳の大自然に挑《いど》んでいる人たちです。それを人間の力で変える仕事です。本当に、男らしい男です。

そんな男を見る毎に、さと子さんの心の中には、ぐうたらな自分の亭主が、厭悪の対象として泛《うか》んだに違いありません。その対比は日と共にますますひどくなったでしょう。一方は、いよいよ逞《たくま》しく立派に見え、一方はいよいよみすぼらしく厭《いや》らしく――」

「お話の途中ですが」と、聴いていた女流評論家は、不機嫌を露骨に表わして、遮《さえぎ》った。

「それは、あなたの想像ですか?」

「想像です。私の」

「想像なら、長々と承ることはありません。わたしもこれから仕事がありますから」

「済みません」

と、岡島久男は、頭を一つ下げた。

「ではあとは簡単に申上げます。須村さと子さんがその山の男の一人に好意を感じたと想像するのは不自然ではありません。相手の男も彼女に好意以上のものを持っていたと仮定します。それは無理もありません。彼女を未亡人と思い込んでいたのですから。そして、世にこれほど、知性のある女性は、居ないと思ったでしょう——。

さと子さんは悩んだでしょう。彼女には要吉君という夫があります。しかも、厭で厭でならない夫です。一方に心が傾くにつれ、この夫からの解放を、彼女は望みました。要吉君は彼女を絶対に放さないから、離婚は到底考えられません。彼女が解放されるのは夫の死亡だけです。彼女の言葉通りに未亡人になることです。不幸にして要吉君は身体は頑健《がんけん》でした。早急な死が望めそうにないとしたら、彼を死に誘うよりほか仕方がないことになります」

高森たき子氏は、蒼くなって、言葉も急に出なかった。

「しかし、夫殺しは重罪です」

と、岡島は話をすすめた。

「夫を殺しても、自分が死刑になったり、永い獄中につながれたりしたら、何の意味もありません。頭のいい彼女は考えました。夫を殺害しても、実刑をうけない方法は無いものかと。たった一つあります。執行猶予になることです。これだと再び犯罪をおかさない限り身体は自由です。択ぶとしたら、この方法しかありません。

しかし、それには情状酌量《しゃくりょう》という条件が必要です。当時の要吉君は生活力こそ無いが、その条件にははまりません。ですから、条件をつくるより外ありません。彼女は冷静にその条件をつくりました。要吉君の性格を十分に計算してからのことです。あとは掘った溝《みぞ》に正確に水を引き入れるように、要吉君を誘い込めばよいのです。彼女は一年半の計画でそれをはじめました。

まず最初の半年の間は、彼女は要吉君を拒絶しつづけて、彼を飢餓の状態に置きました。これで第一の素地をつくっておきます。次に未亡人で飲み屋の女のところへ行かせます。渇いた夫は、必ずその女を求めることを計算したのです。

もし、脇田静代で失敗したら、別な女を考えたでしょう。そういう種類の女は、多いに違いありませんから。しかし、脇田静代は注文通りの女でした。要吉君は夢中になりました。彼の破滅型的な性格は、酒乱癖と共に生活を破壊してゆきました。彼女の供述の事実の通りです。ただし、一々、その場に立ち会った証人は居ないから、彼女の申立てに誇張があるかも分りません。この過程が、約半年です。

半年の間に、要吉君は彼女の予期したような人物になり果て、思う壺《つぼ》の行為をしました。つまり、情状酌量の条件は、すっかり出来上ったのです。彼女の計画と要吉君の性格とが、これほどきっちり計算が合ったことはありません。

それから彼女は、実行を果しました。そのあとは、裁判です。判決は見事に計算の答の通りでした。この判決までが約半年です。つまり、はじめの条件の設定にかかってから、一年半で完了になりました。そうそう、計算が合ったといえば、いわゆる世論のことも――」

と、いいかけて岡島は、婦人評論家の顔を見た。

高森たき子氏は真蒼《まっさお》になっていた。彼女のまるい顔からは、血の色は失《な》くなり、薄い唇は震えた。

「あなたは」

たき子氏の低い鼻翼《こばな》はあえいだ。

「想像でいっているのですか？　それとも確かな根拠でもあるのですか？」

「想像だけではないです」

と、陽焦《ひや》けした顔の岡島久男は答えた。

「須村さと子さんは私の求婚に、一年半待ってくれ、といったのですから」

そういい終ると、彼は煙草の箱をポケットにしまって、椅子から立ち上る用意をした。

それから歩み去る前に、もう一度、女流評論家を顧みていった。

「しかし、こんなことを私がいくらいい立てても、さと子さんの執行猶予には、変りはありませんよ。それはご安心下さい。たとえ、その証拠が上っても、裁判は一事不再理ですからね。一度、判決が確定すれば、本人の不利益になる再審は法律で認められていないのです。さと子さんの計算は、そこまで行き届いていたようです。ただ——」

彼は、子供のような瞳をじっと向けて、

「ただ、たった一つの違算は、一年半待たした相手が逃げたということです」

と、いい終ると、頭を下げて部屋を出て行った。

地方紙を買う女

1

潮田芳子《しおだよしこ》は、甲信新聞社にあてて前金を送り、『甲信新聞』の購読を申しこんだ。この新聞社は東京から準急で二時間半ぐらいかかるK市にある。その県では有力な新聞らしいが、むろん、この地方紙の販売店は東京にはない。東京で読みたければ、直接購読者として、本社から郵送してもらうほかはないのである。

金を現金書留にして送ったのが、二月二十一日であった。そのとき、金と一緒に同封した手紙には、彼女はこう書いた。

――貴紙を購読いたします。購読料を同封します。貴紙連載中の「野盗伝奇」という小説が面白そうですから、読んでみたいと思います。十九日付けの新聞からお送りください……。

潮田芳子は、その『甲信新聞』を見たことがある。K市の駅前の、うら寂しい飲食店のなかであった。注文の中華そばができあがるまで、給仕女が、粗末な卓の上に置いていってくれたものだ。いかにも地方紙らしい、泥《どろ》くさい活字面の、ひなびた新聞であった。三の面は、この辺の出来事で埋まっていた。五戸を焼いた火事があった。村役場の吏員が六万円の公金を費消した。小学校の分校が新築された。県会議員の母が死んだ。そんなたぐいの記事である。

二の面の下段には、連載物の時代小説があった。挿絵《さしえ》は二人の武士が斬《き》りむすんでいる。杉本隆治というのが作者で、あまり聞いたこともない名である。芳子は、それを半分ばかり読んだときに、中華そばが来たので、それきりにした。

しかし芳子は、その新聞の名と、新聞社の住所とを手帳に控えた。「野盗伝奇」という小説の名前も、その時に記憶した。題名の下には（五十四回）とあった。新聞の日付けは十八日である。そうだ、その日は二月十八日であった。

まだ三時まで七分ぐらいあった。芳子は飲食店を出て町を歩いた。町は盆地の中にある。この冬には珍しい暖かな陽《ひ》ざしが、高地の澄んだ空気の中に滲《にじ》み溶けていた。盆地の南の果てには、山がなだらかに連らなり、真っ白い富士山が半分、その上に出ていた。陽の調子で、富士山は変にぼやけていた。

町の通りの正面には雪をかぶった甲斐駒《かいこま》ケ岳があった。陽は斜面からその雪に光線を当てた。山の襞《ひだ》と照明の具合で、雪山は暗部から最輝部まで、屈折のある明度の段階をつくっていた。

その山の、右よりの視界には、朽葉《くちば》色を基調とした、近い低い山々が重なっていた。その渓間《たにま》までは見えない。が、何かがそこで始まろうとしている。その山の線の行方は、芳子には、示唆《しさ》的で、いわくありげだった。

芳子は駅の前に引きかえした。そのとき、駅の広場には、たいそうな人だかりがしていた。字を書いた白い幟《のぼり》が、いくつか黒い群衆の上になびいていた。字は〝歓迎××大臣御帰郷〟と書かれてあった。新しい内閣が一カ月前に成立して、幟の名の新大臣が、この辺の出身であることを芳子は知った。

そのうちに、群衆の間にどよめきが起こり、動揺が生じた。万歳と叫ぶ者がいた。拍手がしきりに起こった。遠くを歩いている人は、駆け足でこの集団の端にはいった。演説がはじまった。一段と高いところに上がって、その人は口を動かしていた。禿《は》げた頭に冬の陽が当たっていた。胸には、白い大きなバラの花を飾っていた。群衆は静粛になり、拍手のために、ときどき、爆発的になった。

芳子は、それを見ていた。が、それは、芳子ひとりではない。彼女の横に立った或《あ》る男もこの光景を眺《なが》めていた。それは演説を聞くためではない。群衆で行く手が塞《ふさ》がっているためにやむなく佇《たたず》んでいるというふうだった。

芳子は、その男の横顔をぬすみ見た。広い額と、鋭い眼と、高い鼻梁《びりょう》をもっている。かつては聡明《そうめい》な額だと思い、たのもしげな眼と好ましい鼻だと考えた一時期もあった。その記憶は、今は空《むな》しいものになっている。が、男からの呪縛《じゅばく》は、今も昔も変わらない。

演説は終わり、大臣はやっと壇から降りた。群衆が崩れはじめた。隙間《すきま》がひろがった。その中に、芳子は歩きはじめた。男も、それから、もう一人も。――

甲信新聞社あての現金書留は、三時の郵便局の窓口にやっと間にあった。うすい受取証を芳子はハンドバッグの奥に入れ、千歳烏山《ちとせからすやま》から電車に乗った。渋谷の店までは五十分かかった。

〝バー・ルビコン〟というネオンの看板があった。芳子は裏口からはいった。

「お早うございます」

と、マスターや朋輩《ほうばい》やボーイたちに言う。それから着替部屋にかけこんだ。化粧をする。

店は、これから眼がさめるところだった。肥えたマダムが、美容院から持ち帰ったばかりの髪を皆にほめられながらはいってきた。

「今日は二十一日で土曜日よ。みんな、しっかりお願いしてよ」

マスターがそのあとで、マダムを意識しながら女給たちに訓示した。Aさんの衣装はもう新調したほうがいいな、などと言っている。その女は赤くなっていた。

芳子は、ぼんやりそんなことを聞きながら、もう、この店もよそうと思っていた。

彼女の眼には、一隻《せき》の船が波を裂いてよぎっていた。近ごろは、夜も昼も、それが眼にうつる。ドレスの胸に手を当てると動悸《どうき》が苦しいくらいに打った。

2

『甲信新聞』は、それから四五日して着いた。三日分をいちどきに郵送してきた。ていねいにもご購読していただいてありがたいという刷り物のはがきまで添えてあった。

注文どおりに十九日付けの新聞からだった。芳子はそれを開いた。社会面を開いた。どこかの家に盗賊がはいった。崖崩《がけくず》れがあって人が死んだ。農協に不正があった。町会議員の選挙がはじまる。つまらぬ記事ばかりであった。それからK駅前での××大臣の写真が大きくのっている。

芳子は二十日付けをひらいた。格別なことはなかった。二十一日付けを見た。これも平凡な記事ばかりである。彼女はそれを押入れの隅《すみ》に投げこんだ。包み紙か何かにはなるであろう。

それから毎日その新聞は郵送されてきた。ハトロン紙の帯封の上に、潮田芳子の名前と住所がガリ版で印刷されてある。月ぎめの読者なのである。

芳子はアパートの郵便受けに、毎朝それを取りにいく。寝床の上でその茶色の帯封を切った。夜は十二時ごろ帰るので、朝は遅いのである。蒲団《ふとん》の中で新聞をひろげて、隅から隅までゆっくりと読んだ。格別に興味をひくものはなかった。芳子は失望して、枕《まくら》もとにそれを投げだす。

そんな繰りかえしが何日もつづいた。失望はそのつどつづいた。しかし、茶色の帯封を切るまでは、彼女に期待があった。その期待を十数日もひきずってきた。だが変化は相変わらず何もなかった。

変化は、ところが十五日めに起こった。つまり、新聞の郵送が十五回つづいたときである。それは新聞の記事ではなく、思いがけなく来た一枚のはがきであった。杉本隆治と署名してある。この差出人の名に、芳子はどこか見覚えがあった。身近な記憶ではないが、たしかに曖昧《あいまい》な憶《おぼ》えがある。

芳子は裏をかえした。へたくそな字である。その文句を読んで、たちまちわかった。

――前略。目下甲信新聞に連載中の小生の小説「野盗伝奇」をご愛読くださっている由《よし》、感謝いたします。今後もよろしく。右御礼まで……。

杉本隆治は帯封にたたまれてくる新聞の小説の作者であったのだ。思うに、芳子が購読の申込みの理由に書いた、連載小説を読みたいという手紙を新聞社の者が作者に知らせたのであろう。作者の杉本隆治はたいへんに感激して、この新しい読者に礼状をくれたものらしい。

小さな変化である。だが、予期したものとは別なものだった。よけいなはがきが一枚とびこんだという格好であった。そんな小説など読みはしないのだ。どうせ、そのはがきの文字と同様にまずいにきまっている。

が、新聞は毎日正確に送られてきた。これは料金を払っているから当然である。芳子が朝の寝床でそれを読むことにも狂いはなかった。やはり、何もない。この失望はいつまでつづくかわからなかった。

ようやく申込みから一カ月に近い日の朝であった。

そのときは、貧しい活字で、依然として田舎の雑多な記事を組みあげていた。農協の組合長が逃亡した。バスが崖から転落して負傷者を出した。山火事があって一町歩を焼いた。臨雲峡に男女の心中死体が発見された。……

芳子は、心中死体のところを読んだ。臨雲峡の山林のなかである。発見者は営林局の見まわり人。男女の腐爛《ふらん》死体。死後一カ月ぐらいで半ば白骨化している。身もとはわからない。珍しくない事件であった。奇巌《きがん》と碧流《へきりゅう》から成っているこの仙境《せんきょう》の渓谷は、また自殺や情死の名所でもあった。

芳子は新聞をたたみ、枕に頭をつけて蒲団を顎《あご》までひいた。眼を天井に向けていた。このアパートも、もう建築が古い。くすんだ天井は板が腐りかけている。芳子は虚《うつ》ろに凝視をつづけていた。

翌日の新聞には、それが義務であるかのように、情死死体の身もとを報道していた。男は三十五歳で東京の某デパートの警備課員、女は同じデパートの女店員で二十二歳だった。男には妻子があった。ありふれた、平凡なケースである。芳子は眼を上げた。感動のない表情であった。感動のない安らぎとも言える。この新聞もつまらなくなった。またしても彼女の眼には海を走っている船が明かるく映った。

二三日すると、甲信新聞社の販売部から、

「前金切れとなりました。つづいてご購読くださるようお願い申しあげます」

とのはがきが来た。たいそう商売熱心な新聞社である。

芳子は返事を書いた。

「小説がつまらなくなりました。つづいて購読の意思はありません」

そのはがきは、店に出勤する途中に出した。ポストに投げ入れて、歩きだしたとき、「野盗伝奇」の作者は失望することだろう、とふと思った。あんなこと書かなければよかった、と後悔した。

3

杉本隆治は、甲信新聞社から回送されてきた読者のはがきを読んで、かなり不愉快になった。

しかもこの女の読者は、一カ月ぐらい前に、自分の小説が面白いからと言って新聞をとってくれた同じ人物なのである。そのときも新聞社からその手紙を回送してもらった。たしか簡単な礼状を出しておいたはずである。ところが、もう面白くないから新聞をやめると言う。

「これだから女の読者は気まぐれだ」

と、杉本隆治は腹を立てた。

「野盗伝奇」は、彼が、地方新聞の小説の代理業をしている某文芸通信社のために書いたものである。地方新聞に掲載というので、娯楽本位に、かなり程度を合わせたものだが、それはそれなりに力を入れた小説だった。決しておざなりな原稿ではない。自信もあった。だから、わざわざその小説を読みたいという東京の読者があったと知らされて、愉快になって礼状を書いたくらいだった。

ところが、その同じ読者から、「いっこうにつまらないから新聞を読むのをやめる」と言ってきた。隆治は苦笑したが、少しずつ腹が立ってきた。なんだか翻弄《ほんろう》されているようである。それから頭をかしげた。その読者が「面白いから読みたい」と言った回よりも、「つまらないから」と購読をやめた回のほうが、はるかに話が面白くなっているところなのだ。筋はいよいよ興味深く発展し、人物が多彩に活躍する場面の連続なのである。自分でも、面白くなったとよろこんでいたさいなのだ。

「あれが、面白くないとは」

と、彼は変に思った。ウケる自信があっただけに、この気ままな読者が不快でならなかった。

杉本隆治は、いわゆる流行作家にはほど遠いが、一部の娯楽雑誌には常連としてよく書き、器用な作家として通用している。読者ウケするこつを心得ている、とかねね自負している。いま『甲信新聞』に連載している小説は、決して悪い出来ではないのだ。いや、自分では気持よく書けて、筆が調子づいているくらいだ。

「どうも、いやな気持だな」

と、彼は二日間ぐらいは、その後味の悪さから脱《ぬ》けきれなかった。さすがに三日めからはその気分も薄れたが、やはり心のどこかにそのこだわりが滓《かす》のように残っていた。それが一日のうちにときどき、気持に浮かび出た。力をこめて書いた作品を玄人《くろうと》に貶《けな》されたよりもまだ嫌《いや》であった。自分の小説のせいで、新聞が一部でも売れなくなったという、はっきりした現実が、不快であった。大げさに言うと、新聞社にも面目を失ったような気持だった。

杉本隆治は、頭を振って机を離れて、散歩に出かけた。いつも歩きなれた道で、このあたりは武蔵野《むさしの》の名残りがある。葉を落とした雑木林の向こうには、J池の水が冬の陽に、ちかちかと光っていた。

彼は枯れた草むらに腰をおろし、池の水を見ていた。外人が池のほとりで大きな犬を訓練していた。犬は投げられた棒を拾いに駆けだしては主人のところに走って戻る。繰りかえし繰りかえしそうしていた。

彼は、無心にそれを眺めていた。単調な、繰りかえしの反覆運動を見ていると、人間は、あらぬ考えが閃《ひらめ》くものとみえる。杉本隆治は頭の中で、とつぜん一つの疑問を起こした。

「あの女の読者は、おれの小説の新聞を、途中から読みはじめた。面白いからという理由だったが、その前、それをどこで知ったのだろう？」

『甲信新聞』はＹ県だけが販売区域で、東京にはない。東京で知ったわけではむろんあるまい。すると、この潮田芳子と名乗る東京の女は、かつてＹ県のどこかにいたか、あるいは東京から行ったときに、その新聞を見たのではなかろうか？

彼は眼だけを犬の運動につけながら、じっと考えこんだ。かりにそうだとしたら、その小説の面白さにひかれて、わざわざ新聞社から直接購読を申しこむほどの熱心な読者が、わずか一カ月もたたぬうちに、「面白くない」と購読を断わるはずがない。しかも、小説自体は面白くなっているのだ。

おかしいぞ、と思った。これは、おれの小説を読みたいから新聞をとったのではなさそうだ。それはただの思いつきの理由で、実際には何かほかのことを見たかったのではないか。つまり、彼女は新聞から何かを捜していたのではなかろうか。そして、それが見つかったから、あとの新聞を読む必要がなくなったのではなかろうか。――

杉本隆治は、草から腰をあげて、足を速めてわが家に向かった。頭の中はいろいろな考えが、藻《も》のように、もやもやと浮動していた。

彼は、家に帰ると、状差しの中から、以前に新聞社から回送された潮田芳子の手紙を抜きだした。

——貴紙を購読いたします。購読料を同封します。貴紙連載中の「野盗伝奇」という小説が面白そうですから、読んでみたいと思います。十九日付けの新聞からお送りください……。

女にしては、かなり整った文字だった。が、そんなことよりも、申込みの日より二日前にさかのぼって、わざわざ十九日付けからというのは、どういう意味だろう。新聞記事は、早ければ一日前の出来事が出る。『甲信新聞』は夕刊をもたない。だから十九日付けから読みたいというのは、十八日以後の出来事を知りたいという意味になるのだ。彼はそう考えだした。

彼の手もとには、新聞社から掲載紙を毎日送ってきている。その綴込《とじこ》みを、彼は机の上にひらいた。二月十九日付けから、彼は丹念に見ていった。社会面をおもに読んだが、念のため、案内広告欄も見のがさなかった。

ことをY県のどこかと東京を結ぶ関係のものに限定してみた。その考えで、毎日の記事を拾っていった。二月いっぱいは何もそれらしいものはなかった。三月にはいる。五日まではそれらしいものはなかった。十日までもなかった。十三日、十四日。ついに十六日付けの新聞に、彼は次のような意味の記事に行きあたった。

――三月十五日午後二時ごろ、臨雲峡の山林中で営林局の役人が男女の心中死体を発見した。半ば白骨化した腐爛死体で、死後約一カ月を経過している。男は鼠色《ねずみいろ》のオーバーに紺の背広、年齢三十七八歳ぐらい、女は茶色の荒らい格子縞《チェック》のオーバーに同色のツーピース、年齢、二十二三歳ぐらい。遺留品は化粧道具のはいった女のハンドバッグが一つだけである。その中に新宿からK駅までの往復切符を所持しているところから東京の者と見られる。……

翌日の新聞は、その身もとをのせていた。

――臨雲峡の情死死体の身もとは、男は東京の某デパート警備課員庄田咲次（三五）、女は同店員福田梅子（二二）と判明した。男には妻子があり、邪恋の清算と見られている。……

「これだな」

と、杉本隆治は思わず口から言葉を吐いた。東京とY県を結ぶ線はこれよりほかはない。この記事を見て潮田芳子は新聞の購読をやめたのであろう。彼女は、これが見たさに、わざわざ土地の新聞をとりよせたのに違いない。東京で発行の中央紙には、たぶん載らない記事なのだ。

「待てよ」

と、彼はまたしても考えを追った。

「潮田芳子は二月十九日付けからと指定して新聞をとりよせた。死体の発見は三月十五日で、死後約一カ月経過とある。すると、この情死は二月十八日以前に行なわれたとみても不自然ではない。時間的な符節は合っている。彼女はこの男女の情死を知っていた。新聞でその死体の発見される記事を待っていたのだ。なぜだろう？」

杉本隆治は、急に潮田芳子という女に興味を起こしはじめた。

彼は新聞社から回送された潮田芳子の住所をじっと見つめた。

4

杉本隆治が頼んだ某私立探偵社《たんていしゃ》からの返事は、それからおよそ三週間ばかりして、彼の手もとに届いた。

——ご依頼の潮田芳子に関する調査を次のごとくご報告いたします。

潮田芳子の原籍地はH県×郡×村。現住所は世田谷区烏山《からすやま》町××番地深紅荘アパート内です。原籍地よりの戸籍謄本《とうほん》によると、潮田早雄の妻となっています。アパートの管理人の話では、彼女は三年前より独りで部屋を借り受けていて、おとなしい人だということです。最近、ソ連に抑留されていた夫が遠からず帰国してくると語っていたそうです。勤め先の渋谷のバー・ルビコンに行ってマダムに話を聞くと、ここには一年前から勤めていて、その前は西銀座裏のバー・エンゼルにいた由。素行はよく、馴染《なじみ》客は数人あるが、特別な関係は見られないそうです。ただ、一人、三十五六ぐらいの瘦《や》せた男が、月に二三度ぐらい彼女を名指してくるが、そのつど、勘定を彼女が払っているところを見ると、この男だけが前のエンゼル時代から深い交渉をもっているのではないか、とマダムは言っております。いつも二人きりでボックスで低い声で話していたそうです。いつぞや友だちの女給が、あの人はあなたのいい人か、ときいたら芳子は嫌な顔をしていたといいます。芳子はその男が店に来ると、暗い顔をしていたそうです。男の名前は、誰も知っていません。

バー・エンゼルに行って話をきくと、芳子はたしかに二年前まではそこで女給をしていて、やはり評判はそう悪くありません。ただ女給としては、ぱっと明るいほうではないので、たいした客はつかなかったと言います。ここでも、ルビコンで聞いたような男が訪ねてきていたそうですが、それは彼女が店をやめる三カ月ぐらい前から顔を見せはじめたとのことです。つまり、その男が彼女のところに来るようになって三カ月後に、ルビコンに勤めの店を変えたことになります。

次に、ご依頼の××デパート警備課員庄田咲次について、その妻を訪ねると、死んだ自分の主人ながら悪口を言いました。女と心中したことが、よほど憎いとみえました。警備員というのは、デパート内の万引や泥棒《どろぼう》を警戒する役目ですが、庄田は、給料を家に半分ぐらいしか入れず、あとは、女関係に使っていたと言います。心中した相手の同デパート店員の福田梅子のことは細君も知っていて、いい恥さらしだ、と彼女は悪態を吐きました。

「わたしは主人の骨壺《こつつぼ》を仏壇なんかにあげていませんよ。縄《なわ》でくくって押入れの隅《すみ》に放《ほう》りこんであります」

と言ったくらいです。潮田芳子のことをきくと、

「そんな女は知りませんが、女遊びの好きなあの人のことだから、何をしていたかわかりませんね」

という返事でした。ここで細君をなだめて、庄田咲次の写真を一枚借りることに成功しました。この写真を持って、バー・ルビコンとエンゼルを訪ねると、マダムも女給も、芳子を訪ねてきた男は、たしかにこの人物だ、と証言しました。

ふたたび深紅荘アパートを訪ね、管理人にこの写真を示すと、管理人は頭をかいて、

「じつは、いいことではないので隠していましたが、たしかにこの人が潮田さんを月に三四回ぐらい訪ねてきて、二晩ぐらい泊まっていくことも珍しいことではなかったようです」

と答えました。これによって、潮田芳子と庄田咲次との間は、情人関係であったことが確実です。ただ、いかなる機会で二人が結ばれたかは、不明です。

なお、ご指示により、二月十八日の彼女の行動を管理人にきくと、日付けは、はっきりと覚えていないが、たしかそのころに、芳子は朝十時ごろアパートを出かけていったことがある。いつも朝の遅い人が、珍しいことがあるものだと思ったので記憶がある、と答えました。ルビコンに行って、出勤表を見せてもらうと、二月十八日は、芳子は欠勤となっています。

以上、現在までの調査をご報告いたしました。さらに特別のご依頼があれば、その点を調査いたします……。

杉本隆治は、この報告書を二度ばかり繰りかえして読んで、

「さすがに商売ともなればうまいものだな。よく、こうも調査が行きとどいたものだ」

と感心した。

これによって、庄田咲次と福田梅子の情死事件に、潮田芳子が関係していることが、はっきりとわかった。たしかに彼女は、この二人が臨雲峡の山林で心中したことを知っていた。それは彼女が朝早くアパートを出かけ、バー・ルビコンを欠勤した二月十八日に行なわれた。臨雲峡は中央線のK駅で下車する。彼女は二人をどこで見送ったのであろう？　新宿か、K駅か。

彼は時刻表を繰ってみた。中央線でK市方面行きの列車は、準急が新宿から八時十分と十二時二十五分と二本出ている。夜行は問題ではあるまい。緩行《かんこう》列車もいちおう除外しておく。行くならやはり準急に乗ったに違いないからだ。

潮田芳子が朝十時ごろアパートを出たといえば、十一時三十二分発の普通列車にも間に合うが、次の十二時二十五分発の準急に乗ったとみるほうが正しいようだ。これはK駅に午後三時五分に到着するのである。K駅から臨雲峡の心中現場までは、バスと徒歩で一時間はたっぷりかかるだろう。庄田と梅子の情死者二人は、冬の陽の昏《く》れかかる間近な時刻に、運命の場所に辿《たど》りついたことになるのだ。杉本隆治の眼は、突兀《とっこつ》たる巌石《がんせき》に囲まれた山峡《やまかい》の林の中を彷徨《ほうこう》する男女二人の姿を想像していた。

その情死は、約一カ月後に、営林局の役人によって腐爛死体として発見されて世間に知れるまで、潮田芳子だけが知っていた。彼女は、その情死の事実が世間に知れる日を、地元の新聞を読んで知りたがっていた。彼女の位置は、いったい、どこにあったのであろう。

彼は、もう一度、二月十九日付けの『甲信新聞』を開いてみた。崖崩れ。農協の不正。町会議員の選挙。格別なことはない。郷土出身という××大臣のK駅前での演説の写真が大きく載っている。

彼の眼は、この写真に固定した。いつか犬の退屈な反覆運動を眺めていた時のように、頭の中ではさまざまな思考が湧《わ》いていた。

杉本隆治は、明日に迫っている締切の原稿をそっちのけにして、頭を抱えて考えこんだ。彼の小説に愛想をつかした一読者が、ここまで彼を引きずってこようとは思わなかった。

女房は、彼が小説の筋で苦悩しているとでも思っているに違いない。

5

潮田芳子は四五人の仲間にはいって、客にサービスしていたが、朋輩から、

「芳子さん、ご指名よ」

と言われて立ちあがった。そのボックスに行ってみると、四十二三の髪の長い小太

りの男がひとりですわっていた。芳子には、まるきり見覚えがないし、このバー・ルビコンでも初めての客であった。

「君が芳子さんかい？　潮田芳子さんだね」

と、その男はにこにこして言った。

芳子は、この店でも変名は使わず芳子と名乗っていたが、潮田芳子か、と姓名をきかれて、その客の顔を見なおした。ほの暗い間接照明のなかに、卓上には桃色のシェードのかかったスタンド・ランプが点《つ》いている。その赤い光線の中に浮き出た顔は、まったく心当たりがなかった。

「そうよ、あなたは、どなたですの？」

と、芳子はそれでも客の横に腰をおろした。

「いや、ぼくは、こういう者だよ」

と、男はポケットを探って、角のよごれた名刺を一枚くれた。芳子が灯に近づけてみると、〝杉本隆治〟と活字がならんでいた。彼女は、あら、と口の中で言った。

「そうですよ、あなたが愛読してくれている『野盗伝奇』を書いている男だよ」

相手の表情を見て、杉本隆治は顔いっぱいに笑いながら言った。

「どうもありがとう。甲信新聞社から知らせてくれたのでね。たしか、お礼状をあげたはずだった。それでじつは昨日、あなたの住所の近くまで来たので、失礼だと思ったがアパートに寄ってみたのだが、お留守だった。きいてみると、ここにお勤めだということなので、今夜、ふらりとやってきたわけですよ。いっぺん会ってお礼を言いたかったのでね」

芳子は、なあんだ、と思った。そんなことに興味を起こして、わざわざ寄ったのか。「野盗伝奇」なんか本気で読んだこともない。ずいぶん、うれしがりやの小説家もあるものだと思った。

「まあ、先生でしたの。それは、どうも、わざわざ恐れ入りました。小説はとても面白く拝見していますわ」

と、芳子は身体を近くににじり寄せて愛想笑いをした。

「どうも」

と、杉本隆治はますます上機嫌《じょうきげん》に笑いながら、てれくさそうにあたりを見まわし、

「いい店だね」

と、ほめた。それから芳子の顔を、おどおどと見て、

「なかなか美人ですな」

と、ぼそぼそとした声で言った。

「あら、嫌《いや》ですわ、先生。わたしもお目にかかれてうれしいわ。今晩は、ゆっくりしてくださいな」

と、ビールを注《つ》ぎながら、流し眼をくれて笑った。この男は、まだ自分があの小説を読んでいると思っているのだろうか。たった一人の読者にこんなに感激して会いにくるとは、よほど流行《はや》らない作家だな、と思った。それとも女の読者だということに興味を抱いてきたのであろうか。

杉本隆治は、あまり酒が飲めないとみえて、ビール一本で顔を真っ赤にしてしまった。もっとも、芳子が飲むし、ほかの女給が二三人たかったので、卓の上は瓶《びん》が七八本と料理で結構にぎやかなものとなった。

杉本隆治は、女どもから「先生、先生」と言われて、すっかりいい気持になったようで、一時間ばかりで帰っていった。

ところが、すぐそのあとで芳子が、あら、と叫んだ。彼がすわっていたクッションのすぐ下に茶色の封筒が落ちていたのを拾いあげたのである。

「今のお客さんだわ」

急いで戸口まで出ていったが、姿は見えなかった。

「いいわ、また今度来るに違いないから、その時まで預かっておくわ」

芳子は傍《かたわ》らの女給に言って、和服の懐《ふところ》の中に押しこんだ。それきり、忘れてしまった。

それがふたたび彼女の意識にのぼったのは、店が退《ひ》けて、アパートに帰り、着がえのために帯をといた時であった。茶色の封筒が畳の上に舞い落ちた。ああ、そうだった、と思いだして、それを拾いあげた。封筒の表も裏も、何も書いてない。封は閉じてなく、新聞紙のようなものが覗《のぞ》いていた。それが彼女を安心させて、ひきだして見る気になった。

新聞紙の半分ぐらいをさらに四つに切ったくらいの切りぬきが折ってあった。芳子はそれを開いた。眼が驚いた。まさしく『甲信新聞』の切りぬきで、××大臣がK駅前で演説している写真であった。

真っ黒い群衆の上に白い幟がいくつもなびいている。群衆より高いところに大臣の姿がある。芳子が、たしかにかつて現実として眺めた光景であった。写真はそのままであった。

芳子は瞳《ひとみ》を宙に置いた。持った指が、少しふるえた。腰紐《こしひも》一つだけの懐が、だらりと開いたままだった。

これは偶然だろうか。あるいは、故意に、杉本隆治が自分に見せるために置いていったものなのか。彼女は迷いはじめた。足が疲れて、畳の上にすわった。蒲団《ふとん》を敷く気も起こらなかった。杉本隆治は何を知っているのだろう。彼は何か目的をもって、この封筒を置いていったように思えてきた。直感である。これは、偶然ではない。決して偶然ではない。

人の良い通俗小説家だと思っていた杉本隆治が、芳子には急に別な人間に見えはじめてきた。

それから二日置いて、杉本隆治は、また店に現われた。芳子は指名された。

「先生。こんにちは」

と、芳子は笑いながら彼の横にすわった。ビジネス用の笑いがこわばった。

やあ、と杉本隆治も笑いながら応じた。相変わらず底意のなさそうな笑顔であった。

「先生。先日、これをお忘れでしたわ」

芳子はいったん立って、自分のハンドバッグから茶色の封筒をとりだして、さしだした。唇《くちびる》から微笑は消えないが、眼は真剣に相手の表情を見た。

「あ。ここで忘れたのか。どこかで落としたのかと思っていたが、いや、ありがとう」

彼は封筒をうけとってポケットに入れた。依然としてにこにこしているが、細めている眼が芳子を見て、瞬間に光ったように思えた。が、すぐそれはそらされて、泡《あわ》の立っているコップに落ちた。

芳子は焦燥を感じた。それから、ある試みを思いたった。危ないな、と思ったが突きとめずにはいられぬ実験だった。

「それ、なんですの？　お大事なもの？」

「なに、新聞に出ていた写真だよ。K市で大臣が演説をしている写真だがね」

と、杉本隆治は、白い歯を見せながら説明した。

「その聴衆のなかに、ちょっと気にかかる顔が写っているんだ。ぼくの知ってる奴《やつ》で、臨雲峡で心中した男だ」

まあ、と声に出して言ったのは、いあわせた二人の女給であった。

「そいつはわかっているが、すぐその横に二人の女がいる。どうもそれが同伴《つれ》らしいのだ。群衆のかたまりから少し離れて立っている具合がね。その日は奴が心中した日だと思う根拠がある。しかし心中するのなら相手の女一人でよいはずだが、女が余分に一人いる。どうも変だね。ぼくは、その女二人の顔をよく見たいと思うのだが、なにしろ小さく写っているのでわからん。それで、この新聞の切りぬきを新聞社に送って、原板から引きのばして、送ってもらおうと思ったのさ。もの好きのようだが、これは少し調べてみようと思ってね」

「まあ、探偵のようだわ」

と、傍らの女給二人は声をあわせて笑った。芳子は、息がつまった。

6

芳子が、杉本隆治の真意を知ったのは、その時からであった。

杉本隆治は嘘《うそ》をついている。あの写真にはそんな顔などありはしないのだ。それは自分がよくその写真を注意して見たのだから知っている。庄田咲次も福田梅子も、それから自分も、全然、写真には出ていなかった。

写ってもいないものを、写っているという杉本隆治の企《たくら》みは、はじめて彼女に明確な決定を与えた。彼は自分を試したのだ。彼が庄田咲次と友人だというのも嘘にきまっている。

試された？　そのことはたいした脅威ではないだろう。恐ろしいのは、彼があのこ、、とを少しでも嗅《か》ぎつけていることである。その嗅覚《きゅうかく》の発展が恐ろしかった。

その畏怖《いふ》の影が、もっと彼女の心に濃く落ちたのは、次のような、さりげない実験が杉本隆治によってなされてからだった。

一週間ばかりして彼はまた店にやってきた。やっぱり彼は芳子を指名した。

「この間の写真はだめだったよ」

と、彼は邪気のない笑顔で言いだした。

「新聞社では原板を捨ててしまってないそうだ。残念だな。あの写真から面白い手がかりが摑《つか》めそうなのになあ」

「そう。惜しかったわね」

芳子は言って、コップのビールを飲んだ。芝居をしている彼がにくかった。

すると杉本隆治は、そこで言葉の調子を変えた。

「そうそう、写真といえば、ぼくはこのごろ、人なみにカメラをはじめてね。今日、焼付けをさせたばかりなんだ。見てくれるかい？」

「見せてよ」

と、お世辞の相槌《あいづち》を打ったのは、一緒にいた朋輩の女給であった。

「これだ」

彼はポケットから二三枚の印画をとりだしてテーブルの皿の横に置いた。

「あら、いやだ。同じアベックの写真ばかりじゃないの？」

女給が手にとるなり言った。

「そうさ、背景と合って、いい写真だろう」

杉本隆治は、にやにやしながら言った。

「へんな趣味ね、よそのアベックを撮ったりして。芳子さん、ごらんよ」

女は、写真をまわした。

芳子は、杉本隆治がポケットから写真をとりだしたときから、ある予感がしていた。悪い予感である。警戒が心を緊張させ、微《かす》かにふるえさせた。それが的中したのは、写真を手にとり、視線を当てた瞬間からであった。

男と女が田舎道を歩いている後ろ姿だった。武蔵野のあたりらしく、早春の雑木林が、遠近に濃淡を重ねていた。平凡な、普通の写真である。が、芳子がいきなり瞳《め》を据えたのは、人物の服装であった。男は薄色のオーバーに、濃いズボンをはいている。女のオーバーには荒らい格子縞《チェック》が、はっきり写っていた。黒白のこの写真から、庄田咲次の鼠色のオーバーに紺色の背広、福田梅子の茶色の格子縞のオーバーに同色のツーピースが、芳子の瞳にありありと色彩を点じた。

やっぱり来たな、と芳子は思った。覚悟を決めると、動悸はさほど打たなかった。彼女はうつむいて写真を凝視した。が、じつは杉本隆治を凝視しているといえた。彼の細い眼の中に光っている瞳と、空間で火花を散らしていることを意識した。

「お上手ね」

と、芳子は圧力に抵抗するように、やっと顔を上げた。さりげなく写真を持主に返した。

「うまいもんだろう」

そう言って、ほんの一二秒だが、杉本隆治は芳子の顔をじっと見つめた。彼女が写真を見ていながら意識したと同じ光った眼がそこにあった。

杉本隆治は、やはりあのことを嗅いでいる。彼はやがて知るかもしれない。芳子の心に風が吹き荒れていた。その夜、彼女は朝の四時まで眠れなかった。――

潮田芳子と杉本隆治の間は、それから急速に親しいものとなった。彼女は彼が店に来ないと電話をかけて誘った。手紙も書いて出した。女給たちがビジネス・レターと呼んでいる客に出す形式的な誘惑の手紙とは異なった、感情のこもった文句で綴《つづ》った。

誰が見ても、特別にひいきの客と、なじみの女給の間となった。杉本隆治がバー・ルビコンに遊びにくる回数とくらべて、それがどんなに早く醸成されたかは、芳子は彼とこのような約束をするほどになったのでもわかる。

「ねえ、先生。近いうち、どこかに連れていってくださらない？　わたし、一日ぐらい、お店を休むわ」

杉本隆治は鼻に皺《しわ》を寄せて、うれしそうに笑った。

「いいね。芳ベエとなら行こう。どこがいい？」

「そうね。どこか静かなところがいいわ。奥伊豆《いず》なんかどう？　朝早くから出かけて」

「奥伊豆か。ますますいいね」

「あら清遊よ。先生」

「なあんだ」

「だって、すぐ、そうなるの嫌ですわ。今度は清遊にしましょう。誤解のないように、どなたか先生のお親しい女の方を一人お誘いして。いらっしゃるんでしょ、そういう方？」

　この問いをうけて、杉本隆治は眼を細め、遠くを見るような瞳をした。

「ないことも、ないがね」

「よかった。その方、わたしもお親しくなりたいわ。ね、いいでしょう」

「うん」

「なんだか、お気がすすまないようね」

「芳ベエと二人きりでないと、意味ないからな」

「いやだわ、先生。それは、その次からね」

「ほんとうかい」

「わたしって、急にそんなことに飛びこめないのよ。ね、わかるでしょ？」

芳子は、杉本隆治の手を引きよせ、その掌《て》を指で掻《か》いた。

「よし。仕方がない。今度はそうしよう」

と、彼は退いた。

「そんなら、ここで、日取りと時間を約束しよう」

「え、いいわ、待っててね」

芳子は立ちあがった。事務室に時刻表を借りにいくためである。

7

杉本隆治は、懇意にしている雑誌の婦人編集者をとくに頼んで同行してもらった。理由はとくに打ち明けなかった。婦人編集者の田坂ふじ子は、この先生なら安心だと見くびったのか、簡単に承知してくれた。

杉本隆治、潮田芳子、田坂ふじ子の三人は昼前には伊豆の伊東に着いていた。ここで山越しに修善寺に出て、三島を回って帰ろうという計画であった。

これから何かが始まろうとしている。杉本隆治は、危険な期待に、神経が針のようになっていた。それを普通の顔色にするのに骨が折れた。

芳子は平然としていた。片手にビニールの風呂敷《ふろしき》包みを抱いていた。弁当でもはいっているのであろう。いかにもピクニックに来たというふうに愉《たの》しげなようすであった。女二人は打ちとけて話しあっていた。

バスは伊東の町を出た。絶えず山の道をはいあがった。のぼるにつれて、伊東の町は小さく沈み、相模《さがみ》湾の紫色を含んだ晩春の海がひろがった。遠くは雲の色に融《と》けいっていた。

「まあ、すてき」

女編集者は無心にほめた。

その海も見えなくなった。天城《あまぎ》連山の峠をバスはあえぎながら越すのである。乗客は少なく、大半は窓から射《さ》す陽の暖まりと、退屈な山の風景に飽いて眼を閉じていた。

「さあ、ここで降りましょう」

芳子が言った。

バスは山ばかりの中に停《と》まった。三人を吐きだすと、ふたたび白い車体を揺すって、道を走り去った。停留所は、農家が四五軒あるだけで、山のうねりが両方から迫っていた。

この辺の山中で遊んで、次か、次のバスで修善寺に向かうというのが、芳子の提唱した案であった。

「この道を行ってみません？」

芳子は曲がって林の中にはいっている一本の山径《やまみち》を指した。浮々していて額が汗ばんでいた。

径は、湧き水のためにところどころ濡《ぬ》れていた。さまざまな木々の緑の濃淡が美しい。気が遠くなるような静寂が、人間の耳を圧迫した。どこか遠方で猟銃の鳴る音がした。

灌木《かんぼく》の茂みがあった。そこだけは森林が穴のように途切れていて、草の上に陽の光が溢《あふ》れて光っていた。

「ここいらで、お休みしましょう」

芳子が言った。田坂ふじ子は賛成した。

杉本隆治は、あたりを見まわした。ずいぶん、山の中にはいったな、と思った。ここなら、人はめったに来ないだろう。彼の眼は、臨雲峡の山林を想像していた。

「先生。おすわりなさいよ」

と、芳子が言った。包みを解いたビニールの風呂敷が親切に草の上に広げてあった。

女二人は、尻《しり》にハンカチを敷き、足を揃《そろ》えて草の上に伸ばした。

「お腹が空《す》いたわ」

と、女編集者は言った。

「お弁当にしましょうか？」

と、芳子が応じた。

女二人はたがいに持参の弁当を出した。田坂ふじ子はボール箱にはいったサンドウィッチを開いた。芳子は折箱に詰めた巻ずしを出した。それと一緒に、ジュース瓶が三本、草の上に転がった。

田坂ふじ子は、サンドウィッチを一つ口の中に入れて、

「お食べなさいよ」

と、芳子と杉本隆治にすすめた。

「ご馳走《ちそう》さま」

と、芳子は遠慮せずにサンドウィッチに手を出し、

「わたし、おすしを持ってきたけれど、いつも食べつけているので、なんだかたくさんだわ。よかったら食べてくださらない？」

田坂ふじ子と杉本隆治へ小さな折詰をさしだした。

「そう。じゃ、交換しましょうか」

田坂ふじ子はためらわずに、折詰をうけとって、すしを二つの指ではさみ、口に持っていこうとした。が、その時、すしは指から離れ、草の上に飛んだ。

「危ない、田坂君」

彼女の指を叩《たた》いた杉本隆治が、血相変えて立ちあがっていた。

「毒がはいっているんだ、それは！」

田坂ふじ子があっけにとられて、彼を見上げた。

杉本隆治は、潮田芳子の蒼《あお》ざめていく顔を見つめた。芳子はこわい眼つきをし、男の視線を正面に受けてはずさなかった。火が出るような瞳だった。

「芳べエ。この手で臨雲峡で二人を殺したな。心中死体と見せかけたのは君だろう」

芳子は返事をせずに、ふるえる唇を嚙《か》んでいた。立てた眉《まゆ》が凄《すご》い形相をつくった。

杉本隆治は、その顔へ興奮でどもりながら言った。

「君は二月十八日に庄田咲次と福田梅子を誘って臨雲峡に行った。今の方法で二人を毒死させ、自分だけ逃げたのだ。あとの男女の死体は心中と見なされて残る。誰も犯人があることに気がつかない。場所も心中の名所でお誂《あつら》えむきだった。なんだ、また心中か、珍しくもない、と片づけられてしまった。君の狙《ねら》いはそれだった」

杉本隆治は、咽喉《のど》を動かして唾《つば》をのんだ。

8

潮田芳子は口をきかなかった。女編集者は眼をいっぱいに見ひらいている。ちょっとでも動くと空気が裂けそうだった。遠くで銃声がした。

「君は目的をはたした。しかし、一つだけ気にかかることがあった」

杉本隆治は、つづけた。

「それは、死んだ二人が、どうなったかという心配だった。君は、二人が倒れるのを見て逃げ帰ったのだから、その結果が知りたかった。それでなければ落ちつかない。どうだ、そうだろう? たいていの犯人は、あとで犯行現場のようすを見にくるという心理がある。君はそれを新聞を見ることで代行した。あるいは他殺か、心中かの警察の決定も知りたかったであろう。しかし東京で発行の新聞には、地方のそんな瑣末《さまつ》な事件は出ないかもしれぬ。それで君は臨雲峡のあるY県の地元地方紙の購読を申しいれた。それは賢明だった。ただ君は二つの誤りを冒した。君は申しこみにさいし、新聞社に何か理由をつけねばならぬと思ったのであろう。ぼくの書いている『野盗伝奇』が読みたいから、とつけ加えた。それは君が、怪しまれてはならぬという心の怯《おび》えからだった。よけいなことを書いたものだ。それがぼくに怪しませるきっかけをつけた。もう一つは十九日付けから送れと言った。それでぼくに事件はその前日の十八日に起こったと推定させた。はたして、調べたら、その日君は、店を休んでいた。まだ詳しく言いたいが君には無用のことだろう。ただ種々の想像を加えて、君は新宿を十二時二十五分の準急に乗ったに違いないと思った。この列車はK駅には三時五分に着く。それから臨雲峡に行くのだが、その時刻には偶然に××大臣がK駅前でたいそうな人を集めて演説していた。それは写真入りで新聞にのっていた。ぼくは、必ず、君がそれを見たに違いないと思った。よし、この写真で君を試そうと思った」

杉本隆治はまた唾をのんだ。

「ぼくはある所に頼んで、君と庄田咲次の関係を調べてもらった。もはや、君と庄田との間に一本の線がつづいていることは明瞭《めいりょう》となった。しかも庄田は相手の福田梅子とも関係がある。心中死体にしても世間は疑わない。ぼくの推理の自信は、いよいよ強くなった。ぼくは××大臣の新聞写真をわざと置き忘れて、君に見せたね。ちょっとした嘘も言った。それで君が必ずぼくに疑惑をもつと思ったからだ。つまりぼくが君を試していることを、知ってもらいたかった。それだけでは弱いから、心中死体の服装を新聞記事で知って、ある若い友だちにそれに似た服装をしてもらって写真を撮り、君に見せた。君は、ぼくが試していることを確実に知ったであろう。君はぼくが気味悪くなり、恐ろしくなったに違いない。次はぼくが、君の誘いを待つ番だった。はたして君はそれをやった。君は急速にぼくに親しくなろうとし、今日、ここに誘いこんだではないか。君は女の友だちを一人連れてこいと言った。ぼく一人の死体では心中にならないからな。田坂君とぼくがそのすしを食ったら、その中に仕込んだ青酸加里か何かでたちまち息を引きとる。君はこっそりこの場を去る。三から一を引いて、二つの情死死体がこの奥伊豆の山中に残るというわけだ。ああ、他人のことはわからないものだな、あの二人が心中するほどの仲とは知らなかった、と世間はおどろく、女房はぼくの遺骨を押入れの中に足蹴《あしげ》にして投げこむかもしれない」

とつぜん、笑いが起こった。潮田芳子は口の奥まで見せて、仰向《あおむ》いて笑った。

「先生」

と、彼女は笑いをとつぜん消すと鋭く言った。

「さすがに小説家だけに、うまく作るわね。じゃ、このおすしに毒薬が仕込んであると言うの？」

「そうだ」

小説家は答えた。

「そうですか。それじゃ、毒薬で死ぬかどうか、わたしが、この折りのおすしを全部食べてみるから、見ていて頂戴《ちょうだい》。青酸加里だったら三四分ぐらいで死ぬわね。ほかの毒物だったら、苦しみだすわ。苦しんでも、ほっといてよ」

潮田芳子は、呆然《ぼうぜん》としている田坂ふじ子の手から折詰を引ったくると、たちまち指で摑んで口の中に入れはじめた。

杉本隆治は息をのんで、その光景を見つめた。声が出なかった。眼をむいているだけである。

巻ずしは輪切りにして七つか八つあった。芳子はつぎつぎにそれを嚙んで咽喉に通した。非常な速さで、ことごとくそれを食べつくしたのは、むろん意地からであった。

「どう、みんな食べたでしょ？　おかげで、お腹《なか》がいっぱいになったわ。わたしが死ぬか苦しむか、そこで待っていて頂戴」

そう言うと、彼女は長々と草の上に寝そべった。

温和な太陽は彼女の顔の上を明るく照らした。彼女は眼を閉じた。鶯《うぐいす》が啼《な》いている。長い時間が経過した。杉本隆治と田坂ふじ子とが、傍《かたわ》らで声も出さずにいるのに変わりはない。さらに長い長い時間が過ぎた。

潮田芳子は眠ったようである。身動きもしない。が、つむった眼の端から、涙が一筋流れ出た。杉本隆治は、危うく声をかけるところだった。

そのとき、彼女はぱっと飛び起きた。はねるような起き方であった。

「さあ、十分ぐらいは経《た》ったわね」

と、彼女は杉本隆治を睨《にら》んで言った。

「青酸加里だったら、とっくに息が止まっているわ。ほかの毒薬でも徴候がはじまっているわ。だのに、わたしは、こんなに、ぴんぴんしているわ。さあこれで、あなたの妄想《もうそう》のでたらめがわかったでしょ。あんまり失礼なことを言わないでよ」

彼女は言いおわると、さっさと空箱と瓶をビニールの風呂敷に包み、草を払って立ちあがった。

「帰ります。さよなら」

潮田芳子は、その一言を残すと、大股《おおまた》で道を元の方へ歩きだした。どこにも変わったところの見られない、しっかりした足どりであった。姿は、林の枝の煩瑣《はんさ》な交差の中にすぐ消えた。

9

潮田芳子が杉本隆治に送ってきた遺書。

——先生。

わたしの犯罪は、あなたのおっしゃったとおりです。どこも訂正するところはありません。たしかに臨雲峡であの二人を殺したのはわたしでした。なぜ殺したか。それはまだあなたの推理には届いていないようですから、最後に申しあげます。

わたしの夫は終戦の前年に、満州に兵隊としてとられていきました。結婚後、半年も経っていませんでした。わたしは夫を愛していましたから、終戦と同時に、満州の大部分の将兵がシベリアに連れ去られたことを聞いて、たいそう悲しみました。しかし元気であれば、いつかは帰ってくるものと信じ、長い間それだけを待っていました。

夫はなかなか帰ってきませんでした。わたしが、舞鶴《まいづる》までむだな出迎えにいったことも一再ではありませんでした。が、夫はもとから身体は頑健《がんけん》でしたから、いつかは帰ってくるものと信じ、長い長い歳月をひとりで待っていました。いろいろな仕事に転じました。女一人で楽には暮らせません。最後の職業がバーの女給でした。

西銀座裏のエンゼルです。

女給という職業は、かなりな衣装がいるものです。パトロンのない身には、その衣装づくりに苦労します。わたしはなけなしの貯金をはたき、ある日、デパートにドレスを買いにいきました。見かけだけのいちばん安いものを買いました。それだけで帰ってくればよかったものを、ふとレースの手袋が買いたくなって、特売場に行きました。いろいろ漁《あさ》って一対を求め買物袋に入れました。それから一階におりて戸口を出ようとしたら、一人の男に丁重に呼びとめられました。彼はこのデパートの警備員でした。わたしの買物袋の中をちょっと見せてくれと言うのです。人気のない場所に連れていかれ、袋の中からとりだされたものは二対の手袋でした。一対は包装紙で包んであったが、一対はそのままでした。デパートの買物検印のない品です。わたしはおどろきました。たぶん特売場の台から、この軽い品がわたしの買物袋の口に落ちこんできたに違いありません。

わたしは弁解しましたが、その警備員はきいてくれません。わたしの住所と氏名を手帳に控えました。わたしは真っ青になりました。万引女にされたのです。その男は、にやにや笑いながら、ともかく、その日は帰してくれました。

しかし、それですんだのではありません。もっと恐ろしいことが、あとにつづきました。ある日、その男が、わたしのアパートに訪ねてきたのです。ちょうど出勤前でした。男は畳の上にあがりこみ、今度は自分の料簡《りょうけん》で内密にしてやると言いました。わたしは喜びました。自分の故意にしたことではないにしろ、そんな誤解の恥からのがれたことに、ほっとしました。もしお店やアパートの人たちにこれが知れたらどうしようと毎日生きた心地もなかったからです。そんな女の弱味につけこんだその男の行動が、それからどんなふうに変わったかは、ご想像がつきましょう。わたしが弱かったのです。勇気が欠けていたのです。わたしは、その男の強要に抵抗を失いました。その男、つまり庄田咲次はそれからわたしに付きまといました。彼はわたしの身体を欲しがるばかりでなく、ときには小遣銭までまきあげていきました。お店に来ては、わたしの支払いで酒もタダで飲んでいきます。わたしはヒモを持ったのです。わたしは夫をうらみました。なぜ早く帰ってきてくれないのか。あなたが帰ってくれてさえいたら、こんな地獄の目に会わなくともすんだものを、と思いました。逆恨みかもしれません。夫にすまないのは、わたしのほうでした。でも、ほんとにそう思ったのです。

庄田という男は下劣で、とても夫の比ではありません。それに、女がずいぶんありました。福田梅子もその一人です。彼は、しゃあしゃあと福田梅子をわたしにひきあわせるのです。たぶん、わたしの嫉妬《しっと》を煽《あお》らせて愛情をつなぐつもりだったのでしょう。それにわたしが、いくぶんでも、のったというのは、どういう心理からでしょうか。

そのうち、音信のなかった夫から、便りが届きました。近いうちに帰国できるというのです。わたしはよろこびました。青空を仰ぐような気持でした。それから悩みました。庄田咲次のことです。夫が帰ってきたら、すべてを白状して裁きを待つつもりでしたが、その前に庄田と手を切らねばなりません。庄田に事情を言って頼むと、彼は受けつけないばかりか、かえってわたしに情欲を燃やすのでした。わたしの彼に対する殺意は、こうして生じました。

殺した方法は、あなたの推理されたとおりです。福田梅子を誘って臨雲峡に行こう、と言うと庄田はこの奇態なピクニックをよろこびました。情婦二人を連れていくことに彼は変態的な誇りを感じたのでしょう。

列車は新宿発の十二時二十五分に約束しましたが、わたしはわざとその前の十一時三十二分発の普通列車にしました。列車の中で三人一緒にいるところを、知った人に見られたくなかったからです。この列車はK駅に十四時三十三分につきます。庄田たちの乗っている準急がつくまで、三十分ばかりありました。その間に、わたしは駅前飲食店で中華そばを食べながら、あなたの小説の載っている『甲信新聞』を読んだのでした。列車から降りた庄田たちと一緒になったときに、駅前で××大臣の演説がありました。

わたしは庄田と梅子に臨雲峡の山林で青酸加里のはいった手製のおはぎを食べさせました。二人はあっという間に倒れました。あとは、わたしが残りのおはぎを片づけて帰れば、心中死体が残るわけです。それは、うまく運びました。

わたしは、ほっとしました。これで、安心して夫の帰りが待てます。ただ、気にかかるのは、二人の死体をはたして情死と見てくれるか、あるいは他殺となるか、警察の判断が知りたかったのです。そのため、飲食店で見た『甲信新聞』をとることにしました。あなたの小説を理由にしたため、そこからあなたの不審を招く結果になりました。

わたしは、夫をどうしても欲しいのです。それで、今度はあなたを抹殺《まっさつ》しようと思いました。庄田を殺したのと同じ方法で。

だが、それも見破られました。あなたは、わたしの弁当のすしを疑いましたが、毒物はじつはジュースにいれていたのです。すしを食べたあと、咽喉の乾きにジュースを一息に飲んでいただこうと思って。

そのジュース瓶は、わたしがその場で持ち帰りましたね。むだではありません。これから、それをわたしが飲むところです……。

遠くからの声

1

民子《たみこ》が津谷敏夫《つたにとしお》と結婚したのは、昭和二十五年の秋であった。仲人《なこうど》があって、お見合いをし、半年ばかり交際をつづけ、たがいに愛情をもちあって一緒になった。愛情は民子のほうがよけいに彼に傾斜したといえる。

その交際の間、民子の妹の啓子《けいこ》は、ときどき、姉に利用された。民子の家庭はわりあいにきびしいほうだったから、民子が敏夫と会うのに、そう何度も実行するのは気がひけた。その場合に啓子は利用された。一人で外出はいけないが、二人なら許される。そのような家庭であった。

民子と敏夫の会合は銀座へ出てお茶をのんだり、食事をしたり、映画を見たり、そんなたあいのないものだったが回数の半分は啓子が必要であった。姉にとって邪魔な存在だったが、家を出る時には重宝《ちょうほう》だった。

啓子は食事でも勝手な注文をつけ、映画も自分の好みを主張した。

「利用の報酬としては当然の支払いよ。」

と言った。散歩するときでも姉たち二人を先にやるという心づかいはなく、いつも敏夫を真ん中にしてならんで歩いた。啓子がいるかぎり、民子は敏夫と二人でいられるという意識の流れは寸分もなく、いつも啓子が対等に割りこんできた。そのとき、啓子は女子大を卒業する前の年であった。

啓子は初めから敏夫を「お兄さま。」と呼んでいた。姉と敏夫とは当然に結ばれるものと断定したようなものの言い方であった。それは民子にとって、うれしくないことはない。また啓子が敏夫に対して妹ぶって慣れ慣れしく振るまうのを心でくすぐったくもあった。が、あまり無遠慮にされると、ときには少々腹にすえかねることもあった。

いつか、そのことを、ちょっと注意したことがある。すると啓子は即座に、

「へえ、お姉さまって、やきもちやきね。」

と、眼の隅に黒い瞳《ひとみ》をよせて言った。啓子の眼は腫《は》れぼったい感じの二重瞼《ふたえまぶた》だった。淡く、ほんのりとそれに紅色がのっている。それが流し目になると、妙に艶《えん》な感じだった。

姉は、わが妹ながら不快になった。

民子は敏夫と式を済ませると、日光の中禅寺《ちゅうぜんじ》湖畔に行った。それは、彼女のかねて

の希望だった。どこにも旅行しないで、湖岸の宿で一週間ほど過ごそうというのだった。各地の旅館を転々と泊まり歩くのは、何か不潔めいた感じで嫌《いや》だった。中禅寺湖を選んだのは、女学生のころ修学旅行に来て、たいそう気に入ったのである。宿は、朱塗りの古い寺の近くで、青い瓦《かわら》がのっている家だった。もっと近代的な白い建物のホテルもあったが、民子は新しい夫に言って、その古風な、格式のありそうな宿を選んだ。それは民子の好みだった。

紅葉の季節には遅かったが、客はまだ混んでいた。しかし宿では一週間の滞在だというのでいい部屋をとってくれた。縁側の籐椅子《とういす》に倚《よ》っていると、湖面を見渡し、男体山《なんたいさん》が肌に筋をひいた容《すがた》を正面に見せた。遊覧船の音楽が、風の具合で、近くなったり、遠くなったりして聞こえた。

二人はそこで二日を過ごした。

すると三日めの昼過ぎに、宿の帳場から、お客さまでございます、という電話がかかった。

「お客さまって誰だろう？」

敏夫は、民子の顔を見た。

民子は、はっと直感するものがあった。女中に案内されてはいってきたのは、やっぱり啓子だった。

「こんにちは。」

と言って、啓子は二人の表情を見くらべて、にこにこした。

民子は妹の闖入《ちんにゅう》にきっとなった。はじめは、家で何か起こったかと、いちおうは思った。

「啓ちゃん。お家《うち》で変わったことでもできたの？」

と言った。それなら電話がある。

「いいえ、遊びにきたくなったから来たの。今夜一晩、泊まっていくわ。」

啓子は、スカートの裾《すそ》をひろげるようにしてすわって答えた。相変わらず独《ひと》り決めな言い方であった。

「それで、お母さま、行ってもいいって、おっしゃったの？」

少々、非常識な仕方に、声は母への非難にとがったが、

「ううん。」

と、相手は平気なものだった。

「藤沢の叔父さまん家《ち》へ遊びにいってくると出てきたんだけど、急にお姉さまんところへ来てみたくなっちゃった。」

そう言うと、眼を外に向けて、

「あら、いい眺めね。」

と、声を上げた。

「まあ、ゆっくり遊んでいきたまえ。」

と、敏夫が仕方なしに民子に気がねしたように言った。

2

夜になって、三人で湖畔を散歩した。宿の前から右に行くと灯《ひ》の多い町に出る。三人は左の道を行った。道はきれいだが、暗くて寂しい場所である。左手は山が迫って、黒い森がつづいていた。

霧が一面に立って湖を匿《かく》していた。夜だが、それがほの白く暗い乳色を流している。人に行き会ったが、五六間先まで、姿の現われるのがわからなかった。遠い灯が、磨《す》り硝子《ガラス》を透《す》かしたように滲《にじ》んだ。

湖の方から人声が聞こえていた。誰かボートを出しているようだが、厚い霧の中で何も見えなかった。若い人らしく歌っていた。外国の大使館の別荘の前では、窓から明るい灯が流れている。この光も水に濡《ぬ》れたように滲んでいた。

　啓子は、一人で先にずんずん歩いていった。白い霧のおりた黒い木立のぼやけた奥行に、彼女の姿は精霊《しょうりょう》のように消えた。だいぶん遠慮しているな、と敏夫は思ったが、やがて見えぬ向こうから大きな声が聞こえた。

「おにいーさまあ。」

「おねえーさまあ。」

　声まで霧に濡れていそうだった。語尾が水を渡って消えた。

　返事しないでいると、三度も四度もつづけて繰りかえした。少し執拗《しつよう》であった。

「しようのない奴《やつ》だな。」

　敏夫が言うと、民子は、

「ねえ。」

と、舌打ちしそうに言って同調した。しかし敏夫は妻の同感するほどには、いやではなかった。心のどこかに甘いものがあった。感情は言葉と妻の共感からずれていた。

　湖上のボートから、啓子の真似《まね》をして、おにいーさま、おねえーさま、と揶揄《やゆ》する男の声がした。その声も見えない水の上を伝わって滑った。

　啓子が走り戻ってきた。

「すてき。」

と、ひとりで手を拍《う》った。

「こんな深い霧の中に走りこんでいく気持、とてもいいわ。自分が現世から消えていくみたい。」

「だめよ。」

と、民子が叱《しか》った。

「みっともないわ。」

「あら。」

啓子は姉の肩を打った。

「いいじゃないの。霧の中にかくれて声だけかけるの、とてもすてきよ。」

「大きな声を出したりして、はしたないわ。」

「へーんだ。」

啓子は姉の傍らから急に二三歩離れて姉の横顔を見つめるようなふうをした。暗くて表情はわからないが、啓子が、あの腫れぼったい瞼の下で、いつもの眼をしているかと思うと、民子はいやな気になった。

その夜は、一つの部屋に三つ床をのべてもらって寝た。宿が混んでいて、ほかに部屋もなかったためでもあった。民子が真ん中に寝た。民子は、妹がまだ銀座の延長ぐらいに考えて悪びれもせずに、こんな場所にまで割りこんでくるのが、平静な気持で受けとれなかった。

「あんた、黙ってこんなとこへ来ちゃ、家で心配しているわよ。」

民子は寝ながら言った。さすがに、それ以上言えなかった。

「平気。明日、帰りまあす。」

と、啓子は、語尾をバスガールの調子で言い、

「夜霧、よかったわ、お寝《やす》みなさい。」

と、くるりと背中を向けると、蒲団《ふとん》を顔の上まで引っかぶった。

翌朝起きると、啓子は、けろりとして、湯ノ湖《ゆこ》の方に行ってみたい、などと言いだした。

「だめよ。帰れなくなるわ。」

民子は眉《まゆ》に皺《しわ》を立てた。

「大丈夫よ。車で一まわりすれば、ケーブルの駅にお昼ごろまでに着けるわ。夕方までには東京に戻れるのよ。ねえ、せっかく、来たんですもの。見て帰りたいわ。」

啓子はねだった。そういう時は、ひどく殊勝気《しゅしょうげ》だった。自分で勝手に来ておきながら、せっかく来たもないものだ、と、民子は肚《はら》がおさまらなかったが、敏夫が横から

取りなすように、

「いいじゃないか。ぼくも見たいから行こう。」

と、口を入れた。夫のほうが啓子と調子を合わせているようで、民子は気が弾《はず》まなかった。

車で湯ノ湖に向かった。途中で鱒《ます》の養殖場を見たり、滝の見物をしたりした。戦場ヶ原を通って湯ノ湖につくと、またしても啓子は、湖畔の山の径《みち》を歩きたいと言いだした。運転手にきくと、二キロくらいでしょうという答えだった。

「遅くなるわよ。」

と、民子は、はっきり非難の口調で言ったが、大丈夫よ、二キロぐらい三十分で歩けるわ、と啓子はさっさと車を降りた。

湖岸の一方は茂った山がおりていた。遊歩道ともいえない細い道が、林を縫って湖に沿っていた。ならんでは歩けないので、啓子が先頭にたち、敏夫と民子の順となった。片側は灌木《かんぼく》の茂みを透かして、絶えず陽《ひ》を反射している湖面が見えたが、別な側は、猿でも出てきそうな深い木立の急な傾斜だった。

「かわいい湖だわ。」

と、啓子は立ちどまって言った。なるほどそれは池を大きくひろげたくらいのものだった。湖面はあたりの山の影を深い色で沈ませていたが、外人がたった一人、ボートを浮かして釣《つり》をしていた。

歩きだした啓子が、とつぜん、裂けるような声をあげて、後から来ている敏夫にしがみついた。粘《ねば》い光沢のある蛇の尻尾《しっぽ》が叢《くさむら》に消えるところだった。

驚いた啓子は、順序としてすぐ後ろの敏夫の腕にとりついたのであろう。しかし、民子には、素直にそれが取れなかった。

「いやな子ね。」

と、夫の背に吐いた。

3

敏夫と民子は、高円寺《こうえんじ》に家をもった。

啓子が、さぞたびたび、遊びにくるだろうと思ったが、ついぞ一度も覗《のぞ》きにこなかった。あれほど煩《うる》さくつきまとったのに、まったく手の裏を返したようであった。

「啓ちゃん、どうしたのだろう？」

敏夫は、民子に手つだわせて朝の出勤の支度をするときや、茶の間で新聞を読みあきたときなど、思いついたように言った。

「そうね。気まぐれな子ですから。」

と、民子は何気なく言った。言ってしまって、気まぐれな、というのは、二つの意味があるのに気づいた。

啓子が自分たちの夫婦の間に割りこむようなもつれ方は、民子には単純に受けとれない。少女の無邪気と考えるには、何かしんのようなものがあった。それが民子に抵抗を感じさせた。不愉快に思うのは、そのためだったが、妹のやり方には、姉の抗議を受けつける隙《すき》をどこにも備えていなかった。なまじっか言い出せば、民子のほうが、赤い顔をしなければならないのである。みっともないとわらわれそうだった。それがよけいに彼女を苛立《いらだ》たせた。

民子は、妹が夫の津谷敏夫に向けている気持が、本気だとは思っていなかった。それは小さいときから姉の持っているものを羨《うらや》ましがってねだってきた妹のそのままの延長だと思っている。しかし、その気まぐれは、民子にとって、ずいぶん、迷惑な気まぐれであった。

だが、高円寺に移って以来、妹がぱったり来なくなったのも、いかにも彼女らしかった。眼の前にあると欲しくなるが、どこかに見えなくなると、けろりと忘れてしまう。そんな気まぐれなところは、幼いときと性格が少しも変わっていなかった。だが、今度の気まぐれは、民子にとってありがたかった。もはや、よけいな焦燥を覚えることもなく、助かった思いである。敏夫が、そんなことを言いだす前に、彼女は早くから妹の現われないことに、夫より百倍の意識を持ちつづけてきたのだ。

民子は、ときどき、実家に寄った。それは、たいてい昼間だったから、啓子は学校に行っていて、姿の見えないときが多かった。

「啓子ちゃん、このごろ、どうしているの？」

民子が母に聞くと、

「それがね、男の学生の友だちとつきあっているらしいよ。」

と、母は困ったような顔をした。

「まあ、いやね、大丈夫かしら？」

「あの子は、あんなおてんばだけど、しっかりしていて心配ないと思うけどね。」

「学校を卒業するのは来年ね。卒業したら、早く結婚させることだわ。」

民子は、そう言って、すぐにはっとした。その言葉には妹への冒瀆《ぼうとく》があることに気づいた。それからその冒瀆には、民子自身の利己的な企《たくら》みが横たわってはいないか。

――

「そうだね。」

母は浮かない顔をして、ぼんやりした返事をした。

民子は高円寺の家に帰って、夕支度しながら、夫に啓子のことを話したものかどうかと、迷った。素直にそれを夫に言えない何か引っかかるものがあった。それを聞いたときの夫に出る表情がこわい。そのような恐れだった。

だから、夫が帰って着替えを手つだうときも、食事を向かいあってするときも、なんにも言いださなかった。言いだすのを押さえていたというほうが適切であろう。

だが、畳に腹這《はらば》って新聞を読んでいる夫の姿を見たとき、民子は匿している悪事を告白するように言ってしまった。

「啓子ね、近ごろ男の学生と遊んでるんですって。今日行ったら、母が心配してたわ。」

夕刊を見ている夫は、顔も上げなかった。

「ふうん。」

と言っただけだった。いいとも悪いとも言わず、普通なら振りむいて飛びついてくるかもしれない話題なのに、うつむいた顔の位置は少しも動かなかった。

民子は、夫の動揺を見た思いがした。少なくとも平静ではないのだ。それを隠そうとして顔を上げずに無関心を装《よそお》っているのだ。そうとしか思えなかった。彼女は心がかすかに震《ふる》えた。やっぱりそうだったという意識が、底の深いところで働いていた。

敏夫は、かなり時間を費やして新聞を読んで身体《からだ》を起こしたが、まったく別な話をはじめた。それが民子を不機嫌にした。いかにもわざとらしさが感じられた。敏夫は民子の不興げな様子を窺《うかが》うようにしていたが、彼も意識して不快に黙りこんでしまった。夫と妻の間から啓子の名は逃げていった。

しかし、民子はその後も実家に帰っていることだから、むろん、啓子とは接触があった。接触といっても、ただ顔を見るにすぎない。以前のように、姉妹で話しあうゆっくりした時間はなかった。

「啓子ちゃん、うちへは、ちっとも来ないのね。」

と言うと、

「なんだかやることが多くって忙しいのよ。そのうちご機嫌伺いに行くわ。」

と、啓子はそれが特徴の細く筋の通った鼻に皺を寄せて笑った。

「あんまり翼《はね》を伸ばしたらだめよ、お母さまが心配してたわ。」

「大丈夫。」

笑った横顔のままで、そそくさと出ていくのである。——しばらく、見る機会が途切れていると、会うごとにおとなびていた。

敏夫はその年の暮に、北海道の支店に転勤となった。民子は妊娠していたが、まだ身体には差しつかえないという診断なので、いっしょについていった。札幌《さっぽろ》は寒いと覚悟していたのに、室内の暖房設備ができているので、東京の家よりはあたたかかった。

4

春が来て、四月の半ばに民子は男の子を産んだ。東京の実家から祝いの品が到着すると、それを追いかけるように、母から啓子のことで手紙が来た。

啓子が学校を卒業したので、就職のことかと思うと結婚の話だった。それはいいのだが、相手は十五も年上の中年男で、妻に死なれて二人の子がある。しかもそれは啓子の希望というのである。

むろん、反対だが、啓子はきかない。父は怒っている。近いところなら啓子を説得に来てもらいたいが、それができぬなら、その主旨の手紙を彼女にやってくれというのだった。

夫婦は顔を見合わせた。

「啓子、どうしたんでしょう。いやだわ、十五も年上の子供持ちの男のところへ後妻だなんて。」

民子は眉をしかめた。

「恋愛でもしたんだろう。近ごろの若い娘は中年男に魅力があるそうだから。」

敏夫は平然とした言い方をしたが、民子の眼には夫はどこか元気のない様子に見えた。

「あなた、啓子に手紙を書いておあげになったら？」

それは、あなただったら啓子はきくわ、という意地悪い含みを自分でも意識した。

「おれなんかの言うことをきくものか。おまえ書いてやれ。」

夫はなげやりに答えた。それから夫婦の間に気まずい空気が水のように流れた。

二カ月経《た》つと、啓子の結婚式の通知が来た。ついに、啓子が父母の反対を押しきったらしい。都合できたら上京してほしいと言ってきたが、敏夫は仕事の都合で、民子は産後の理由で行かなかった。

その後から来た母の手紙では、啓子はその男と結婚できなければ死ぬと言って騒いだというのだ。相手は出世の望みのありそうに思えない、ある会社の平社員とのことだった。

「いやだわ。」

民子が読んだあとで呟《つぶや》くと、

「愛してるんなら、はたで言ったって、だめだよ。」

と、敏夫は存外冷たい調子で言った。

愛しているとは民子には信じられなかった。民子には、四十近い、無気力な相手の男の顔が想像できそうであった。そんな男を、あの啓子が好きになるとは思えない。啓子の今度のやり方には、自分で眼隠しして駆けだしたような、なげやりな危なかしさがあった。

それでも、挙式をすませた型どおりの挨拶状《あいさつじょう》が、新婚夫婦の名を印刷して配達された。はがき二枚折りの紙の金ぶちを眺め、民子は素足で泥の中にはいったような気持と虚《むな》しさを覚えた。彼女は帰ってきた夫にそれを見せた。敏夫は、それを一瞥《いちべつ》して、黙って状差しに差した。何気なさそうな振舞いだったが、彼の肩も落ちていた。民子は、はじめて自分の空虚が夫の空虚に密着するのを感じた。この夫への愛着が潮のようにさしてきた。

それから二カ月も経たないうちに、東京の母から速達が来た。啓子が駆落ちをしたという知らせだった。母の字は乱れている。相手の男は、啓子が学校時代につきあっていた学生の一人であった。

民子は、会社の夫に公衆電話で告げた。

「あなた。大変ですわ。啓子が家出したんですって。」

さすがに、電話口で駆落ちとは言えなかった。

「何？」

家出という言葉がわからず、敏夫は二三度ききかえした。

「そうか。よし。」

夫はあわてない声で静かに言って電話を切った。語尾が事務的なだけに、民子は夫の声の内容を受けとった。

帰宅した敏夫は、着替えてから、ゆっくり手紙を読んだ。駆落ちした先はわからないと書いてある。父は激怒して勘当すると言っているが、もしそちらに行ったら知らせてくれという文面だった。

「まさか、こっちへ来るものか。」

敏夫は手紙を投げだして言った。

「どうしたんでしょうね。啓子。あれほど大騒ぎして一緒になった人を、またたくまに捨てるなんて。どんな気かしら？」

民子が言うと、

「しようがない奴だな。」

と、敏夫は呟いた。吐きだすような調子ではなく、声には何か愛情の籠《こも》ったものが響いていた。民子はそれを抵抗なしに感じた。

母からの三度めの速達で、啓子の行方《ゆくえ》が知れた。男は郷里の九州の炭坑の事務員に就職していて、啓子は同棲《どうせい》していることがわかった。

「前から、その人のほうが好きだったのかしら。」

民子は夫にまた言った。

「さあ。」

敏夫は、それだけ言った。だが、その短い曖昧《あいまい》な言葉には、底に否定が感じられた。言えないがおれは知っている、そう言いたそうな彼の一言だった。

それから一年経ち、二年めに敏夫は本社に呼び戻され、夫婦は東京にかえった。

父は老い、母はそれ以上に老いていた。

「啓子は、どうしていますの？」

民子は一番にきいた。

「なんだか、こっちから手紙を出しても、ろくに返事をよこさないよ。お父さまは勘当しているからかまうなとおっしゃるのだけどね。」

民子も母から啓子の住所を知らせてもらって、前に二三度手紙を出したが、ついに返事の来なかったことを思いだした。

啓子が決して幸福な生活をしていないことをそれは知らせていた。

5

半年ばかり経って、敏夫は福岡の支店に出張した。その用事が予定より一日早く片づいたので、敏夫は啓子を訪ねてみる気が起こった。いや心のどこかで早くからその用意がすすんでいたといえる。

東京を出るとき、民子が、

「啓子を訪ねてくださる？」

と、そっときいたが、

「忙しいから、そんなひまがあるものか。」

と、無愛想に返事した。だが、そのときすでに啓子を訪ねてみたい気持が動いていたのだ。啓子のことになると、彼はなんとなく妻に圧迫を感じた。

敏夫は、突然も悪いと思って、福岡から明日何時の汽車で行くから、という電報を啓子あてに打った。その夜は宿であまり熟睡できなかった。

啓子のいる所は、福岡からいくつめかの駅で支線に乗り換え、途中でまた支線に乗り換えねばならない幸袋《こうぶくろ》という名の寂しい田舎町だった。汽車の窓からは、三角形のボタ山が絶えず見え、いかにも筑豊炭田《ちくほうたんでん》の真ん中にはいった感じだった。彼は、東京の女子大に通《かよ》ったころの啓子を思い、彼女がこんな所に埋まったように住んでいることが奇妙でならなかった。

幸袋の寂しい駅を出たときに、敏夫は、

「お兄さま。」

と、横から呼びかけられた。何年ぶりに聞く啓子の声であった。

啓子はやや年とった感じになった以外は、昔と少しも変わっていなかった。少女の線がなくなっただけに、女ざかりの美しさがかえって出ていた。さぞやつれているだろうと想像してきた敏夫には、少し意外であった。そのかわり身なりはやはり寂しかった。

「しばらく。変わりない?」

敏夫が言うと、

「あら。意地悪ね。大変わりだわ。」

と、白い咽喉《のど》を見せて笑った。そんなところも昔とまったく同じであった。

「お宅は？」

「お寄りしていただくのが恥ずかしいの。電報をいただいていっしょに来るというのを断わったわ。」

主語をはぶいているが、むろん、夫のことだった。

「川の方へ歩きません？」

啓子は誘った。はじめから家に連れ帰って泊める意志のない言い方であった。敏夫も、彼女の夫に会う気づまりさが救われて助かった。

川幅は広いが、水は河床《かしょう》の真ん中を細く流れていて、蘆《あし》や草が伸びていた。河床の両端は野菜畑や麦畑になっていた。放し飼いにしたたくさんな牛が遊んでいた。

堤防の道を、二人はならんで歩いた。

敏夫は、自分が北海道へ去って以後の啓子の事情をたずねようと思ったが、途中でやめた。啓子の表情はそれを拒絶していた。また実際に、残酷できけなかった。

「お姉さまお変わりない？」

と、啓子はきいた。

「ああ。君のこと、しょっちゅう心配しているよ。」

敏夫は言った。それだけが、せいぜいの言い方であった。

啓子は、ふ、ふ、ふと含み笑いした。それから気づいたように、

「あ、そうそう。坊や、元気？」

とたずねた。

「うん。いたずら盛りだ。」

「そう。いいわね。」

その言い方に、どこか感慨がありそうだった。敏夫が横を見ると、彼女は、顔をうつむけていた。

敏夫は、はっとした。このとき、何かを知ったと思った。

「君のほうは？」

敏夫は眼を遠いボタ山の茶褐色に向けて言った。彼女は、顔を上げ、首を振りながら、声を出さずに笑った。自嘲《じちょう》したようなしぐさであった。

堤防の下の麦畑に穂は青く伸びていた。一人の青年が麦笛を鳴らしながら、青い中を腰から上を見せて歩いていた。敏夫も啓子も、それをじっと眺めた。

「詩人ね。」

と呟いた。麦笛の青年のことだった。

敏夫は、ふと口に出した。

「昔の君だったら、あの麦の中に姿をかくして、ぼくたちを呼ぶところだね。ほら、いつかの中禅寺湖の霧の中のようにさ。」

啓子はそれにも黙って、かすかな笑いをただよわせていた。なんともいえない寂しい顔であった。

二時間ばかりで、敏夫たちはもとの駅に引きかえした。二時間のあいだに、要するにこれだけしか話しあわなかった。しかし敏夫はもっとたくさんなものを彼女から知った。

汽車が来て、二人は改札口で別れた。動きだした窓から見ると、啓子は顔いっぱいに笑いながら手を振っていた。十日ばかりしたら、また会えそうな別れ方であった。

敏夫は座席に落ちつくと、ひとりでに涙が出た。啓子の気持が、はじめてわかったと思った。

自分たち夫婦が高円寺に新家庭をもったら、ぱったり姿を見せなくなったことも、北海道に移り子供が生まれると、さもそれを機会にしたように年上の後妻にすすんでいったことも、たちまちほかの男と駆落ちしたことも——彼女が子供のことをきいた瞬間の、かくしきれない感慨の表情から敏夫は解いた。

啓子は自分を想《おも》ってくれていたのだ。それで自分たち夫婦の生活が固まるごとに、彼女はわざと自身で遠ざかる行動をとったのだ。自分との距離をだんだん広げるつもりで、すすんで転落していったのである。

彼女が男学生と遊び、後妻に行き、駆落ちする屈折のたびごとに、その動きが遠くから彼に呼びかけてはいないか。

「おにいーさまあ。」

「おにいーさまあ。」

中禅寺湖の霧の中に自身の姿をかくして呼んでいる彼女の声が、彼の耳朶《じだ》によみがえった。

敏夫が帰京して一カ月ばかりすると、啓子が妻子のある炭坑夫と逃げたことを知った。

敏夫は、また啓子の呼ぶ声を聞いたと思った。

白い闇《やみ》

1

信子の夫の精一は、昭和三十×年六月、仕事で北海道に出張すると家を出たまま失《しっ》踪《そう》した。――

精一は、石炭商をしていた。それで商売の用件でたびたび東北の常磐《じょうばん》地方や北海道に行く。だいたいの予定を立てていくが、用事しだいでは長びくことがあった。それはしじゅうのことだから、信子は慣れていた。

その時も、予定より一週間ばかり過ぎたころは平気であった。夫は、間では決して電報やハガキなどよこさない人であった。

いつか信子がその不満を言うと、

「いいじゃないか。おれは商売で歩いているんだもの。予定があって無いようなものだ。いちいちおまえに知らしちゃいられないよ。不意に帰ってくるのも愉《たの》しみなものだろう」

夫は、そういう言い方をした。信子は、そんなことってないわ、やっぱり、ちゃんと知らせてくださったほうが安心よ、と二三度はさからってみたが夫は取りあわなかった。実際、夫は予報なしに帰ってきた夜から二三日などは、信子を極度に愛した。それが夫の言葉を裏づけたようなものだった。――信子の心がその実証をうけとった、といってもいい。こうして彼女は、夫の出張の仕方に慣れてしまった。

しかし、いつもは遅れてもたいてい四五日であった。七日以上という例はなかった。精一は晩に帰るか、朝早くかだった。それは列車の都合なのだ。信子は、それから夜と朝、玄関に近づいてくる夫の勢いのよい靴音を数日待った。上野に着く東北からの列車の時刻を考えながら。

信子が、不安に耐えられなくなって、俊吉のところへ相談に行ったのは、夫が帰りそうな日より十日も経《た》っていた。

俊吉は精一の従弟《いとこ》で、ある商事会社に勤めていた。精一が粗野な性格なのに、俊吉は内気な性質であった。従兄弟《いとこ》なのに、身体《からだ》つきまで異《ちが》う。精一は十八貫もある体格だが、俊吉は痩《や》せて十三貫ちょっとしかなかった。

「まるで女なみだね」

それを聞いて精一がわらったことがある。彼は二つ下のこの従弟を日ごろから多少こばかにしていた。といって、決して悪意をもっているわけではない。いわば俊吉の柔順さを愛しながら、いくらか軽蔑《けいべつ》していた。

　俊吉のほうは、精一を兄貴のように見ているのか、多少遠慮そうにしていた。ひけめというほどではないが、二人の性格の相違の傾斜だった。精一は酒を飲むが、俊吉は全く飲めなかった。

「あいつ映画や小説が好きなんだって」

　それも女の子のようだと精一は従弟をわらいたそうだった。精一は本も映画も嫌いであった。

　信子は夫を愛していたが、夫の部屋にこれという本が一冊もないことを寂しく思うことがたびたびあった。夫に満足しても、そこだけが密着がなく空気のように隙《すき》をあけていた。

　俊吉がどんな小説を読むのか、信子はわからなかったが、それなりに彼女は彼が嫌いでなかった。夫は無教養ではなかったが、繊細さがまるで存在しなかった。弱いが、俊吉には、ともかく夫にないものがあった。信子はそれにぼんやりした好意をもっていた。

「俊吉の奴《やつ》、おまえが好きなのじゃないかな?」

　ある夜、俊吉が遊びにきて帰ったあと、夫は酒に酔ってそんなことを言った。

「ばか言ってるのね。そんなことがあるもんですか」

信子は笑っていたが、心ではかなりあわてた。

「そうかな、どうもそんな気がするがな」

夫はからかうように言った。

信子が狼狽《ろうばい》したのは、彼女にその心当たりがあったからだ。俊吉はたしかに信子に好意をもっている。どうといって俊吉にその表現があるわけではなかった。しかしそれは女の勘のようなものでわかるのだ。——むすめのころ、何人かの男から受けとった同じような経験であった。

精一が粗放でありながら、どこにそんな細かい眼をもっていたか、信子はちょっとそのときおどろいた。男にも勘のようなものがあるのだろうか。

「いやよ、そんなこと言っちゃ」

信子は精一の胸にぶっつかった。夫は信子を受けとめて、大声あげて笑った。従弟など、もう歯牙《しが》にもかけない笑いであった。

信子は、精一と三年前に結婚して、はじめて俊吉を知ったのだった。彼は櫛《くし》の目の立った髪をし、一本でも額に乱れると、しなやかな指で掻《か》きあげた。無口で、話せば小さい声を出した。精一にからかわれると、言いかえすことができずに、もの静かに笑ってばかりいた。そんなとき、信子は俊吉に同情した。

しかし、信子が俊吉に好意をもっていたというのは、愛情ではない。それは、彼女に言いきれる。夫のほうがずっと好きであった。ただ、この義理の従弟が持っている夫にない部分に微笑を感じていた。

が、俊吉の信子への柔らかい空気のような感情が、彼女に薄ら陽のように淡く反射して、その微笑を引きだしたとは言えそうだった。そのことは彼女にも意識のどこかに迷っていた。――

精一が予定よりも十日以上も帰ってこないとなると、信子は、これを俊吉に相談したいと思った。彼よりほかに打ちあける者はいないのが理由だが、それ以上の気持もあった。つまり、大げさにいえば、彼に救いを求めたかった。

信子は、俊吉の会社に電話をかけた。

2

俊吉はすぐに電話に出た。

「信子さんですか。この間は、どうも」

一カ月も前に俊吉は遊びにきた。その礼を彼は言った。

「俊さん、ちょっと心配なことがあるのよ」

店の者をはばかり、わざと外に出て公衆電話をつかったのだが、それでも信子は送話口を手でかこって、低い声で言った。

「心配なこと？　なんですか？」

俊吉の声が少し変わった。

「精一が北海道に出張して、もう十七八日も帰らないのよ。いつもは一週間ばかりで帰ってくるのだけど」

「なんにも言ってこないのですか？」

「いつも出たきりよ。でも、たいてい予定より遅れても、三四日ぐらいで帰ってくるの。十日以上ってことなかったわ」

俊吉は黙った。信子は電話が聞こえなくなったのかと思って、もし、もしと言った。あとで考えて、俊吉のこの数秒の沈黙に意味があったのである。

「もう少し待ってみたらどうですか？」

俊吉がやっと言った。

「ええ」

信子が浮かぬ返事をすると、

「北海道や福島県の炭鉱に電報を打ってみましたか?」

と彼はきいた。

「いいえ、それはまだですが」

「それじゃ、問いあわせの電報を打ったらいいと思います。その返事を聞かせてください。それで、明日の晩も帰ってこなかったら、ぼくがお宅に行きます。まあ、心配することはないでしょう、今晩あたりひょっこり帰ってくるかもわかりませんよ」

俊吉は力づけるような声で言った。

信子は、電話を切ると、すぐに俊吉の助言に従って、心あたりの炭鉱会社に電報を打った。なるほどこういう処置もあるのだ、俊吉にもっと早くきけばよかったと思った。しかし、五六枚の同文の電文を書いていると心細さが胸にせまった。

その晩、おそくまで信子は待ったが、やはり精一は帰ってこなかった。電報の返事はあくる日に順々に来た。東北地方の四つの炭鉱からは、精一は来たが二週間前に帰ったことを知らせた。が、北海道の二つの会社からは、彼が今回一度も来なかったことを応《こた》えてきた。

信子は不安で、じっとしていられなかった。悪いことばかりが想像された。新聞では、外交員がよそで金を奪われて殺害された記事がよく出ているときだった。想像はそのほうに不吉に結びついた。

もう一日帰らなかったら、と俊吉は言ったが信子には辛抱ができなかった。彼女は雨の中を赤い公衆電話まで出かけた。電話の置いてある店さきの軒から、雨滴《あまだれ》がぽたぽた落ちて肩にかかるのが、よけいに気を滅入《めい》らせた。

「まだ帰らないんですか？」

と、俊吉の声は、はじめから気づかわしそうであった。

「まだですわ、電報の返事は来たわ」

こうなると、信子は俊吉が頼りだった。

「どうでした」

「東北の会社のほうは、二週間前にかえったんですって。北海道のほうは、まだ一度も来ないと返事してきたわ」

「精一さんは、いつも東北の会社をまわって北海道に行くんですか？」

「そう。いつもは、そうですの」

俊吉はここでも黙った。五六秒ぐらいな間があった。

「もしもし」

「あ」

と彼は声を出した。

「それではね、とにかく今晩そちらに行ってみます。行ってから話します」

「そう、すみません。じゃ、お待ちしています」

電話を切ってから、信子は不審に気がついた。俊吉は、行ってから話します、と言った。変な言い方であった。行ってから話す、とはなんだろう。そういえば俊吉の声には妙に決心めいた響きがあった。

俊吉が来たのは、暮れてからだった。会社の帰りらしく、折り鞄《かばん》を提げていた。

「よく降りますね」

彼は店の者の手前、そんなことを言いながら奥に通った。

信子は店から離れた奥の座敷に、俊吉のために食事を用意していた。彼は、その前にすわるなり、

「まだ何も連絡はありませんか？」

と言った。やはり髪をきれいに分け、真白いハンカチで額の汗を押えていた。

「ありませんわ。どうしたのでしょう？　心配だわ」

信子は向かい側にすわって言った。

「金はどのくらい持って出たのですか？」

彼もやっぱり同じことを思っているのだと思うと、信子は動悸《どうき》が打ちはじめた。

「そうね、四五万は持って出たと思うわ」

「そう」

俊吉はそれっきり黙った。両肘《りょうひじ》を卓の上にのせ、指を組みあわせて考えこんでしまった。彼は顔を伏せ、姿勢を固定したまま、少しも動かなかった。

その様子を見ると、信子はまた不安になった。俊吉が、不吉な、いやなことを考えているように思えてならなかった。

「ねえ、どうしたのでしょう？」

信子が我慢できなくなって言ったとき、俊吉が、その言葉にひきずられたように顔を上げた。

「信子さん」

と彼は言い、両膝《りょうひざ》をそろえて不意に頭を下げた。彼女はびっくりした。

「すまないことをしました。今まで、あなたに匿《かく》していました」

呆《あき》れた眼をしている信子に、俊吉は白状をはじめた。それが、夫の精一に隠れた女がいるという事実だった。

3

信子は、俊吉の言うことが、はじめよくわからなかった。夫に女があるといっても、すぐ実感が来なかった。

「一年ぐらい前かららしいのです。相手は青森の女です。バーの女給だそうですがね。そら、精一さんは北海道に渡るでしょう。連絡船の待ちあわせ時間か何かで、そこに飲みにいったのが、女と遇《あ》う機会だったらしいのです」

俊吉の話を聞いているうちに、信子にもようやく様子がのみこめてきた。彼女は、自分でも顔色が白くなっていくのを覚えた。

「信じられないわ」

信子は唇を慄《ふる》わして言った。

「そうでしょう。なんにもそんな心あたりはありませんでしたか?」

「ちっとも」

信子は半泣きになっていた。何もないのだ。彼女は瞬間に精一のあらゆる記憶をさぐった。それは夫婦だけしか知られない微細な部分まで走っていた。どこにも発見はなかった。

が、急にはっとした。それが彼女をおびやかした。夫は必ずといっていいほど、予定より日数を遅らせて帰ってきた。三日か四日、いつもずれていた。それに、以前からではあったが、行った先から決して便りを出さない人であった。

彼女は身体が震えてきた。

「ぼくが悪かったのです」

俊吉は身を縮めるようにして言った。

「精一さんから口止めされていたんです。悪い悪いと思いながら、つい言えなかった」

「じゃ、あなたは早くから知ってたのね?」

「じつは、知っていたというだけじゃない。女から精一さんあての手紙が、ぼくのところに来るのです。つまり、ぼくが精一さんに頼まれて、受取人になっていました。もちろん、宛名《あてな》はぼくの同居人としての彼の名前ですから、中身を見たことはありません。電話で知らせると、精一さんが取りにくることになっていました」

信子は俊吉に眼を据えた。ああ、彼も共謀者だったのだ。

「許してください。ぼくが悪かったのです。精一さんが戻らぬというあなたの電話を聞いた時、はっと思いました」

ああ、それで俊吉は電話口でちょっと黙っていた時があったのだ。

信子の眼に射すくめられたように、俊吉はうなだれた。

「精一さんに頼まれると、いやとは言えなかったのです。何度も、あなたに告白しようと思ったがだめでした」

それはわかるのだ。俊吉の性格からすれば、精一に抵抗することができなかったのであろう。精一にはそんな押しの強いところがあった。俊吉のほうは、精一に揶揄《やゆ》されても、静かに苦笑しているだけの男である。

信子は、夫に女がいるという現実が、ようやく胸をゆすぶってきた。世間話としてはよく耳にすることだが、遠くに聞いていたその嵐《あらし》が、わが身を包もうとは思わなかった。彼女は暴風に息がつまって倒れそうな自分を意識した。

泣いてはいけない。ここで泣いては俊吉にはずかしいと信子は必死にこらえた。

俊吉は熱病にかかったようにあかくなっている信子の顔を見ないようにして、おずおずと鞄をあけて、一通の手紙を取りだして卓の上に置いた。

「これです」

と彼は細い声で言った。

「女から来た最後の手紙です。精一さんが出かけるのと入れ違いにきたものですから、これだけが残りました」

信子はこわいものを覗《のぞ》くように、手にとらずにそれを見た。薄い色のついた小型の封筒で、俊吉の住所の横に、夫の名が書いてあった。へたくそな字だったし、色のついた封筒もうすぎたなかった。

「つらいでしょうが、なかを読んでください」

と俊吉は低く言った。

「精一さんが帰らないのと関係があるかもわからないのです。ぼくは今度のことは、どうもこの女にかかわりがあるような気がするのですが」

肩を押されるように、信子ははじめてそれに手を触れた。青森局のスタンプの字が読めた。彼女に忌《いま》わしい遠い距離感が切実にきた。

震えそうな指で、なかの一枚の紙を取りだした。安手な便箋《びんせん》で、字もまずく、誤字があったが、文章はそれほどひどくはなかった。

――こちらへおいでになるのが近いそうですが、一日も早くいらっしゃるのを、たのしみに待っています。ぜひ、相談したいことがあるのです。前々からおっしゃっていたことは嘘《うそ》ではないでしょうね。いまになって捨てたら、一生うらみますよ。

あなたといっしょになることで胸がいっぱいです。もう、たまらないのです。何もかも拾てください。わたしは拾て身になっています。奥さんは、かわいそうですが、こうなれば、しかたがありません。せけんから悪口いわれてもがまんします。わたしが働いて、あなたを養います。それが、しんぼうできないなら、いっしょに死んでください。あなたとなら、よろこんで死にます。わたしには、ほかに希望がないのですから。

常子

信子は、ぼんやりした。恐ろしい文句だった。あまりの畏怖《いふ》に、実感までの距離に、真空があった。封筒の裏には〝青森市××町サロン芙蓉《ふよう》内　田所常子〟と記してあった。信子はその文字が眼につくと、不意にその女がこの家の中にはいってきたように思えた。その顔まで浮かんだ。

俊吉も、そっと手紙をとって読んだ。彼は信子を恐れるように黙っていた。

「俊さん。精一はこの女のひとのところにいるのでしょうか？」

声が自分のものと変わって耳に聞こえた。

俊吉は頭を抱えて何も言えないでいた。

「わたし、青森に行くわ」

人間にはそんな心理があるのか、思わず口からほとばしり出た言葉で、その決心になった。

俊吉が苦しそうな顔をあげた。

信子が思いきり涙を流して泣きくずれたのは、彼が逃げるように帰った後であった。

4

信子は、翌日の夕方に、列車で青森に発《た》った。

列車の内《なか》では一睡もすることができなかった。こんな思いで一夜の旅を独りでつづけるとは、なんという不幸であろう。蒸し暑いので、窓はあけられていた。窓の外には何も見えぬ夜が絶えず速度をもって流れていた。闇《やみ》の底を東北の荒涼たる光景が魔のように駆けているように思われた。暗い風が冬のように寒かった。列車は人気のない駅にときどき停まった。なかには、名前だけ知っている駅名があった。遠いところへ来た心細さで、息が苦しくなった。

前の座席の若い夫婦が、信子に、東北弁でどこまで行くかときいた。その夫婦は倚《よ》りあって健康そうに眠った。夜が明けてまもなく着いた駅に二人は降りた。駅名を見ると、浅虫であった。ホームを大股《おおまた》で歩いていく二人の姿を信子はあとまで忘れることはできなかった。

青森は寂しい街であった。陰鬱《いんうつ》な重い空が、屋根と道路の上に詰まっていた。信子は××町をきき、〝サロン芙蓉〟をたずねていった。そこは酒場だの喫茶店などが多い一画であった。朝早いので、どの店も戸を閉じていた。〝サロン芙蓉〟は、構えは大きいが、荒《すさ》んだ姿で眠っていた。信子は眼に収めて去った。

店は三時ごろでなければ開かぬであろう。それは覚悟だったから、信子は青森の街にさまよい出た。空虚な見物人であった。何を見ても無色にしかうつらなかった。ただ、港に来たとき、青函《せいかん》連絡船の黄色い煙突が、彼女にはじめて色らしいものを点じた。夫は、この船に乗って本土と北海道を往復していたのだ。そう思うとなつかしかった。彼女は二時間近くも船を眺めていた。海には、半島の低い山が匍《は》うように突き出て見えた。

それから三時が来るまでの五六時間、信子は見知らない街の彷徨者《ほうこうしゃ》であった。しかし、街を歩く人群れのなかに、ふと夫に会えそうな気がして胸が鳴ったりした。そんなことを思う自分が哀れであった。

腕時計が三時を過ぎたころ、信子は朝きてみた場所に戻った。

〝サロン芙蓉〟はドアをあけていた。信子はその前で足がすくんだ。動悸だけが、高く搏《う》っている。田所常子という女に対決するのが耐えられない気がした。ああ、俊吉を連れてくればよかった。なぜ、彼に頼まなかったのであろう。後悔が波のように起きた。

その店の前を六七度も往復して、信子は、眼をつむって突進するような気持で、入口をすすんだ。――

その時の、陰湿な粘液に浸されたような記憶を、信子はいつまでも忘れることができない。

田所常子は、小太りの女であった。眼のふちがくろずみ小さな皺《しわ》がよっていた。唇は赤いが、信子よりはたしかに二つか三つ年上にみえた。

田所常子のほうが、信子より敵意を露《あら》わにむきだした。

「いつも、主人がお世話になっています」

信子が言うと、

「奥さん。皮肉をおっしゃりたいのですか」

と、常子は顔を歪《ゆが》めて言った。

「精一さんはわたしのほうを愛しているのですよ。あの人から奥さんのことをいろいろ伺っています。奥さんは、あの人をそれほど愛していないそうじゃありませんか。あの人は、わたしでなければならないのです」

信子は仰天した。この女からそんなことを言われる道理はなかった。自分が精一を愛していないという独断を、この女はどうして創《つく》りだしているのか。あの人、あの人と赤い唇から間断なく出るのがたまらなかった。白ばくれるかもしれないと、あの手紙を用意して持ってきたのだが、それを出す必要は少しもなかった。

「わたしの気持も精一さんに全部行っているのです。もう死んでもいいくらいです。あの人もそう言っています。奥さん、わたしがここまでくるのにずいぶん苦しみましたけれども、もう決心をつけました。ここで、すみませんと奥さんにあやまっても、ゆるしてもらえないでしょうし、わたしもそんなそらぞらしいことはしたくありません。申しわけないですが、奥さん、どうかあの人のことは諦《あきら》めてください」

彼女は宣言するように言った。信子は眼の先がくらくなった。相手の派手な色のドレスの裾《すそ》がぼやけて遠のいてみえた。

「主人は、どこにいるのでしょうか？」

信子が涙を出して言うと、

「ぞんじません。いま、わたしのところに来ていないことはたしかです」

と、常子は薄い笑いを漂わしながら言った。

「ほんとうを言ってください。ちょっとでいいから主人に会わせてください」

それを聞くと、田所常子は顎《あご》を反らし、声を出して笑った。

「奥さんはわたしを疑っているのですね。はるばる東京から捜しにいらして無理もないことですが、ほんとうに知らないのですよ。でも疑われても仕方がありませんわ」

「いいえ、あなたはごぞんじのはずです。そこまでおっしゃったんですもの。お願いですから教えてください」

信子の声は、嗚咽《おえつ》の上を滑った。常子は、それを冷たく見据えた。

「いいかげんにしてください、奥さん」

彼女は落ちついて突き放した。

「はたで友だちが何かと思って視《み》ていますわ。これ以上、お疑いなら、わたしのアパートでもなんでも家捜ししてください。何度言っても、おわかりにならないのですから、そうしていただくより仕方がありませんね」

5

信子は病人のようになって東京に帰った。身体に重心がなかった。意識が鈍り、思考力が遠のいていた。

それでも、一番に俊吉のところへ電話した。

「やあ、帰りましたか？」

俊吉の声は、急《せ》きこんでいた。

「どうでした、結果は？」

「今日、来てくださいな。お話ししますわ」

信子はそれだけで電話を切ったが、俊吉の声を聞いたので少しは元気が出た。

夕方早く、俊吉はいそいで来てくれた。信子は俊吉の顔を見ると、急に心がゆるんで、いきなり泣きだしてしまった。

「どうしたんです、だめでしたか？」

俊吉は、しょんぼりと言った。

信子は早く泣きやまねばならないと思いながら、自制ができなかった。むせび声がとめどもなく咽喉《のど》からこみあがった。俊吉はその間、黙りつづけていた。

「すみません。こんなにとり乱して」

信子は涙を拭《ふ》いて顔をあげた。瞳《め》がしびれていた。

「いえ」

俊吉は眩《まぶ》しそうに眼を伏せた。

「向こうの女のひとに会ってきましたわ」

信子は、やっとどうにか話しだした。半分は自然に俊吉にうったえる気持になっていた。

話が終わると、俊吉は考えるように腕をくんでいたが、

「どうも、その女は嘘をついてますね」

と言った。

「やっぱりそうでしょうか？　わたしもそんな気がしますが」

信子はあかくなった眼で俊吉を見つめた。

「精一さんは、その女のところにいますね。間違いないと思います。いっそ、あなたが女のアパートに行けばよかったのに」

「そこまでは決心がつきませんでしたわ」

信子は、うつむいて言った。そうだ、そうすればよかった。田所常子は、かくしているから虚勢を張っていたのであろう。自分が弱かった。あのとき、もっと捨て身に出て、女のアパートに行けば、夫に会えたかもしれない。少なくとも、その痕跡《こんせき》は見つけたに違いなかった。彼女は自分の怯懦《きょうだ》に鞭《むち》を当てたくなった。

「わたし、あの時、俊さんにご一緒していただけばよかったと後悔しましたわ」

え、というように俊吉は眼をあげた。その瞳には、思いなしかある光が点じていた。

信子はそれを敏感にうけとって少し狼狽した。

「わたしだけではだめなの。やっぱり男の方がいないと」

わざわざ理由をはっきりするように言った。

「そいじゃ、ぼくが改めて青森に行ってみましょうか?」

俊吉は勢いこむように言った。

「え?」

信子は眼をみはった。

「本当ですの、俊さん?」

一つの光明を信子は感じた。自分はできなかったが、俊吉は男である。成功するかもしれなかった。いや、しそうだった。彼女は、俊吉に連れられて、てれ臭そうに帰ってくる夫の顔が瞬間に眼の前に見えた。

「お願いしますわ。ぜひ、お願いしますわ。そう言ってくださるの、どんなにありがたいかわかりませんのよ」

信子は手を合わせんばかりだった。

「いやあ、従兄《いとこ》ですからね。しようがありませんよ。こんな時」

俊吉は、長い指で髪を掻きあげ、てれたようにそう言って立ちあがった。その後ろ姿を家の前まで見送って、彼の善良さを信子はしみじみ感じた。

しかし、その結果は三日経ってわかった。

俊吉は、元気のない姿で信子のところへやってきた。信子は、その格好を見たときにすでに失望を知った。

「やっぱりだめでした。田所常子というのは、大変な女ですね」

俊吉は悄然《しょうぜん》と言った。

「とても、ぼくの手にはあいませんよ。精一さんとの仲は、じつにはっきり肯定するのですからね。それもこちらに口を出させないくらい、えらい勢いでひとりでのろけをしゃべるんです。女もああ厚かましくなるもんですかね」

彼はすっかり感嘆していた。信子は田所常子の太った身体と、隈《くま》のかかった眼と、赤い唇からほとばしり出る早口を思いだした。俊吉では無理だった。彼女には、常子の前にうろうろしている俊吉の姿が眼に見えるようであった。すぐにも彼が夫を連れて帰ることを空想した甘さが思い知らされた。

「ともかく、女のアパートまでは見にいきましたよ」

俊吉は話をつづけた。

「六畳と台所のあるきたない部屋です。さあ、一眼でわかるからこれで納得したろう、と女は威張るんです。なるほど精一さんはいませんでした。洋服も、男物の着物もかかっていません。まさか押入れまであけるわけにはいかないから、仕方なく引きさがりました」

信子は絶望してそれを聞いた。俊吉の柔和な性格からそこまでしてくれた努力はよくわかった。

「では、精一はあの女のひとのところにいないのかしら。俊さん、どう思う?」

じっと俊吉は彼女を眺めた。

「ぼくの気のせいでは、精一さんはあの女と一緒にいるように思いますね。あのアパートにいなくても、どこか部屋を借りているのじゃないかな」

「そう思う?」

信子は、狭い薄暗い部屋に女と一緒にごろごろしている精一を想像して情けなくなった。

「あの女の強気は、その後ろめたさをかくしているのですよ。何しろ死んでもいいと言うくらいに惚《ほ》れているのですから、知らないはずはありません。さすがの精一さんも、完全にまるめこまれていると思います。大変な女ですよ。そうだ、こうなれば警察に頼みましょう」

「警察に？」

信子はどきりとした。

「家出人捜索願というやつを出すのです。そうでもしなければ、処置がつかないと思いますね。われわれでは」

6

こうして精一のことは、警察署に捜索願を頼んだ。信子は俊吉と一緒にその手続きに行った。

この場合、青森というはっきりした心あたりがあるから簡単であろうと信子は思っていたが、結果は空《むな》しかった。二週間ばかりして警察署から呼出しの通知があったので、信子が行ってみると、

「青森署の方から報告がありましたがね、ご主人は向こうにはいらっしゃらないということですよ。田所常子という女について調べた、とあります」

係官は書類を見ながら言った。信子は、あかくなった。このような家庭の秘密が警

察の手であばかれていることが恥ずかしかった。捜索願など出さねばよかったと思った。

「何か犯罪というようなものが関係しているおそれはありませんか？」

係官はそうきいた。信子は、はっとした。彼女が最初に感じた不安と同じ意味のことを係官は尋ねているのである。しかし、その想像はもうないのだ。夫の行方は田所常子が絡《から》んでいる情事であることは間違いなかった。常子が夫をどこかに匿《かく》しているのだ。

信子は、そんな気づかいはない、と係官に言い、礼を言って帰った。ああ、これで夫との間は永久に絶たれたのだと思うと、無限のかなしさがこみあげ、部屋のなかで長いこと泣いた。身体から力が抜けて、自分の身が紙のように薄くなったように感じられた。

その夕方、俊吉が来て、信子からその話を聞くと、

「いよいよ大変な女ですね。田所常子というのは。警察までごまかしたとみえますね」

と言った。それから首を傾けて、

「警察は一般人から出した捜索願などというもので、本気にやってくれているのでし

ようかね。ほかに仕事がいっぱいあるのでしょう。どうも、ぼくは、いいかげんな調べ方としか思えませんね。それも、これはよくある恋愛事件ですからね」

と感想を言った。

俊吉が何気なしに言った、〝よくある恋愛事件〟という言葉が、信子に改めて衝撃《ショック》を与えた。それは彼が帰ったあとから尾をひき、心に爪《つめ》を立てた。世間的には平凡な事件である。今まで彼女が本で読んだり聞いたりして、その瞬間に忘れ流してしまった同じ出来事であった。しかし、現実に自分の身にふりかかってくると、それがどんなに一生の重大事であるか初めてわかった。今まで平気で見過ごしてきた他人の不幸が、一時に襲いかかって仕返しにきたように思えた。

それから長い日時が流れたが、精一はついに帰ってこなかった。夫が、ばつの悪そうな顔をしてひょっこり帰ってくる、そんな期待を毎日もちつづけた信子だったが、日の経過はそれを水のように薄め、ついに心が固定してしまった。

それは生活のせいかもしれない。夫がいなくなったあとは、信子が勢い店の商売をみなければならなかった。店には前からいた慣れた雇い人がいたから、さして、すぐに困るということはない。それでも彼女は商売を夫のいた時よりは半分に縮めたが、やはり気苦労があった。彼女は何もかも忘れようと、自分の心をみんな店の経営の努力にふりむけた。いつかは夫が帰ってくる、帰ってきたらほめてもらおう、そのようなはかない望みが意識のなかに流れていた。

しかし、昼の仕事が終わってしまうと空虚が起こってきた。心はそれほど簡単ではなかった。独りになると冷たい空気が身体を流れ抜けるようであった。いや、昼間忙しいときでも、ときどき、不意に真空を感じた。

信子は、自然に俊吉をたよりにするようになった。もはや、彼女の周囲には俊吉ひとりしかいなかった。彼女がそれほど力にするだけの態度を俊吉はもっていた。

俊吉は信子をいたわってくれた。彼の誠意がよけいに信子をたよらせた。太い線の夫の精一の前では、弱々しくおとなしいとばかり彼女が思っていた俊吉は、じつはしっかりした内部をもっていた。それはちょっと意外で、彼女は今までの観察の錯誤を知った。平凡だが、やっぱり男だという感想を新しく抱いた。彼女の俊吉へのしだいに増した傾斜は、その理由もあった。

俊吉は信子の種々な相談にのってくれた。彼の意見は、信子の心の支えになった。適切だし、なんでも真剣になってくれた。

俊吉は、ひとりでいる信子を意識して、夕方来ても夜は更《ふ》けないうちに帰っていった。晩飯はどんなにすすめても途中ですませてきた。信子と二人きりで食事をするのを彼は避けているらしかった。その細かい心づかいが、いかにも彼らしく彼女は微笑を感じた。

俊吉は五六日来なかったことがある。会社に電話すると、病気の届けがあって休んでいる、ということだった。信子はよほど彼のアパートに尋ねていこうと思った。が、それを思いとまらせる心の咎《とが》めがあった。俊吉が独身でいるということもだが、彼が自分に注いでいるあの意識の反射がその行動をためらわせたのだ。それにたいへんな危険を予感した。俊吉はおまえが好きなんだよ、といつか酔って言った夫の声が心に聞こえてきた。

俊吉が久しぶりにひどくやつれた顔をして来たとき、信子は実際にうれしかった。

「ご病気だったんですって？」

信子は心配そうに見上げた。

「ええ、胃が悪くなりましてね。まいりました。持病なんです」

俊吉はまだ蒼《あお》い顔をして言った。

「いけませんでしたわ。わたし、よっぽどお見舞に上がろうかと思ってたんですけど」

「そうですか」

俊吉はじっと信子を見た。その眼には、病後のせいか、熱っぽい光がたまっていた。信子は不意なものに出あったように狼狽して顔をそむけた。——

ところが精一に関係のありそうな消息が、思いがけない事件のかたちで信子に来たのは、それから二カ月ばかりの後であった。

7

ある日、俊吉から信子に電話がかかってきた。

「ちょっと妙な話で仙台から人がぼくを訪ねてきているのです。精一さんに関係したことです」

「え？」

信子は心臓が鳴った。

「妙な話って？」

「そっちに行って話します。もう昼休みですから、ちょっと社を抜けて、その人と一緒に行きます」

電話が切れて、俊吉が来るまで信子は胸を押えたいぐらい動悸がうった。夫にいいことではない、悪いほうに想像が働いた。

三十分もすると、俊吉はタクシーで一人の人物を連れてきた。三十四五ぐらいの、色の浅黒い、まるい顔の男であった。きちんとダブルの洋服を着こなして、どこかの会社の上級社員にみえたが、出された名刺は白木淳三とあり、仙台の〝旅館・藤若荘主〟と横に小さな活字が刷ってあった。

白木淳三はまるい膝をそろえて、信子に初対面の挨拶《あいさつ》をし、とつぜん来訪した詫《わ》びを言った。いかにも旅館の主人らしく、ていねいな口のききかたをした。

「じつは、私は田所常子の兄でございます」

彼がこう言いだしたとき、信子は、はっとした。白い細い眼を静かに伏せていた。

「姓が異《ちが》うのは事情があって母方のものでございますが、私の実際の妹でございます。私が東京に来ましたのは、お宅にお伺いするつもりは毛頭なかったのですが、こちらの高瀬さんに――」

と、白木は横にすわっている俊吉の方をちょっと見た。

「高瀬さんをお訪ねして、お話をうかがい、お宅に上がる順序になったのでございます。妹のことではたいへんお宅さまにご迷惑をかけているそうで、高瀬さんにうかがって、初めてびっくりしたようなしだいです。奥さんには、まことに申しわけがありません。深くお詫びを申しあげます」

白木は両手を突いた。わざとらしいところは少しもみられない。誠実のこもった態度だった。それは信子にわかるのだ。彼女は、これが田所常子の兄とは思えないくらい好感をもった。

「信子さん」

と、黙っていた俊吉が横で言った。

「田所常子さんは亡《な》くなったそうですよ」

信子はびっくりして眼を大きく開いた。あの田所常子が死んだ。——が、彼女は、たちまち田所常子の太った幻影の後ろにある夫を感じておびえた。

「妹は、青森県十和田湖に近い奥入瀬《おいらせ》の林の中で死んでいました」

白木はもとのおだやかな口調で言った。

「死んでいた、というのは死体で発見されたのでございます。ご承知かどうか知りませんが、奥入瀬一帯は太古からのブナの原生林です。慣れた者でも、いったん、迷いこんだら容易に出られない密林でございます。妹は渓流の奥にある滝に行く途中の径《こみち》のはずれで死んでいました。発見したのは土地の人です。二カ月近く経った白骨死体でした。ハンドバッグの中にある持ち物で妹ということが知れたのでございます。傍に転がっていたアドルムの空瓶で自殺だということがわかり、警察でもそう認定されました」

信子は息を詰めた。田所常子の「精一さんとなら死ねます。どうにもならなくなったら一緒に死にます」という声がよみがえって聞こえていた。信子はブナの原始林の中のどこかに横たわっているもう一つの死体を恐怖して描いた。

「妹は不幸な奴《やつ》で、若いとき家庭の事情で家をとびだし、なんとなく身をもちくずしてしまい、東京に行ったまではわかっていましたが、音信も長い間不通でした」

白木は相変わらず静かに話をつづけた。

「それが半年ほど前に、とつぜんに簡単なハガキをよこしました。それが青森の〝サロン芙蓉〟からでございます。なんだ、まだこんなところにうろうろ働いているのかと思い、文句を読んでみますと、私も近いうち幸福が摑《つか》めそうだ、と書いてありました。それならまあいい、しようのない奴だったが仕合わせになれるならよかった、と私は安心しました。そのとき、すぐ青森にとんでいってみればよかったのですが、私も商売のほうが忙しいものだから、返事のハガキを出しただけで、つい気にかかりながら放っておきましたところ、とうとうこんなことになりました。その私のハガキが常子の部屋にあったものだから、連絡が私の方にあって、死体を引きとりに行ったしだいでございます」

白木はそこまで話すと、ポケットから一枚封筒を出した。

「私が妹の部屋を捜しますと、これが出てまいりました。書き損じのまま、机の引出しの中に放りこんであったのでございます」

信子は一眼それを見て、見覚えの田所常子の字であることがわかった。封筒の表には、

「東京都――。高瀬俊吉様方、小」まで書いてあって、次の「関」という字を間違えたのか消してあった。小関は精一の姓なのである。信子はそれを恐ろしいもののように眺めた。

8

「妹の死の原因は何かさっぱりわかりません。長いこと音信がないのですから、事情がわからないのは当然でございます。それで、もしやその心あたりはないかとぞんじましてこの封筒を頼りに高瀬さんをお訪ねして上京したわけでございます。お恥ずかしいような妹ですが、死んでみるとかわいそうですので。高瀬さんにお会いして、はじめてこちらのご主人さまとのことを承ったようなしだいで、まったくおどろきました。いや、申しわけのないことでございます。こうしてとつぜんにお伺いしたのは、

そのお詫びを申しあげに参ったのでございます」

白木は、そう話しおわると、改めて信子に頭を下げた。

「白木さんは恐縮されて、ぼくにもあやまられました。しかし、もし常子さんの自殺が精一さんに関係したことだったら、ぼくにもなんだかその一端の責任があるようです。二人の手紙の仲介をしていたのを早く信子さんに言えばよかったのです」

俊吉はしょげて言った。

今さら何を言われてもはじまらない。それよりも信子がこわいのは夫のことである。田所常子が死んだとすれば、夫もどこかで死んでいるのではないか。彼女は田所常子のあの手紙を出して白木に見せた。

「たしかに妹の手跡です」

と、白木はそれを読みおわって言った。

「これでみると、妹がご主人に対して積極的だったようです。妹は、もとからそんな性格がありました。いったん、思いつくと、前後の理非もなく、かっとなるほうでした。妹が家出して身を過《あやま》ったのは、その性質のためでございます。大変なことをしてくれました」

白木の言い方は、妹をあわれむようでもあり、信子にあやまるようでもあった。俊吉はこのとき、会社の時間が気になるから、と言って先に中座して帰った。

信子は、しだいに不安になった。それは今日まで持ちつづけた夫への気づかいとは別な、もっと暗い恐怖に近いものだった。

――もしかすると、夫は常子と情死するつもりで、自分だけ生き残り、どこかに遁《に》げているのではなかろうか。

この想像は真実らしく思われた。東北の見知らぬ土地を憔悴《しょうすい》して彷徨している夫の秘密めいた姿が宙に浮かんだ。その不安な表情が出たのであろう、白木が信子の顔を視ていたが、彼女の心を察したように言った。

「常子がそこで死んで以来、私はその辺の土地一帯を歩きました。つまり、刑事がするような聞き込みです。何か妹の自殺に関係した証跡が残ってはいないかと思ったからでございます」

白木は、証跡という言葉を使ったが、それが精一のことを遠慮して指しているのが信子にわかった。彼女は耳に神経を集めた。

「私は、妹の写真を持ち歩き、現場の奥入瀬を中心として、酸ケ湯《すかゆ》、蔦《つた》などの八甲田山麓《さんろく》の温泉場や焼山の部落、それから十和田湖の湖畔にある旅館まで一軒一軒訪ね歩きました。こういう女を見かけなかったか、というわけでございます」

白木はつづけた。

「むだでした。誰も知らないと言いました。もっとも、初夏で観光客の多い季節ですから、宿で見覚えがないのは当たりまえかもしれません。ただ酸ヶ湯では、宿の女中さんが常子の写真をみて、見たような顔だと言いましたが、これもぼんやりしたもので当てになりません。私は、十和田湖のそばの休屋《やすみや》という旅館町にある、巡査駐在所まで行きました。この駐在所は、十和田湖を管轄《かんかつ》しているので、何か手がかりはないかと思ったのでございます」

信子は白木の熱心なのに少しおどろいた。

「やっぱりだめでした。若い駐在巡査の話では、情死や自殺はかなり多いということでした。しかし常子に関係のありそうなことは何も聞きだせませんでした」

信子は、そっと息をついた。白木の言い方は、暗に精一が自殺した形跡がないということを含んでいた。

「ひまだったとみえ、巡査と私は少しの間、むだ話をしました。このあたりはたいした犯罪は起こらない、客の持ち物をぬすんで逃げるコソ泥か、たまに宿料の踏み倒しがあるくらいなものだと言いました。そうそう、宿料の踏み倒しでは面白いことを聞きました。今年の梅雨《つゆ》ごろでしたか、旅館に泊まっていた男客が二人、朝早くボートにのって湖上を渡り、対岸に漕《こ》ぎ着いて逃走したというのですね。所が違うと変わったことがあります。私は旅館を商売にしているだけに、普通の方と違って、こんな話に興味がありました。まあ、お客の警戒に参考になるわけでございます」

白木は、長い話の最後に、信子の気を楽にさせるためか、そんなことを言ったりした。

思わず長い間お邪魔をしたと白木は詫びた。そしてこのような苦痛を妹が奥さんに与えて申しわけないと何度もていねいに言った。

彼は、帰りがけに、ふと思いついたように信子に言った。

「こんなことを申しあげて失礼かもしれませんが、高瀬さんはご主人とお従兄弟《いとこ》さんだそうでございますね」

信子が、そうだ、と言うと、白木はちょっとためらうようにしていたが、

「奥さん、もし高瀬さんと東北の方にいらっしゃるようなことがありましたら、ぜひ仙台にお寄りくださって、私の家にお泊まりください。決して立派な旅館ではありませんが、閑静なだけがとりえでございます。松島あたりでも、ご案内しとうぞんじます」

と言った。

信子は、不意を突かれてあわてた。思わず顔があかくなった。匿《かく》している悪いところを急に見抜かれた時の狼狽《ろうばい》に似ていた。

信子は、白木の細い眼に、初めて畏怖を感じた。

9

その年が暮れても、精一は帰ってこなかった。生きているのか、死んでいるのか見当がつかなかった。春になった。やはり夫の消息はなかった。やがて失踪《しっそう》して一年になろうとしていた。

その間、信子は店の商売をつづけていた。そして相変わらず俊吉は彼女の静かな相談相手としてやってきた。変化は起こらなかった。

しかし、変化がないというのは、表面のことだった。俊吉の接近がしだいに信子の心を平静でなくさせていた。が、その動揺は、決して苦痛ではなかった。むしろ、愉《たの》しみをひそませていた。

女の心理とは、どういうのだろう、と信子は思った。夫のことは心にありながら、俊吉を迎えようとする意識が動いている。自分が非常に悪徳な女に思えてこわいことがあった。女というものは、みんなこんな気持があるものなのか。自分だけが弱いのだろうか。いや、そうではない、と彼女は首を振った。精一が悪いのだ。夫が早く帰らないのが悪いのだ。あなた、早く帰ってください、あなたが早く帰らないと大変なことが起こりそうなのよ、と信子はあえぐように夫を呼んでいた。

仙台の白木淳三からは、月に一度ぐらいは時候見舞のような短い便りがあった。時折りは向こうの名産品など送ってきたりした。それが彼の信子に対する妹の謝罪であろう。そして便りにはご主人の消息はわからないか、と必ず書いてあった。

白木といえば、信子は彼の細い眼の強さを想《おも》いだした。丁重だが、人の心を射抜くような眼であった。こわい。こわいが、彼のまるい顔には常識的な安定があった。信子は白木に安心したものを感じていた。それが信頼感というものなのだろう。

晩春というよりも、初夏の光が強くなったころ、ある日、信子は、また白木淳三から便りを受けとった。それは、いつものハガキではなく、たいそう重い封書であった。

信子は、その手紙を長い時間かけてひとりで読んで、それ以上の時間で考えた。それから一週間ばかり経《た》って、またハガキが来た。今度は文面は簡単で、新緑のころで松島がいいから、気晴らしに松島を見にこないか、その時よかったら俊吉も一緒に誘ってこないか、というのだった。

信子は、そのあと俊吉が来たときに、そのハガキを見せた。

「ねえ、仙台の白木さんからこう言ってきたのよ。行ってみようかしら」

と言った。俊吉は、それを読んで、

「そうですね。あなたも去年から大変だったから、気分転換に行ってきたらどうですか。商売のほうは店の人がいるから、留守してもいいでしょう」

と言った。

「ええ。ねえ、俊さん」

信子は、少し恥ずかしそうに俊吉の顔に微笑した。

「あなたも、ご一緒に行ってくださらない？　白木さんにこう言って勧めていただいてるのだから。会社のご都合で悪いかしら」

眼に媚《こ》びが出ていた。

「会社のほうの都合はどうにでもなりますが」

俊吉は眩しそうな顔をしていたが、顔は灯がついたように明るくなっていた。

「ぼくが一緒に行ってもいいでしょうか？」

俊吉は上気したように言った。

「いやだわ、俊さん。平気よ。ね、行きましょうよ」

信子は少しはしゃいだ。

「じゃ、そうしますか。ぼくは社から休暇を取りましょう、一週間ぐらい」

そういう俊吉の唇には、自然にうれしそうな笑いがこぼれていた。

「いつにします」

「来月がいいわ、なかごろぐらい」

「来月ですか」

俊吉は、ちょっと顔をしかめた。

「来月は六月だから雨が多いかもわかりませんよ。もっと早くなりませんか?」

「店が少し忙しいのよ。来月のそのころでないとだめなの。ね、いいでしょう?」

「そうですか、じゃ、仕方がありませんね」

彼は諦めたように言った。

「それでは、会社のほうは今から休暇願いを出しておきましょう。他の奴に先をこされて行けなくなると困るから」

信子は、俊吉の愉しそうに帰っていく後ろ姿を見送った。いつもの眼とは違っていた。

約束の旅行が実行されたのは、これも約束どおり六月の中旬であった。俊吉の心配した雨は当分降りそうになかった。

上野を朝の十時に出る急行〝みちのく〟に乗ると、仙台には夕方の五時近いころに着く。およそ七時間の列車中では、日ごろ落ちついて、いくらか取りすましている感じの俊吉も、信子と座席がならんで、うれしそうに少々饒舌《じょうぜつ》になっていた。彼は沿線の風景で、ときどき、名所のようなところがあると、窓から指さして信子に教えた。

「俊さんは、よくごぞんじなのね。この線、よくお通りになったの？」

信子は、きいた。

「ずっと昔、一度ここを通ったことがあるきりです。それで、あまり詳しいわけではありませんよ」

愉しそうな旅であった。よそ目には夫婦か、愛人同士のように見えた。

電報を打っておいたので、仙台駅には白木淳三が歩廊まで迎えに出てきてくれていた。

「よく、いらっしゃいました。お久しぶりでございます」

白木は、まるい顔に、細い眼をいっそう細くして、相変わらずていねいに挨拶した。

10

白木淳三は駅前に待たせた自動車に、信子と俊吉を乗せて走った。市内の広い道路には夕方の陽が当たっていた。

〝藤若荘〟は信子が想像したより大きな旅館だった。別館を建てたからといって、まだ木の香りがしそうな新築の離れに通した。なるほど、白木が閑静だと言っただけに、近所からはなんの物音も聞こえなかった。

夕飯は、白木と、そのいかにも旅館の女主人といった感じの朗らかな細君もまじって、四人で卓を囲んだ。その席では、精一のことも田所常子のことも、誰も避けて触れなかった。

「明日は、松島をご案内しましょう。なに、半日もいれば見あきます。それから、どうなさいますか?」

酒は弱いらしく、ほろりと酔った白木が二人を見比べて言った。

信子も、俊吉も、まだ、その予定をはっきり相談していなかった。

「わたし、青森から秋田に抜けて日本海岸を通って帰りたいと思いますわ。途中で、十和田湖を見て」

信子は言った。すると俊吉は渋い顔をした。

「日本海岸に出るのなら、そんなに遠くを回らなくてもいいですよ。ここから山形を抜けて鶴岡《つるおか》に出てもいいし、コースを変えて裏磐梯《うらばんだい》に行ってもいいと思います。裏磐梯もいいですよ」

彼はそう反対した。

「そうかしら。でも、十和田湖の今はいいんじゃないかしら」

「十和田湖のいいのは紅葉のある秋ですよ」

白木は、二人の小さな争いを、にこにこして聞いていたが、

「いや、十和田湖は今ごろもいいのですよ。新緑が濃くなってね。なあ、おい」

と横の細君に言いかけた。

「そうなんですよ、奥さま。十和田湖の水の色の濃さというものは凄《すご》いくらいでございますよ。まるで紺屋の藍瓶《あいがめ》をそのままうつしたみたい。新緑なら、それが映えて一段と冴《さ》えてきれいでございましょう」

細君は笑うと、のびのびと明るい愛嬌《あいきょう》のある人だった。

「それじゃ十和田湖にきめましょう、ね。俊さん」

信子は言ったが、俊吉は、

「そうですね」

と煮えきらなかった。

「俊さん、前にいらしたことがあるの？　そいじゃ、あなたにはつまらないでしょう

けれど」

「いや、ないです。まだ行ったことがありませんが」

「それでは、十和田湖はともかくとして、青森から秋田へ回る、という予定にしてはいかがですか？」

白木が笑いながら折衷案《せっちゅう》を出したので、ええ、そうしましょうと俊吉は同意した。飯がすみ、お茶になって、白木夫妻はしばらく雑談していたが、お疲れでしょうから、と早目にひきあげた。女中が風呂《ふろ》を言ってきた。

「俊さん。あなた、先に行ってらっしゃいよ」

信子が言うと、俊吉は、ええ、とうなずいて素直に支度をはじめた。彼女は、女中が去ると、俊吉の傍に立っていき、その耳もとに小さい声で言った。

「俊さん。旅行中、泊まる部屋は別にしましょうね」

俊吉は、はっとなったようだった。彼はあきらかにショックをうけたようだった。

「わかってくださるでしょう。まだ限界があるのよ」

彼女はできるだけやさしく、子供でもなだめるように言った。まだというのは含みのある言葉だ。俊吉はその意味を敏感に受けとったに違いなかった。彼は失望したが、勇気を出したようだった。首のうなずきかたがそれを表わした。——

信子は、しゃれた広い部屋で独りで眠った。俊吉は遠い部屋で寝ているに違いない。夜中に雨の音を聞いたが、これは、朝起きてみると宿の裏を流れる川の音であった。

信子が庭を歩いていると、俊吉が浴衣着《ゆかたぎ》のまま、庭にはいってきた。

「朝の街を散歩してたんです」

と彼は言った。その眼は少し赤くなっていたので、信子は、彼があまり熟睡していないことを知った。

朝飯を一緒に食べおわると、白木がまるい顔を微笑させてはいってきた。

「お早うございます。では、松島までご案内いたしましょう」

自動車は待っていた。白木の細君と女中とが玄関に見送った。

松島では、海岸よりも、途中の高い展望所のような所から見る景色がよかった。光を含んだ海に、松をのせた小さい島が、少々わずらわしいくらい間隔をおいてならんでいた。白木は瑞巌《ずいがん》寺や塩釜《しおがま》なども案内した。

それが、白木の精いっぱいのサービスなのであろう。夕方近くまで車を乗りまわし、昼飯や休憩のときなど、こまごまと心を使った。妹の謝罪を彼は心からしているようであった。しかし、精一のことも常子のことも、彼は信子と俊吉の一緒にいる前では、口に出すのをやはり避けていた。

二人は最後の夕食をご馳走《ちそう》になって、深夜の青森行に乗った。ホームには白木夫妻が見送ってくれた。

「ほんとにお世話さまになりました。ご親切にしていただいてありがとうございました」

信子は発車まぎわまで礼を言った。

「いえ、どうも。せっかくお呼びしたのに行き届きませんで。また、どうぞお越しください」

白木はそう言い、列車が動きだしても、いつまでも立って、まるい顔を笑わせ、手を振っていた。

二等車は混んでいて、信子と俊吉とは離れてやっと席をとった。

信子はひとりで窓を見詰めていた。去年と同じ暗い景色が走っていた。彼女は涙を流した。白木のある低い声が耳から離れない。

11

青森には朝早く着いた。

「ここは信子さんにとっては、悪い思い出の土地ですね」

俊吉が言った。

「ええ。あんまり愉快じゃないわ」

信子はうなずいた。駅前の広場には、朝の美しい光が当たっていた。後ろには八甲田山が見えた。

「これから、どうします？　秋田に行くのだったら、弘前《ひろさき》か大鰐《おおわに》温泉あたりで降りて、疲れを休めていきましょうか？」

俊吉は、信子を覗《のぞ》きこむように言った。

「ねえ、俊さん。わたし、やっぱり十和田湖に行ってみたいわ。せっかく、ここまで来たんですもの。その景色、見たいわ。頑固のようだけど」

信子は俊吉の顔を見まもって言った。声は媚びている。

「そんなに十和田湖が見たいなら、参りましょう」

俊吉は快く同意してくれた。

「わるいわね、俊さん」

信子は気の毒そうに詫びた。

二人は十和田湖行のバスに乗った。それも愉しい旅行者に見えた。

バスは絶えず勾配《こうばい》の道をのぼった。カーブを曲がるたびに青森市が遠ざかり沈んでいった。津軽半島と下北半島の山々が見え、陸奥《むつ》湾が大きな水溜《た》まりのように鈍く光っていた。

萱野《かやの》高原でバスはちょっと停まった。公園のように美しかった。芝生のような草原には野菊が咲き、闊葉樹《かつようじゅ》は新緑を噴いていた。ここはもう海抜五百メートル以上ということであった。

「きれいね、俊さん。これからが愉しみだわ」

信子は草の上を歩きまわりながら言った。

「そうですね」

俊吉は煙草《たばこ》をふかしながら、前面の山を眺めていた。何かぼんやり考えている格好にみえた。

それからのバスは長い時間で登りつづけた。ブナの木が多くなってきた。渓谷にも森林にも緑が埋まっていた。

「あら、俊さん、雪よ」

信子は窓を指さした。山にはまだ雪渓が残っていた。風があるらしく、山頂の雪は煙のように立っていた。

「すてきね」

しかし緑はかなり少なくなって樹相は変化してきた。それだけ高所に登ってきたということなのだ。時間が長いので、バスも乗客も疲労していた。

「ねえ、十和田湖まで、どのくらい乗るのかしら」

「まだ三時間ぐらいかかるのじゃないかな」

「この次、温泉があるって、言ったわね」

「酸ヶ湯でしょう」

「そう、疲れたわ」

信子は指で額を押えた。

「その温泉で泊まりたいわ。今夜は」

俊吉は、信子の方を見たが急に微笑していた。

「昨夜は夜行でしょ。よく眠っていないし、ほんとに疲れたわ。三時間もバスに揺られたんじゃたまらないわ」

信子はうったえた。どこか言いわけめいていた。

酸ヶ湯は山に囲まれた窪地《くぼち》のような所にあった。大きいが鄙《ひな》びて古い宿がある。これ一軒しかないのである。通された部屋に、明治の文人大町桂月《けいげつ》の書が掲げてあった。

風呂は広い浴場で男女一緒だというので信子は遠慮した。俊吉は、さっさと湯にはいった。

「硫黄の匂《にお》いが強い湯ですよ」

やがて濡《ぬ》れた手拭《てぬぐ》いをぶらさげて戻ると、俊吉はそんなことを明るく言った。が、女中が、床をのべにきた時、信子は部屋を別にしてくれと頼んだ。はっとしたようだが、俊吉はわざと知らぬ顔をしていた。

「ねえ、ここ面白いのよ。宿の売店に大根だの菜っ葉だの魚だのあるの。まるで市場みたい」

信子が気をかねて、少しはしゃいで言うと、

「そうですか。自炊客があるからでしょう」

と言っただけで、わりにあっさりと自分の部屋にひきあげていった。そう不機嫌でもなかった。

信子は、ここに泊まらなければならなかったのだ。それは、決められたことなのだ。

彼女は一つの考えを追っていた。それに妨げられて眠りに落ちたのは遅かった。

朝になった。俊吉は、

「お早う」

と言ってはいってきた。彼は充分、寝足りた顔をしていた。

「一番のバスに乗りましょう」

俊吉は、朝食がすむとすぐに洋服に着かえた。実際、彼は大股《おおまた》に旅館の玄関を出ていった。バスの停留所はすぐそこだった。

信子と俊吉は、ふたたび登りをつづけるバスに乗った。窓の光景は早春にひとしい。雪が葉の少ないブナ林の下を斑《まだ》らに覆《おお》っていた。季節感に錯覚を起こさせるような荒涼さがあった。

睡蓮《すいれん》沼のあたりからバスはやっと千メートルの標高を下りに向かった。ふたたび、むせるようなブナやヒバの林の新緑の中に突き進んだ。あたりが翳《かげ》ったように暗くなった。厚く重なった木の葉の茂みが原因だった。道は狭く、バスは行き違うごとに後退した。木の枝がバスの屋根を叩《たた》き、窓を若葉がかすった。山桜がまだ残っていた。大きなシダや蕗《ふき》の群生があった。暗い下を水が白く泡立って流れている。風景は奥入瀬渓谷になっていた。

ああ、田所常子はこの樹林の奥で死を迎えたのだ。彼女の太った姿が、うれしそうに、ブナの原始林の中に消えていく光景を信子は想像した。俊吉は眼を閉じて快く居眠っていた。

12

十和田湖は遊覧船で見物した。水の色が異様に蒼《あお》い。蒼さは迫力をもっていた。

「ずいぶん、深そうね」

信子はつぶやいたが、ガイドの声は、湖のいちばん深いところは中湖《なかのうみ》にあって、水深三百八十メートルに近いと説明した。

湖を囲んで山が流れていた。美しい景色である。岸には鴛鴦《おしどり》が泳いでいた。

遊覧船は湖中に突き出た御倉《おぐら》半島や中山半島を回り、断崖《だんがい》と森林のさまざまの名所を観《み》せて休屋に着いた。

ある旅館にはいった。座敷から湖面がひろく見渡せた。

「いいところだわ。来てよかったわ」

信子は眺めながら言った。が、じつは、この旅館に決めるのも俊吉との間に愉しい対立があったのだ。信子は離れて宇樽部《うたるべ》の旅館にしたいと言った。が、今度は俊吉がひどく反対した。湖面の眺めはこちらが数等上だと言うのであった。譲歩は、今度は信子が笑ってした。

「ねえ、俊さん」

と、信子は湖から振りかえって言った。歯なみのきれいな微笑であった。

「明日の朝早く、この湖の上をボートで出てみない？　きっとすばらしいと思うわ」

俊吉は、その信子の顔を見つめていきいきとした瞳をしていた。

「霧が深いですよ。知っていますか？」

彼は、愉しそうに言った。

「すてきじゃないの。霧の湖を漕ぐなんて」

彼女も口辺の笑いをつづけて言った。遊覧船のガイドの声がマイクに乗って、ここまで聞こえた。

その夜も、信子はひとりで寝た。

夜が明けてすぐ、信子は身支度をした。それがすんだとき、やはり着かえた俊吉が静かに部屋にはいってきた。元気な顔をしていた。

「俊さん、早いのね」

「うん。行こうか」

その言い方は今までにはなく少し乱暴だった。張りきっているような調子であった。

ボートは旅館のすぐ裏に、いくつもつないであった。オールが皿に乗った箸《はし》のようにそろえてある。朝早いのでどこにも人影がなかった。

湖面を見ると、霧が一面に白々と昇っていた。向こうの山の頂辺《てっぺん》が少し覗いている だけで、視界の利《き》かない海を見るようだった。空気は寒かった。

「乗ってください」

オールを握った俊吉は言った。

信子はすわった。皮膚が寒い。ボートは水の上を進みだした。あたかも行く先を決定したようにぐんぐん直線にすすんだ。前方の霧が水の上を舐《な》めるように匍《は》ってきた。冷たい。信子の身体《からだ》は慄《ふる》えた。霧の中で、顔も、衣服も濡れていた。指先が凍えそうだった。俊吉は、口一つきかず、競漕《きょうそう》でもしているように、顔を引きつって、一心にオールを摑《つか》んだ手を回転させていた。信子は声が出なかった。濃い霧は二人を閉ざした。一メートル先が、白い、厚い紗《しゃ》でぼかされていた。ボートとその近い周囲のあおぐろい水だけが人間の視界にはいっている最大限であった。距離感も遠近感もまったく失われ、白い宙の中を舟は動いていた。

その動きも、しだいに止まった。俊吉がオールの先を水から上げたのである。自慢のきれいな髪は放埒《ほうらつ》に乱れていた。彼は、眼を信子に灼《や》きつけるように当てていた。

何分間か、そうしていた。

ボートの動きは緩慢になり、やがて水の上に吸いつくように静止した。

夜のように静寂であった。何も聞こえず、何も見えなかった。

「俊さん」

と、信子が寒いのか唇を震わせて言った。

「ここだったら、声を出しても岸まで聞こえないわね」

俊吉は、これに五秒ほどおいて、明るく、

「うん」

と言った。

あたりは相変わらず白い闇《やみ》であった。

「ここだったら、どんなことをしても、わからないわね」

俊吉はまた五秒ほど間をおいて、

「うん」

と言った。二人の眼は宙でからみあった。

信子は、両手をしっかりボートのふちにかけて次を言った。

「ここ深いそうよ。湖では日本で二番めの深さですって。人が落ちたら死体は二度と浮きあがってこないんですってね」

俊吉の返事は十秒ぐらい遅れた。やはり明るかった。

「よく知っているね。誰から聞いたんですか?」

今度は信子が黙った。気のせいか、どこかで水の音がしていた。信子は耳を澄ませた。白い霧が二人の間をうすく流れた。

「俊さん、この霧は六月がいちばん濃いのですってね」

信子はつづけた。返答はなかった。緊張が流れた。

その返事をするために、俊吉は顎《あご》をしゃくった。

「信子さん、背後《うしろ》を見てごらん。われわれが来た方を」

その言葉に命令されたように信子はふりかえった。そこも真っ白い霧の壁であった。

それが背中にせまっているのを知って信子は息をひいた。

「ぼくらは霧の中に閉ざされている」

信子が顔を戻したのを見て、俊吉が言った。

「あなたの言うように、この霧は今がいちばん深い。——おや」

何を認めたのか、俊吉が水の上を見て言った。

「あれはなんだろう?」

白いものが水の上に漂っているのを信子も認めた。無気味な恐ろしさが彼女を襲った。俊吉が一本のオールを突きだして、その先に白い物を拾いあげるのを声も出せずに見まもった。

「ああ。ハンカチだ。こんなところにハンカチが流れていた」

俊吉は手に拾いあげると、雫《しずく》を絞り、白い物をひろげて見た。信子は蒼ざめて凝視した。その白いハンカチがこわいのである。とつぜん、俊吉がその濡れたものを突きだした。

「信子さん。これ、精一さんのじゃないかな?」

え、と信子は神経を慄わせた。

「よくごらんなさい。この隅に印刷した旅館の名前に見覚えがある」

信子は冷たい白い布をうけとった。その隅には千鳥型の模様の中に〝鈴蘭《すずらん》旅荘〟と薄くなった青い文字が消え残っていた。信子は眼がくらみそうになった。夫の持ち物だった。信子が何度も洗濯したから記憶にあるのだ。失踪当時も、このハンカチをポケットに入れて出た!

一年前に沈んだ夫の身体から、このハンカチだけが浮きあがって、信子の眼の前に漂ってきた。精霊《しょうりょう》かと思って、彼女は歯が震えて鳴った。

すると、俊吉が声をあげて笑った。

「冗談じゃない、一年前のものが浮くわけはありませんよ。ぼくがいたずらをしたのだ。あなたが、ちょっと後ろを見た隙《すき》に、水の上にそれを投げこんだのです。ぼくも精一さんと同じハンカチを持っていたのですよ。彼が北海道から帰ったとき、みやげに一枚わけてくれたのです。びっくりしたとみえて、あなたの顔は真っ蒼《さお》ですよ。ぼくは平気でしょう。まさに逆ですね」

また低く笑った。

「気づいていましたよ、ぼくは」

俊吉は静かにつづけた。平気で言っていると同じ口調であった。

「信子さんが仙台と青森で十和田湖行きを主張したときから、変だなと思っていました。はっきり気がついたのは、酸ヶ湯に泊まりたいと言いだした時からです。あなたはそのうえ、ここでぼくと精一さんとが去年泊まったと同じ宿に泊まろうと言いました。あなたはぼくに去年の六月、精一さんと同じコースを復習させて実験しようとしたのですね。それでぼくを動揺させようとしたのですね。あなたはその実験の結果を確かめたかったのでしょう。ぼくは、それに気づいたから、わざと平気な顔をして、浮き浮きとしました。どうです、あなたはぼくの表情から実験の効果を得ましたか？予期したようにぼくが狼狽しないので、あなたは迷ったでしょう。ははは。それから、万事承知で唯々《いい》としてあなたの言うままに、ボートをここに漕いできました」

「田所常子さんも、あなたでしょう?」

信子はようやくあえいでいた。

「あれは、ぼくの女でした」

俊吉はうなずき、素直に答えた。

13

「ぼくの言うことならなんでもきく女でした。東京のバーにいた常子をしばらく青森のバーに移らせて、精一さんあてのあの手紙を出させたのはぼくの指図です。信子さんが青森まで訪ねてきたら、こう言えと教えこんだのもぼくです。手紙だけでは弱かった。あなたが田所常子に実際に青森で会えば、あなたはもう疑いません。それは成功でした。彼女は何も知らず、ぼくと一緒になりたいばっかりに動きました」

「かわいそうに。それを殺したのね?」

「はっきり言うと邪魔になったからです。ぼくは精一さんとここに来たときは三日ばかり休暇をとり、彼女を奥入瀬の林の中に連れこんだときは、病気だと言って社を休みました」

「そうですってね」

信子は、なるほど、あの時の直後にきた俊吉は憔悴していたと思いあたった。

信子が思わず、そうですってね、と言ったものだから、

「ああ。あなたにこの計略を教えた人間ですね、それも調べたのは？」

と俊吉は叫んだ。

「それにしてもぼくは、知りたいことがある。その人間が、どうしてぼくがこの十和田湖の厚い朝霧のなかで、精一さんを湖中に突き落としたことがわかったのか」

「それは、お教えします」

信子はようやく立ち直って言った。

「その人は常子さんの死後、死の原因を確かめるため、この辺を聞き込みに歩きまわりました。その時、ある旅館が二人の男客にボートで朝早く宿料を踏み倒されて逃げられたことがわかったのです。時日もちょうど、精一が行方不明になったころですから不審をもちました。なぜ、二人はボートで乗り逃げたか。宿料の踏み倒しではない、湖の上で一人になったから、宿に帰っては怪しまれるので、対岸にボートを乗り捨てて逃げたと考えたのです。その人の推測と調査はそれから始まりました」

「なるほど、ホームズのような人ですね。松島の招待は、ぼくをここにおびき寄せる誘い水でした」

俊吉は低く笑い、

「信子さん」

と彼は改めて呼んだ。

「いまのぼくの気持がわかりますか」

「わかります」

信子はきっとなって答えた。

「でも、それに承諾できません」

「ぼくは、あなたが欲しかった。それと精一さんには、いつも劣等感《コンプレックス》を感じていました。くどく言うことはない、動機はそれです。あなたは、もうすぐぼくのものになるところでした。もう少し待てば。そうだ、もう二三カ月だった」

と、俊吉はわらうように言った。

「あなたは精一さんと結婚してからのぼくしか知らないが、ぼくは戦時中、弘前の連隊に兵隊としていましたから、この辺の地理は詳しいのです。六月になると、朝、この湖面に深い霧が立つことはもちろん知っていました。あの時、北海道に行く精一さんを追って、彼からかねてよく聞いた福島県の炭鉱会社をたずね、そこにまだいた彼に会い、ここに誘ってきたのです」

霧はまだ薄まらない。依然として、距離感のない白い視界だけの中に、二人は相対していた。

「信子さん」

俊吉はまた呼んだ。

「ぼくの今の気持がわかりますか」

「わかります」

信子は強く言った。

「でも、あなたと一緒に、ここで死ぬのはいやです」

「ぼくはあなたを抱いて死にたいのです。そのため、唯々としてあなたの実験にのって、ここまでボートを漕いできました」

「精一のときと同じにね」

「その同じことをあなたは試されたかったのでしょう。精一さんはぼくに誘われて好奇心を起こし、自分でこの辺までボートを漕いできましたよ。ぼくは精一さんの胸に、拳銃《けんじゅう》を打ちこみました。腕力ではかないませんから」

「――――」

「音は、遠い岸に聞こえたかもしれませんが、なに、鳥でも打ったとしか思われなかったでしょう。拳銃はこの深い湖底に捨てました。精一さんと一緒にね」

こう言うと俊吉は立ちあがろうとした。ボートが激しく揺れた。

「いけません。あなたと死ぬのはいやです」

陥穽《かんせい》に落ちた信子は叫んだ。

「死んでください。信子さんもぼくが嫌いではないはずです」

「嫌いです。いやです。いやです」

激しい声で投げた。

「そうですか。あなたも卑怯《ひきょう》ですね」

俊吉は、完全に立ちあがり、足をよろめかせて近づいた。ボートがいっそう揺れた。

霧がまいた。

「いや、いや、いや」

「死んでください。死んでください」

――急に水を掻《か》くオールの音が近く聞こえた。まるい顔をした白木淳三が、信子に、仙台で約束したとおり、白い闇の中から煙るように現われた。

支払い過ぎた縁談

1

そこは、『倭名抄《わみょうしょう》』に見えているくらいだから旧《ふる》い土地であった。二つの山脈にはさまれた狭い盆地の集落である。村は富裕ではなかった。さりとて見すぼらしく貧困でもなかった。一本の川が流れ、両岸には広い桑畑があった。秋蚕《あきご》が終るとまもなく、遠い高い山には雪が降る。

萱野《かやの》家はこの土地の旧家であった。それを証明するような古文書《こもんじょ》をいくつか持っていた。田舎の旧家の貫禄《かんろく》はそれだけではたりぬ。萱野家は、相応の財産を持っていた。もとは大地主だったが、農地改革で三分の二をうしなった。それでも山林は手つかずにある。

当主の徳右衛門《とくえもん》は何度となく村長に推《お》されたが固辞した。小なりとはいえ、村長も政治家である。政治に手を出していいことがない。財産は減るに決っている。県会議員選挙でつぶれた資産家の実例があった。村長になる運動で金をつかい、当選してからも村会議員にたかられる。徳右衛門は身ぶるいして断りつづけた。

徳右衛門をケチだという村人があった。たいていの物持ちにはこの非難があるから、徳右衛門のひどい特徴にはならない。この悪口以外にはべつに不評はなかった。五十すぎで、むやみと庭木を植え、取りかえて眺めるのが道楽である。まず人はよいほうに違いない。頭《ず》が少々高いという人があるが、村で一、二の資産家で、旧家の当主という自らの意識もあろうから、これは仕方がなかった。

三人の子持ちであった。下二人は男で、まだ学校に通っていたが、上は女で二十六になっていた。容貌《ようぼう》は十人なみという月並な言葉が適切のようである。ここから五里ばかり離れたM市の短期大学を出ていた。徳右衛門はこの一人娘に旧家にふさわしい教育を施していると信じている。

いくら近ごろのことだといっても、娘の二十六は田舎では嫁《ゆ》き遅れの感じがする。しかし、幸子――彼女はそういう名だったが――に、今までも縁談がなかったわけではない。いや、それは降るようにあった。が、いずれも不成立であった。ことごとく徳右衛門と娘の幸子とが断ったからであった。

拒絶の理由は、しかるべき体裁がとられたが、実際は不満だったからである。みんな、萱野家の家格からみて先方が劣っていた。相手に小金があっても成りあがり者で教育がなかったり、名の知れた家でも、貧乏で、身体《からだ》に馬糞《ばふん》の臭《にお》いのする百姓はいやであった。萱野家にふさわしい財産と相当な学校出でなければ承知できなかった。この点では父娘《おやこ》の意見は合致していた。

萱野家の真意がわかると、縁談を持ちこむ者は目立って減ってきた。今では、来客の誰もその話をしなくなった。こうして幸子は広い家の中をうろうろしている間に二十六になった。

彼女の友だちはほとんど結婚した。婚礼のあるごとに幸子は反感をもって軽蔑《けいべつ》した。まるで下等な種族を見るような眼であった。縁づいた者で早いのは子供が二人ぐらいあった。友だちが野良着《のらぎ》で乳房をむきだして子供を抱いているのを見ると、動物のように思えた。

残った友だちもしだいに嫁入りしていく。それが終りになるほど幸子は敵意に近いものを持った。じっとすわっていられない焦躁《しょうそう》が突きあげてくるが、自分で気づかぬようにするのが苦労だった。いったいに、婚期のおくれた者から不利な結婚が目立つようだった。

あせることはない、今に立派なところから話がもちこまれてくる。——娘も父もそれに望みを懸けていた。村の、ほかの者とは違うという自負があった。家柄と資産と教育と、三つの道具が希望の確実な手がかりであった。そろそろ陰口をはじめた村の者へ、これ見たかの爽快《そうかい》な仕返しを父娘は待っていた。

待ってはみるものだった。そういう機会がきた。

2

ある初秋の一日であった。リュックを背負った青年が萱野家を訪ねてきた。リュックをもっていても登山の重苦しい格好ではない。セーターのVネックからは行儀正しくネクタイがのぞいていた。登山帽を脱ぐと、櫛目《くしめ》の通った髪が撫《な》でられていた。

徳右衛門が名刺をみると高森正治という名であった。肩に東京の××大学文学部講師と小さい活字がならんでいる。名前よりもこのほうに彼の注意があった。

「お宅に古文書が秘蔵されていると聞きましたので、東京から参りました。拝見させていただけませんでしょうか?」

名刺を片手に持って出た徳右衛門に、青年はいんぎんに云《い》って、暗い玄関で頭を下げた。

そう頼まれると、たいていの所蔵家は嫌な顔をしないものである。徳右衛門も例外ではなかった。ことに、若いが、東京の大学の先生だから喜んで客座敷に通した。青年は大事そうにリュックを座敷に運んだ。

徳右衛門は蔵の中から桐箱《きりばこ》を持ってきた。蓋《ふた》を開き、茶褐色に煤《すす》けた反古《ほご》のような紙をていねいに披《ひろ》げてみせた。

「これです」

虫食いで、縁がぼろぼろになっている古文書を高森と名乗る青年は学者らしい眼つきでうやうやしく見入った。

「なるほど、貴重な文献です」

と、高森正治はほめた。

「ありがとうございました。これで東京からここまでやってきた甲斐《かい》がありました」

高森は一通り眼を通しただけで、徳右衛門に礼を云った。文書は鎌倉《かまくら》時代のものである。いつぞや来た老学者は二日がかりで筆写したものだが、高森は一瞥《いちべつ》しただけで満足したようだった。近ごろの若い学者は頭脳《あたま》がいいのであろうかと徳右衛門が奇異に思っていると、高森はリュックの中から小型カメラを取りだし、一枚ずつ矢つぎばやに撮影した。徳右衛門は新しい学問の方法を見るような思いで感心した。

ころあいを見て、幸子が茶と果物を出した。

「お嬢さんですか?」

と、高森正治はかしこまった。

高森は、美男とはいえなかった。色が黒く、鼻が少し上を向き、唇が厚かった。身体がまるこく、ずんぐりしている。その代り広い額と濃い眉《まゆ》とが学者らしい篤実《とくじつ》さを思わせた。幸子は、彼がちらちらと自分の顔に眼を向けるのに気づくと面映《おもはゆ》くなった。

学問をおやりになるのは大変でしょうな、と徳右衛門はにこにこして質問とも挨拶《あいさつ》ともつかぬことを云った。それに対して高森正治は、多くの言葉では応《こた》えなかった。落ちついた地道な性格とみえた。その代り幸子に視線を走らせる時の眼は、まるきり人が別のような光があった。

高森はリュックの中に手を入れて、がたがたと音をさせていたが、すぐに一個の石をとりだして徳右衛門の前に置いた。

「何もお礼ができませんが、これはぼくの収集品の石包丁《いしぼうちょう》です。つまらないものですが、お印までです」

鰹節《かつおぶし》のような形をした薄汚い石に添えて高森は云った。奇妙な礼に徳右衛門は驚いたが、高森の真面目《まじめ》な顔はそれがいかにも貴重な品であると考えているらしかった。徳右衛門は迷惑をかくしてそれを受けとった。現代ばなれした学者らしいところが彼は気に入った。

別れぎわに、高森正治は顔を伏せるようにして徳右衛門に小さな声できいた。

「失礼ですが、お嬢さんはもうご婚約がお決まりでしょうか?」

「いや、まだですが」

「ありがとうございました」

高森青年は逃げるようにして玄関から消えた。

徳右衛門はそこにしばらく立っていた。かすかな満足が快い湯のように、彼の心を浸《ひた》していた。ぼんやりした予感に、息が知らずに弾《はず》んでいた。しかし、大事をとって彼は幸子にはそのことを云わずに置いた。

3

予感が、かたちをとって現れたのは、それから一週間と経《た》たなかった。ある日、四十年配のいかつい顔をした紳士が、東京から徳右衛門を訪ねてきた。

「先日、お邪魔をした高森正治の叔父です」

と、紳士は挨拶して名刺を出した。同姓の下には剛隆というむずかしい名がついていた。肩書に弁護士とあった。

高森剛隆は、甥《おい》が世話になった礼を云い、急には用件に触れず、慣れた言葉で屋敷や庭をほめた。じっさい、彼の眼はよく動いて、家の中や庭木に走りまわった。

三十分もして、高森剛隆はようやく訪問の目的に触れた。

「突然にこんなことを申しあげて失礼かもしれませんが、じつは甥がお宅のお嬢さまを頂戴《ちょうだい》したいと申すのです。ざっくばらんに申しますと、一目惚《ひとめぼ》れというやつです。甥は、お嬢さまがどこにもお約束がないと確かめたそうで、やいのやいのとつつかれて、私が使者にあがったようなしだいです」

徳右衛門は破顔した。やはり予感が当った。彼は胸を鳴らして応えた。

「よい甥御さんでございますな。大学の先生だそうで、拝見していて学問にご熱心なご様子がよくわかりました」

「いや、学問に凝《こ》って世事に疎《うと》いので困ります」

「結構でございます」

徳右衛門は石を貰《もら》ったことを思いだした。

「しかし、好いた惚れたという気持は別とみえて、やはり、当節流に早いですな。私をこうしてお宅へ掛けあいに出すのですから」

弁護士は磊落《らいらく》に云ってから、少し口吻《くちぶり》を改めた。

「ごらんくださったように野暮ったい男です。それに、大学の先生といっても、まだ講師ですから安月給です。将来は教授になると思いますがね。さいわい、家には資産が少々あります。郷里は九州の方なので、東京ではアパートに住まい、私が親代わりとなって後見しています」

高森剛隆は諄々《じゅんじゅん》と事情を述べたあげく、ご異存がなかったら、ぜひこの縁談をご承知くださるまいか、と懇願した。

「恐れいります」

と、徳右衛門は喜びをかくしきれずに頭を下げて云った。

「結構なお話と存じますが、いちおう本人の意向も聞きましたうえで」

「いや」

と、剛隆は掌《て》をあげて云った。

「ごもっともですが、なにぶん、甥が熱心ですぐにお返事をいただいて帰ってくれと申します。吉左右《きっそう》の結果がわかるまでの期間がやりきれないと云うのです。あの甥がはっきりそんなことを云いだしたから私もびっくりしたのですが、これもお嬢さまに執心したあまりだと思うと笑ってもいられません。そういうわけですから、恐縮ですが、すぐにお嬢さまのご意見を承って帰りたいのですが、いかがでしょう?」

徳右衛門はむしろ感激した。大学の講師で、ゆくゆくは教授になるという男なら婿《むこ》として申しぶんはなかった。性格も堅実のようだった。実家には資産もあるという。

この叔父の弁護士も立派だった。徳右衛門の肚《はら》はもう決っていた。

彼は別間に幸子をよんで事情を聞かせた。幸子の顔は見るうちに上気し、言葉を咽《の》喉《ど》につまらせた。

「どうだえ、おまえの気持は？」

彼女はあたかも叱《しか》られた時と同じような風情《ふぜい》をしてうなずいた。

高森剛隆は、晴れやかな顔をして辞去した。笑うと、いかつい顔も金歯がこぼれて愛嬌《あいきょう》があった。彼は玄関に見送りにきた幸子を初めて見て、

「いいお嬢さんですね。なるほど甥が頂戴したがるのも無理がありません」

と云った。幸子があわてて父親の後ろに移ったので、両人《ふたり》は笑いあった。

4

徳右衛門はひどく愉《たの》しくなった。やっぱり待っただけの効《かい》はあった。縁談はあせるべきではない。あわてなくてよかった。

「しごく、良縁だ」

と、幸子をはじめ家の者に云って聞かせた。これだけの旧家の面目と、娘の教育からすれば、このような相手が現れるのこそ当然であった。

「婿として申しぶんない。村の奴《やつ》も、さすがにびっくりするだろう。幸子も仕合せだな」

安堵《あんど》だった。今でこそ当然のことと思っても、正直のところ、これまでは、不安で過してきた。婚期が一日ずつ遅れることの焦躁感、ついには後妻として嫁《とつ》がせねばならぬかと思う暗い絶望感。その懊悩《おうのう》に夜が眠れぬことも一再ではなかった。もう、安心であった。

幸子もまったく同じ思いだった。これで、今まで敵視してきたさまざまな友だちの結婚に勝つことができる。ひそかにささやかれていた陰口が、羨望《せんぼう》に代ってわが身に集る。危うく落ちるところだった。いや、落ちてなるものか。自分の資格には、やはり相応の結婚が待っているのが当然だった。

それまで幸子の顔に膜のように張っていた暗い表情がとれ、皮膚が輝き、動作がいきいきとしてきた。

それから、その顔の輝きは、高森正治から来る手紙のたびに増していった。手紙の文章はうまいとはいえないが、愛情がただよっていた。幸子は、それにやさしい返事を書いた。

高森正治は二度までつづけて幸子に品物を送ってきた。一つは細い金の指輪であり、一つは小さい金側時計であった。古代石器を置いて帰った人間とは思えぬくらい繊細な感情のこもった贈り物であった。幸子はまたとない夫を得たと思い、幸福に浸った。

高森正治の手紙は、父親と同行して上京し、一度自分のアパートに遊びにきてくれと書いてあった。むろん、調査もしなければならぬことである。幸子と徳右衛門がその気でいるうちに、少しばかり日が経った。徳右衛門のわずかな怠慢を責めることはできない。彼は高森正治と叔父の弁護士を信頼した安心があった。何が幸いするかわからなかった。徳右衛門が少しぐずぐずしたおかげで、父娘《おやこ》は思わぬ幸運を拾った。

——秋が闌《た》けそめたある日のことである。

萱野家の前に見事な自動車が停った。この辺を時たまM市のハイヤーが通るが、これほど立派な車を見たことがない。白番号《ナンバー》だから、むろん自家用車だった。運転台からドアを排してひとりの青年が地におりた。外国人のように格好よく均整がとれて背が高い。白い鳥打帽《ハンチング》にゴルフズボンを穿《は》いていた。彼は車の前蓋を蝶《ちょう》の片翅《かたはね》のように開いて背をかがめた。エンジンの故障を直しているのだった。

修理は五分とかからなかった。機関は美しい音を蘇生《そせい》させた。その代り、青年の腕まくりした手は真っ黒に汚れている。彼は両手を前にぶらりとさせて、あたりを見まわした。どこかに洗うところはないかと捜しているのである。

折りから、幸子が門のところに立って見ていた。家の前に自動車の音がして停ったので様子をうかがいに出てきたのである。青年は、よごれた指の一つをきれいな帽子のひさしに当てて、幸子に莞爾《かんじ》と笑った。歯が白かった。

「恐縮ですが、ちょっと手を洗わしていただけませんか?」

言葉の抑揚で東京の青年と知れた。声も瞳も澄んでいる。眉と眼の間に適度の翳《かげ》りがあって近代的な感じがある。

幸子は、青年の瞳をうけて、頬を赤くした。

5

青年は萱野家の客となって座敷にすわった。

身だしなみがいいのは育ちのよさがわかった。色の白いのと髪の黒いのとが対照的である。唇はやさしくて赤みがあった。すんなりした指の先まで日ごろの行儀の神経が行きとどいていた。

「試乗にドライブにきたんです。新しい車を前からの分と交換しましたので」

と、青年は説明した。その前に、徳右衛門に桃川恒夫という名刺を出したから、その名前で呼ぶべきであろう。親父《おやじ》が会社の社長をしていて、自分にあとを譲りたがっているが、もう半年ばかり遊ばせてもらうのだ、と桃川恒夫は自分の身の上のこともつけ加えた。

「この辺、景色のいいところですね」

桃川恒夫はこう云って視線を正面の徳右衛門から傍らの幸子に移した。幸子は、また頬を染めた。恒夫の云い方は、自分をほめたように思えたからである。

青年は二十分もすると、座をすべってていねいにお辞儀をした。

「東京へお遊びにいらしてください。ご案内します」

それから玄関に歩く途中で、彼は徳右衛門に遠慮深そうに云った。

「近いうち、母をよこします。ぜひ、会ってやってください」

徳右衛門はびっくりした。云い方が唐突すぎて意味がわからない。桃川青年はそれ以上説明しないで、さっさと玄関から出ていった。それから片手を見送りの幸子に振りながら、埃《ほこり》の多い山間《やまあい》の往還を車を走らせて去った。車体が天日に映えて、手鏡の照射のように光るのが幸子の眼に残った。

徳右衛門は、青年の云いのこしたことをしばらく考えていたが、やがて意味を了解した。これは幸子の縁談のことである。母をよこすという用事はそれ以外にない。

徳右衛門は当惑を感じた。いい縁談はいったん封を切られるとつぎつぎに起るものらしい。しかし彼は当惑を感じる必要はなく、彼女《あれ》はもう決りましたと断ればよいのだ。当惑したのは徳右衛門に迷いが生じたからであった。

高森正治は学者的な律義《りちぎ》な雰囲気を残して去ったが、桃川恒夫は富裕な匂《にお》いを置いて帰った。このほうは、貴金属店の内に一歩足を踏み入れた時、ぱっと襲ってくるあの贅沢《ぜいたく》な空気に似ていた。

微《かす》かな後悔が徳右衛門の心に上った。高森正治のほうを早く決めないで、もう少し様子をみればよかったという虫のいい残念さだった。どちらも捨てがたい。何も早まる必要はなかった。

もし、桃川恒夫の母親が来て、縁談を切りだしたらどう云って応えよう。徳右衛門はしばらく思案したすえ、そうだ、これは幸子にきいてみることが先だと思った。

幸子はその話を聞くと、頬を真っ赤にして息を弾ませた。それを匿《かく》そうとして苦しそうにしている。その動揺を見て、徳右衛門は、幸子が前の高森青年よりも、今の桃川恒夫に惹《ひ》かれていることを知った。徳右衛門は、やはりそうか、と自分でも満足した。

「高森君もいいが、少し貧乏くさいのう。月給も安いそうだし」

徳右衛門は云って、また石のことを思い浮べた。

「それに、あの叔父貴は大学教授をうけあっとるが、講師の中から教授になれるのは、ほんのわずかだ。将来のことなんかわからん。ああいう人間は偏屈者《へんくつもの》が多いから、一生貧乏しておまえが苦労するかもわからんな」

高森正治のいいところはみんな消えてしまった。

「高森君はよくみると、不格好で薄汚い。今の桃川君のほうはさすがに育ちがいいだけにスマートだな」

幸子はうなずいた。それは彼女の最も同感しているところだった。

「だって、お父さん。高森さんのほうは、どうお断りするの？　いろいろな物を頂いてるし」

幸子は心配そうにきいた。

「なに、まだ結納を取りかわしたわけではなし、なんとでも断れる。おまえにくれた金時計や指輪代の二、三万円ぐらい返せばいい。なんだ、あんなもの」

徳右衛門は云いきった。

桃川恒夫の母というひとは、三日の後、予想のとおり息子の縁談をもってきれいな身支度で徳右衛門を訪問してきた。息子がお宅のお嬢さまをぜひ貰ってくれと云ってきかないと上品な口吻で話した。一人息子だから小さい時から甘えさせたと云った。

「財産はざっと四、五千万円もございましょうか。私どもの死後は、みんな息子夫婦のものでございます。私のほうで、強《た》ってお願い申しあげるのですから、結納は支度金のほか、三百万円ほど包ませていただきとう存じます。本当にざっくばらんな申しあげかたで失礼でございますが」

「いえ、そんなには」

と、徳右衛門は云ったが、ことごとく満足であった。

6

その後、徳右衛門と幸子とは東京に出て桃川恒夫を訪ねた。豪華なアパートで、幸子は外国映画の場面に自分がはまりこんだ思いがした。映画といえば桃川恒夫は上背があり、彫りの深い顔に適度の愁《うれ》いと明るさが混合し、身の動かし方に高度の教養が発散した。幸子はいよいよ頬をあからめ、茫乎《ぼうこ》とした眼つきになった。

「家は鵠沼《くげぬま》なんですが、ぼくはこんな自由な暮し方をしています」

と、桃川恒夫は洗練された口調で話した。

「父母に会っていただくとよろしいんですが、あいにくと郷里の先輩が亡《な》くなってそっちに行っています。なんですか、父は次の選挙には代議士に立候補するらしいんです」

その夜、父娘《おやこ》は歌舞伎座《かぶきざ》に招待され、桃川恒夫の費用で帝国ホテルに泊った。二人は幸福の余韻が消えないまま、山峡の小さな盆地の村に帰った。幸子の愛情は桃川恒夫に完全に密着していた。

帰ると、幸子の机の上には、高森正治の手紙が来ていた。いまは忌《いま》わしくて煩《わずら》わしい手紙である。封を開いてどきりとした。

「お父さん。高森さんから、お式を来月早々に挙げたいと云ってきてるわ」

幸子が色を変えてうったえると、徳右衛門は落ちついて云った。

「なに、わしからすぐに断ってやろう」

庭の植木を取りかえるような具合だった。徳右衛門は簡単に当方に事情ができたから今回のお話は無期延期にしてほしい、と手紙を書いた。

当然に紛争が発生した。

高森正治の叔父の剛隆が、いかつい顔をいっそうむずかしくして乗りこんできた。

「当方の事情とは、どういう事情ですか？」

「私事ですから申しあげられません。とにかく、よんどころない事情からです」

徳右衛門はつっぱねた。

「無期延期というのは破談という意味ですか?」

「そうおとりくださって結構です」

高森剛隆は顔を真っ赤にして怒った。ばかにしているというのである。この辺のやりとりをくだくだしく書くことはない。要するに長い激論のすえ高森剛隆は弁護士の顔にかえって云った。

「甥の純情を踏みにじった人権蹂躙《じゅうりん》だ。慰謝料を払いなさい」

「そんなものは払う必要がない」

「甥は苦しい中から金を工面してお嬢さんに贈りものをしている。お嬢さんからも愛情に満ちた手紙を貰っている。あとで困ることになりませんか」

徳右衛門が沈黙したのは、最後のこの一句であった。なるほど、相手が悪く出て、幸子の愛の手紙を、嗅《か》ぎだした新しい縁談の相手に提出したら、事は終りである。弁護士という相手の職業が徳右衛門に理由のない恐怖を起させた。

「いくら出せばよろしいのかな?」

「八十万円いただきたい。これでも安い」

「八十万円?」

徳右衛門は眼をむいた。

「高くない、人の純情を踏みにじったのだ。高い、安いの相場はない。私はもっといただきたいが、これで甥をなだめる。高いと思われたら、法廷に出て争ってもよろしい」

徳右衛門はまた沈黙した。公然と明るみに出たら困る。そんな性質のものではない。桃川家から断られるのはわかりきっている。

桃川家は支度金のほかに三百万円結納をくれるという。三百万円から八十万円ひいても二百二十万円が手にはいる。桃川家の財産は当主が死んだら、息子夫婦のものになると云った。徳右衛門の計算が頭の中で働いた。

徳右衛門は山林を売って八十万円を調達し、約束の日に取りにきた高森剛隆に渡したのみならず、気前を見せて因縁の時計も指輪も返した。準備はできた。あとくされはない。いつでも来いである。しかし、桃川恒夫のほうからは、それきり、なんとも云ってこなかった。手紙を出したが、付箋《ふせん》がついて返ってくる。狼狽《ろうばい》した徳右衛門が東京に出て行き豪華なアパートを訪ねたが、桃川恒夫という名前の男は、あのころ一週間の契約で借りていたにすぎなかった。徳右衛門は、高森正治のアパートも同様だと初めて思いあたった。

石器時代の石包丁は、粉々に割られて庭のどこかに捨ててある。しかし、これは四人の詐欺《さぎ》者が置いていった唯一《ゆいいつ》の高価な遺物であった。

巻頭句の女

1

俳句雑誌「蒲《がま》の穂」四月号が校了になったとき、主宰者の石本麦人《ばくじん》、同人の山尾梨《り》郊《こう》、藤田青沙《せいさ》、西岡しず子の間に、茶をのみながらこんな話が出た。いつものように、会合は医者をしている麦人の家であった。

「先生、今月も志村さち女の句がありませんでしたね」

古本屋をしている山尾梨郊が言った。

「うん、とうとう来なかったね」

と、麦人はゲラ刷りをまだ見ながら言った。

「これで三回つづきますね。病気がよっぽど悪いのでしょうか?」

貿易会社に勤めている藤田青沙が、顔を麦人のほうに向けて言った。この編集委員の中では青沙が、一番若く、二十八の独身だった。

「さあ、胃潰瘍《いかいよう》ということだからね」

「胃潰瘍というのはそんなに重いのですか。このごろは、手術すればすぐ癒《なお》るでしょう？」

「普通の病院ではね。しかし、ああいう所はそんな手術をすぐしてくれるのかな」

麦人は首を傾けた。彼が、ああいう所と言ったのは、隣県のH市にある施療院《せりょういん》で、「愛光園」という名がついていた。話に出てくる志村さち女というのは「蒲の穂」に去年から現われた女性投句者で、麦人選の雑詠で一度巻頭を占めたことがある。雑誌の志村さち女の名前の上には、いつも小さい活字で「愛光園」と住所のようについていた。つまり、彼女はそこの施療患者であった。

「手術をすぐしない、というのは、やはり予算のない関係ですか？」

梨郊が代わってきいた。

「予算は乏しいにきまっている。しかし、それで手術をするかしないか、そこは、はっきり僕もわからないが、まあ、十分な手当てはできないだろうな」

繁盛《はんじょう》している病院の経営者の麦人は、眼鏡を光らせて三人を見た。

「お気の毒ですわ」

と、西岡しず子が言った。ある会社の課長の妻女で二人の子を持ち、あまり不自由を感じない空気をいつも身につけていた。

「身寄りの方がどなたもいらっしゃらないのでしょうか？」

「施療院なんかにはいっているところをみると、そうでしょうな」

と、麦人は煙草《たばこ》を口にくわえた。

「いったい、いくつでしょうか？」

梨郊が言った。

「前に一度手紙をもらったことがある。ほら、巻頭をとった時に来た礼状さ。それによると三十二三らしい」

麦人がそう答えたので、西岡しず子は自分との年齢の差を考えるような眼つきをした。

「結婚の経験はあるのですかね？」

「それはわからん。身もとのことは問い合わせたことがない」

と、麦人は眼を少し小さくして梨郊の顔を見た。

「しかし、冗談ではなく、もう一度手紙を出してみる必要があるね。こう三カ月もつづいて投句がないとすると」

「もう一度？」

「うん。実は先月、見舞いかたがた投句の慫慂《しょうよう》をしたところだ。会費は二度送ってもらったきりだが、それは免除してあげてもいいのだ。さち女は投句者の中でも、ちょっと光っているからね」

「本当に」

　と、西岡しず子が共感した。

「私も注目している方ですわ。いつかの巻頭の句はよござんしたわ」

「それで、その返事は来ましたか？」

　と、青沙が質問した。

「それがなんとも言ってこないのだ。あれほど熱心にそれまで投句をつづけた女《ひと》がね。だから病気が進行したのではないかと心配している」

　麦人は煙を口から吐いた。

「先生」

　と、青沙が言った。

「手紙はぜひ出してください。もし病気が重いなら、投句はどうでもいいですから、激励してあげたいのです」

「うん。まあ、そのつもりでいるがね」

「実は、さち女の句の一つを思い出したのです——。身の侘《わ》びは掌《て》に蓑虫《みのむし》をころがしつ。やっぱり彼女は寄るべのない孤独者ですよ」

「蓑虫か。なるほどね」

麦人は煙草を持った手の肘《ひじ》を机の端にのせて眼を上に向けた。三人はそれで考えるような表情をした。

そのことがあってほぼ一カ月すると、麦人の家に五月号の編集のためにまた同じ四人の顔が集まった。

「先生、やっぱり来ませんね」

と、藤田青沙が言った。

「なんだ。ああ、志村さち女のことか?」

「そうです。集まった句稿を引っくり返してみたのですが、ありません」

「そうだ。来なかった。手紙は僕が書いて出したのだが、返事が来ない。代筆でもいいから、だれかに頼めばいいんだがね」

麦人は少し不満そうに言った。

「どうしたんでしょう?」

西岡しず子がつぶやいた。

「まさか死んだのじゃないでしょうな?」

と、梨郊が麦人に首を伸ばした。

「死んだのなら、死んだと施療院から知らせがあろう。でなかったら、手紙は返ってくるはずだがね」

「愛光園が横着しているのではないでしょうな？」

「うん」

麦人の眼は、そんな場合もありそうだと言っているようだった。

「亡《な》くなったのではないと思いますわ。いくら何でも、それなら愛光園から通知が来るはずです。手紙をこちらからお出しになっているんですもの。それに、月々の雑誌だって、さち女さんには送っていますわ」

しず子が口をはさんだ。

「僕もそれに賛成だな」

と、青沙は言った。

「彼女はやはり重症なんじゃないですか。手紙はだれかが読んで聞かせてあげても、代筆を頼む元気もないというような」

「そうだね」

麦人の眼つきは考え直したものに変わった。

「そうかもしれない。一度、愛光園の責任者あてに、ききあわせてみようか？」

「それよりも、先生」

と、青沙が言った。

「来月の初めは、A支部の句会があるでしょう。先生がご出席なさるご予定ですね。AとH市は近いですよ。汽車で四十分ぐらいかな。その句会の前か、あとかに愛光園までおいでになってはいかがですか？　先生が直接お見舞いにいらっしゃったら、当人は光栄に喜びますよ、僕も、その日は日曜だからお供してもいいです」

「ひどく熱心だね」

と、麦人は青沙を見て、眼鏡の奥の眼を細めて少し笑った。煙草が好きなので、笑うと黒い歯が見えた。

「いや、しかし、それはいい思いつきだ。なるほどAからなら近い。青沙君がついて来るというなら、僕も足を伸ばしてみようか」

「先生、私からもお願いしますわ」

しず子が少し頭を下げて言った。

「身寄りのない方なら本当にお気の毒ですもの」

梨郊が、商売が閑《ひま》だったら自分も一緒に行こうかな、と言った。その予定は、それでできたようなものだった。

2

麦人と青沙は五月の晴れた日曜日、「蒲の穂」A支部の句会に行った。東京都といいながら、そこは隣県に近いはずれであった。約束した梨郊は、古本の市があるとかで参加を断わってきた。

句会は三時に終わった。支部の人に引き止められたが、麦人は所用を言って引きあげ、青沙と二人でH市に汽車で行った。さらに駅から愛光園までは六キロの距離だったが、バスで行くと、麦や菜の花畑の向こうには広い沼の水が光っていた。この辺は水郷であった。

愛光園は林に囲まれた中にあった。三棟つづきの古びた汚い木造の建物だったが、見るからに陰鬱《いんうつ》な感じがした。それでも玄関前の花壇には、つつじが贅沢《ぜいたく》に溢《あふ》れるように咲いていた。

埃《ほこり》っぽい受付に立つと、小さい窓をあけて看護婦が顔をのぞかせた。

「志村さんに面会したいのですが。志村さちさんです」

青沙が言った。

「志村さちさん?」

痩《や》せた顔の看護婦は窓の中で首を傾《かし》げていたが、

「ああ、その方なら退院なさいました」

と答えて、二人をじろじろ見た。

「退院？　それはいつですか？」

「そうですね。もう三カ月ぐらい前です」

麦人と青沙とは顔を見合わせた。

「では、病気が快《よ》くなったのですか？」

「さあ、どうでしょうか」

看護婦は曖昧《あいまい》な顔をしていた。

「それでは、現在の住所は？　つまり、退院した先はわかりませんか？」

「さあ」

麦人が青沙に代わった。彼は名刺を出した。

「私はこういう者です。院長先生がおられたら、志村さんのことで、ちょっとお眼にかかりたいのですが」

看護婦は名刺を眺めた。それには麦人の本名と医学博士の肩書がある。

「ちょっとお待ちください」

看護婦の尖《とが》った顔は消えた。彼女がまた現われて二人を粗末な応接室に請《しょう》じるまで、煙草を一本喫《す》う間が、じゅうぶんにあった。

院長は五十すぎの太った人だったが、艶《つや》のあるあから顔が、この建物の中で不似合いに見えた。手に一枚のカルテを握っていた。

「お忙しいところを恐縮です。志村さんに会いたいと思って来たのですが、退院なさったそうですね」

麦人が言った。

「そうです、二月十日に退院しました」

院長はカルテを見て言った。

「病気のほうは快くなったのですか?」

「これをごらんください」

院長はカルテを差し出した。麦人は眼鏡をはずして、細い眼つきでそれを丁寧に読んだ。

「なるほど」

麦人はやがて顔を上げて眼鏡をかけた。

「むろん、本人はこれを知らなかったのですね?」

「そうです。胃潰瘍だと言っておきましたから」

と、院長は答えた。それから麦人と院長の間には、医者の術語のドイツ語をまじえて、二三の問答のようなことがあったが、横で聞いている青沙にはよくわからなかった。

「ありがとうございました」

と、麦人は言った。

「志村さんとは面識はないのですが、私のほうの俳句雑誌によく句をもらっていますので、お見舞いに来たわけです」

「そういえば、志村さんの枕元《まくらもと》には俳句雑誌がいつもおいてありましたな」

院長は言った。

「熱心に句を作る女《ひと》でしたよ。それが、ここ三カ月ばかりぱったり何も来ないので、どうしたかと思ったのです」

と、麦人は言った。

「三カ月前というと、志村さんがここを退院した時ですな。ちょうど、それくらいです」

「しかし、そんな状態で出て、どうするつもりでしょう。だれか引取人があったのですか？」

「ありました」

と、院長はうなずいた。

「結婚をする人が出てきたのです」

「結婚？」

麦人も青沙も、驚いて院長の顔を見た。

「そうです。突然のようですが、お話ししないとわかりませんがね」

院長は微笑して、次のようなことを話した。

志村さち女の本名はさち子で、身よりがない。生まれは四国のM市で本籍もそこになっている。これは例年のことで、去年の暮れごろに、この愛光園で不幸な患者のため一般の寄付を募った。これは新聞にも出た。すると東京の中野に住む岩本英太郎という人から五千円送ってきて、自分は四国のM市の出身だが、同郷人がお世話になっておれば、この金を見舞金として上げてほしいと手紙に書いてきた。愛光園では調べてみて、それは志村さち子しか該当者がいないことがわかり、五千円はさち子に与え、その旨《むね》を岩本という人に報告した。さち子も岩本氏に礼状を出したようだった。

岩本氏から、さち子に、改めて慰めの手紙が来る。さち子も返事を出す。こんな繰り返しが三四度あって、ある日、当の岩本英太郎氏が、さち子に面会に来た。三十五六の風采《ふうさい》の立派な人であった。その時も、岩本氏はさち子に三千円を贈って帰った。彼は親切に同郷人の不幸な患者を慰めて帰った。

それからも岩本氏は二度ばかり来た。機縁というものはどこにあるかわからない。岩本氏とさち子の間に愛情が生じたらしい。今年の一月の末、彼は院長に面会して、さち子と結婚するから引き取らせてくれと申し出た。自分のほうで養生させるから、ということだった。

「それは結構ですが、あなたは志村さんがどんな病気か知っていますか?」

院長はその時、言ったそうである。実は、あれは胃潰瘍ではない。本人にはそう言ってあるが、本当は胃癌《いがん》なのだ。あなたが結婚しても、当人の生命はもう半年と保てないでしょう、と実際のことを告げた。

岩本氏はひどく衝撃をうけたようで、しばらくむずかしい顔で考えていたが、やがて決心をつけたように、いや、それならなおさら可哀想《かわいそう》だ、こういう場所で死なせたくない、たとえ、三月でも半年でも、せめて彼女の生涯の最後のしあわせを築いてやりたい、私の家で死なせたい、と沈痛な面持で改めて頼んだそうである。院長はそれを感動して聞き、承諾したのだと語った。

「なるほど、そういう人があったのですかね、志村さんは短いながら最後の幸福をつかんだわけですね」

麦人は、聞き終わって言った。

「その岩本氏の住所はわかりますか？」

「わかります。控えておきましたから」

院長は看護婦を呼んだ。今度は若い看護婦が出てきて、院長に言いつけられてノートのようなものを持ってきた。院長はそれを繰り、指で捜して言った。

「中野区××町××番地です」

麦人はそれを手帳に書きとって、

「ときに、私のほうから当院あてに志村さんに手紙をこの間から二度ばかり上げたのですが、この住所に転送していただいたのでしょうか？」

と尋ねた。これも院長は看護婦に事実を確かめた。看護婦は、たしかにその郵便物は転送の符箋《ふせん》を貼《は》ってポストに入れたと言った。

「退院した人に来た郵便物は、間違いなく転送するように申しつけています」

院長は念を入れて言った。

3

「おかしいですな。ちっとも返事がないのですが」

麦人は頭をかしげた。

「返事がないとすると、もしや大変悪い結果になったのではないでしょうか？」

「さあ、なんとも言えませんね。二月に退院する時の病状では、あと四カ月生命があれば長いほうだと思っていました」

院長は言った。麦人は煙草を黙って喫った。傍で聞いている青沙も暗い表情になっている。電灯が三人の頭の上で点《つ》いた。

愛光園を出た時は、あたりの麦畑に蒼白《あおじろ》い夕靄《ゆうもや》が流れていた。

「志村さち女は死んだのでしょうか？」

青沙は田舎道でバスを待ちながら、横に立っている麦人にきいた。

「死んだかもしれないね。カルテを見せてもらったが、癌の症状は決定的だし、それも相当進行している」

麦人はずんぐりした背をいっそう屈《かが》めて言った。

「今日は五月十日か。二月十日に退院したというから、まる三月だね。あるいはそうかもわからんね」

「もし、そうだとしたら可哀想だな」

　青沙がぽつりと言った。

「うん。しかし、親切な男が現われてよかったよ。よくしたものだね、あんな場所で寂しく死んでゆく患者も多いのに。考え方によっては志村さち女は最大の幸福者だよ。死の間際《まぎわ》に恋愛をつかんだのだからね」

　二人はその夜遅く東京に帰った。

　すると、麦人はあくる朝まだ眠っているところに、青沙が訪ねてきた。

「いやに早いね」

「出勤の途中ですからね。先生、昨夜、あれから雑誌を繰って、さち女の句をよみ直したのです」

　と、青沙が若い眼を輝かして言った。

「やっぱり、あれは恋愛でしたね。これは最後に出た句の中の一つですが、こんなのがあります。――春を待ち人待ち布団《ふとん》の衿拭《えりふ》きぬ。岩本という人が来るのを見すぼらしい病床で待っていたのですね」

「なるほどね」

麦人は眠けの去らない眼をこすった。

「さち女はしあわせだったということか」

「先生」

と、青沙が膝《ひざ》をのり出した。

「僕はさち女の様子が知りたくなりました。もし、亡くなっていたら、お線香を上げたいと思います。先生はさち女が引き取られた先の住所を控えましたね。僕に教えてください。会社の帰りに寄ってきます」

「そうかね」

と、麦人は立って、洋服のポケットから、手帳を出して眼鏡をはずした。

「君、これだよ」

青沙は自分の手帳に書き取っていた。それを見ながら麦人は煙草に火をつけて言った。

「昨日から、さち女がひどく気がかりになったらしいね」

「その句をわれわれが選んでいたかと思うと、妙に身近に感じます」

青沙は手帳を戻しながら言った。

「そうだ」

と、麦人は素直にうなずいた。

「われわれの雑誌で巻頭句をとったことのある女だ。たいへん縁がある。まあ、様子を見てきてくれたまえ」

青沙はおじぎして出て行った。麦人はそのまま洗面に立った。

麦人は院長の本職を一日じゅうつとめて、風呂《ふろ》にはいり、晩酌をやっていると、青沙が八時ごろ再びやってきた。彼は浮かない顔をしていた。

「行ってきたのかね？」

「はあ。行ってきました」

「そうか。それはご苦労でした。まあ一杯」

麦人が杯を出すと、青沙はすぐには手を出さなかった。

「で、どうだった？」

「亡くなっていました」

青沙は低い声で言った。

「やっぱりね。君がここへはいった時の顔つきでわかったよ。それは気の毒なことをした」

と、麦人もしんみりと言った。

「それで、お線香をあげてきたのかね?」

「それが、もう他へ移転していたのです。もう一カ月も前だったそうですが」

青沙は杯を手にとって言った。

「移転していた? じゃあ、さち女が死んだということは?」

「近所で聞いたのです。それはこういうわけです」

と、青沙は話した。

青沙が会社の帰りに、手帳に書いた中野の番地を訪ねて行ったのは六時ごろだった。それは駅からおりて二十分も歩く、たいへんわかりにくいところだったが、ようやく捜し当てた。付近は住宅地で、目的の「岩本」という家は奥のほうにあって、さして大きくない古い家だった。ところが訪ねてみると、それは別の人が移ってきていて、前の借り主の岩本さんは一カ月ばかり前に奥さんが亡くなるとまもなく、どこかに越して行ったと教えられた。

青沙はそこで家主を訪ねて、少し詳しいことを聞いた。岩本という人は去年の十一月ごろ、その家を借りた。何でも丸ノ内辺の会社に勤めているということだったが、独身だった。出張が多く、月のうち二十日も家に帰らない。たいてい戸締まりがしてあって、近所では高い家賃を払ってもったいないことだと話していた。が、家にいるときは、掃除している主人の姿が垣の外から見受けられた。それも時たまだった。

ところが、二月ごろ、その家に奥さんが来た。奥さんはちっとも外へ出ない。というのは病気で始終寝ている様子である。この辺の馴染《なじみ》でない医者が一週間に二度ぐらいやってきた。主人は相変わらず出張が多いらしく、手がまわらないのか、家政婦のような女が来て面倒をみているようだった。この女もあまり外に出ない。東京の山の手辺がたいていそうであるように、近所づきあいがないから、その家の詳しい様子を知る者はなかった。

ところが、四月の初めごろ、夜中に自動車の音が何度も岩本の家の前でしていたが、その翌日、玄関に「喪中」の貼り紙が出た。近所では初めて奥さんが死んだことを知った。夕方、霊柩車《れいきゅうしゃ》が来て葬式が出たが、岩本という人は親戚《しんせき》も知己もないらしく、たった一人でしょんぼりと霊柩車に乗って火葬場に行った。近所の人だけがそれを見送ったが、あんな気の毒な寂しい葬式は初めてだったと言い合った。親戚らしい人が、それから三日後に二三人で来ていた。

岩本という人は、そんな葬式をして体裁が悪くなったのか、それとも奥さんに死なれて、その家に住む気がしなくなったのか、まもなく家主に申し出て、どこかに引っ越してしまった――。

「家主は、岩本さんは気の毒な人だと言っていました。先生、ですから、志村さち女は死んだのですよ。それも岩本氏に引き取られて、二カ月も経《た》つか経たぬうちです」

青沙は沈んだ顔でそう話した。

「やはりだめだったのかな」

と、麦人も呟《つぶや》いた。

「先生、胃癌というのは、そんなに勝負が早いのですか？」

「癌はみな早い。愛光園の院長が二月ごろ岩本氏にあと半年ぐらいだと宣告したのは、最大限を言ったのだ。やはり二カ月が寿命だったのだな。やれやれ可哀想なことをした。さち女も短い間のしあわせだったね。君、次号の後記には、さち女の冥福《めいふく》を祈る、と書いておこう」

「わかりました。しかし、岩本という人も気の毒ですね」

「そうだね」

青沙は十時すぎに少し酔って帰って行った。麦人はそれからまた風呂にはいった。湯につかっているうち、麦人の頭には、さち女の死のことが離れなかった。短い幸福。死んだのちは寂しい葬式だったが、岩本氏ひとりに送られただけで彼女は満足だったのではあるまいか。

そんなことを思っているうちに、彼はふと眼をじっと湯気のこもっている天井に向けた。不意にあることに思い当たって、考えている眼つきであった。

4

翌日、麦人は青沙の勤め先に電話をかけて、今晩、帰りがけに寄ってくれと言った。彼は承知した。

青沙が現われたのは七時ごろだった。

「何かご用ですか？」

「志村さち女のことだがね」

と、麦人は言った。

「先生もさち女が死んだのが気にかかるとみえますね。僕も昨夜何だか気分がよくなかったです」

青沙は頰をなでていた。

「ところで、ちょっときいてもらいたいことがあるがね。家主の話では、さち女が死んで葬式が出て三日後に、岩本氏のところに親戚らしい人が来ていた、ということだったね？」

麦人は言った。

「そうです」

「さち女には身寄りがないから、それは岩本氏の親戚だろう。しかし、葬式後、三日も経って親戚が来るというのは、少し遅すぎるね」

「だけど、親戚が地方の居住者だったら、それくらいかかるかもわかりませんよ」

「なるほど、岩本氏は四国だったね。四国からなら、それは当然だ。だが、さち女は岩本氏と同棲《どうせい》して二カ月ぐらいしか経っておらぬ。おそらく結婚入籍の手続きもすんではいまい。むろん、遠い所にいる岩本氏の親戚も、手紙の上で知ってはいたろうが、さち女を見たこともないし、まだ縁が浅いのだ。その女が死んだからといって、遠方からわざわざ上京してくるだろうか」

「そうですね。しかし、二カ月でも、さち女は岩本氏の奥さんですからね。死んだという電報が来たら上京するかもわかりませんよ。田舎の人は義理がたいですからね」

「そうかなあ」

麦人は煙草をふかしながら考えていたが、

「ときに、さち女が死んだという晩に、自動車の音が何度かしていたと言ったね？」

「そうです」

「それをもっと詳しく知りたいのだ。何時ごろに何回したかということだ。今度は家主でなく、隣の家ででもきいたらわかるかもしれないよ。それから岩本氏は自分で自動車の運転ができたか、ということもね」

「それはどういう意味ですか？　先生は、さち女の死因を疑われているわけですか？」

青沙は眼を大きく開いた。

「いや別に疑いをもっているわけじゃない。ただ、それを知りたいだけだ」

麦人は曖昧な表情をしていた。

「そうですか。きいてこいとおっしゃれば、きいてきます」

「まあ、そんなにむくれるなよ。それから大事なことがある。さち女を診察にきていたという医者はどこの開業医か。あまりその辺では馴染のない医者だということだったが、近所で顔を知っている者がいたら、きいてほしい。それと――」

「手帳につけます」

青沙はポケットから句帳兼用の手帳を出して書き入れた。麦人はつづけた。

「それと、葬儀屋だ。どこの葬儀屋が来たかわかっていたら、それもきいてくれたまえ。次に、最も必要なことだが、さち女が岩本氏の家に来てから家政婦が雇われたということだったね。なんという家政婦会から派遣されたのか、ぜひきいてもらいたい」

「それだけですね。わかりました」

青沙は何かききたそうにしていたが、やがて素直に帰って行った。

次に青沙が来たのは、翌々日の夕方であった。

「遅くなりました」

「いや、ご苦労でした。わかったかね?」

麦人は身体《からだ》を乗り出した。

「それが、あまりよくわかりません」

青沙は弾まない顔で報告した。

「岩本氏のいた家の隣家で聞いたのですがね。ふだんから交際がないから、よく知らないというのです。しかし、さち女が亡くなったと思われる晩、その家の大学生の長男が夜遅くまで勉強していて自動車の音を聞いたといいます」

青沙はここで手帳を出して見ながら言った。

「最初は十一時ごろで、岩本氏の家の前に自動車が来てとまった。玄関の戸があく音がして人がはいる足音がしたから、たしかに、だれかが自動車を降りてその家にはいった、そのとき女の声がしていたといいます」

「なに、女の声だって？　それは家政婦の声ではないのかね？」

「学生は、そうではない、家政婦の声はときどき聞いていたが、それとは違っていたと言ってました。それから一時間ばかりして、表においていた自動車がエンジンを吹かしてどこかに出て行きました。そのときは人声はしなかったといいます。学生は勉強がすんで寝ようと思い、手洗いにはいったときに、また自動車が来て岩本氏の家の前にとまったそうです。それが午前二時ごろだったと言っていました」

「待て待て」

と、麦人は鉛筆をもってメモをとった。

「それでは、自動車は夜が明けてからでも、家の前にあったわけだね？」

「いや、それは六時ごろに、また出発したそうです。それは隣家の奥さんが眼をさまして音をきいています。それから岩本氏は自動車の運転ができるそうですよ。以前に白ナンバーのルノーか何かを運転して家に寄ったことがあるそうです」

「よろしい。それでは今きいたのを整理してみよう」

と、麦人は改めて新しい紙を持ってきて、次のような、表みたいなものを書いた。

自動車（来た）午後十一時ごろ

（去った）　十二時ごろ
（来た）　翌日午前二時ごろ
（去った）　午前六時ごろ

「こうだな。それから医者のことは？」

「やっぱり、その近所では知らないお医者さんだそうですよ。年輩の先生だったそうですが、一週間に二回ぐらい往診していたといいます」

「それから葬儀屋のことは？」

「これも近所では知りません。僕はしかたがないので、近い所の葬儀屋を二三軒まわりましたが、帳面を繰ってくれて、そのころ、岩本という家で葬儀を扱ったことはない、と言っていました」

「それはご足労をかけたね。それから、家政婦会のことは？」

「それもわかりません。なんでもその家政婦は、ちっとも近所の人と口をきかなかったそうです。三十ぐらいで、勝気そうな美人だったと言っていました」

「うむ、そうか」

　麦人は、煙草を灰にしたまま、考えるように眼を閉じていた。

「先生、どこか変なところがあるのですか？」

青沙が茶をのんで、麦人の顔を見た。

「そうだね、変だというわけでもないが」

と、麦人は眼をあけて、青沙に笑いかけた。

「まあ、いいよ、どうも、いろいろ骨折りをかけた。すまなかったね」

青沙も微笑した。

「先生も、すっかり、さち女に取りつかれましたね」

5

翌日、麦人は院長の仕事を午前中できりあげて外出した。

はじめは中野の区役所に行き、係員にきいたが、四月ごろ、志村さち子の名でも、岩本さち子の名でも埋葬許可証を出したことがないという返事を聞いた。それから中野区内の葬儀屋を四五軒きいてまわったが、手がかりがなかった。

麦人は医師会の事務所に行き、調査を頼んで帰った。その結果は二日おいてわかった。岩本氏の番地の家に往診に行き、死亡診断書を書いたのは、池袋の開業医でY氏だった。

麦人はY氏に電話をかけた。

「その患者は岩本さち子とか志村さち子とか言いませんでしたか？」

この質問にY氏は電話の傍にカルテを持ってこさせた様子で返事した。

「いいえ、草壁泰子となっています。三十七歳です。草壁俊介《しゅんすけ》妻です」

「草壁俊介妻、泰子ですね」

麦人はメモをとったが、鉛筆を握る指が昂奮《こうふん》で少し慄えた。

「その家は、岩本という家ではなかったですか？」

「そうです。表札には岩本寓《ぐう》としてありました。私もちょっとふしぎだったので、主人にききますと、友人の家に同居しているのだと言っていました」

電話の医師は答えた。

「なるほど。それで患者の病名は？」

「マーゲン・クレーブス（胃癌）です。私が最初頼まれて往診した時は、もうだめでした。それでも一カ月ぐらい通いましたかな。中野のあの辺は行ったことがないので、そんな所から初めて呼ばれたので、ちょっと意外に思いましたよ」

「死亡時刻はいつでしたか？」

「それも、電話で、死んだから来てくれというのですぐ行きました。四月十日午後十一時三十分です。これは主人の言った時刻です。私は死後一時間ぐらいを診たわけです、死体の様子では、だいたい、合っていましたから、死亡診断書にはそう書いておきました」

「あなたが行かれた時は、だれかが横にいましたか?」

「主人と、家政婦のような女の人と、二人きりです。二人とも泣いていましたよ」

「どうもありがとうございました」

麦人は電話を切ると、しばらく棒のように立っていた。それから自動車の用意をさせ、警察署に向かった。

草壁俊介という三十八歳の男が妻殺しの容疑で品川のほうで捕えられたのは一週間後であった。愛人も一緒だった。それが家政婦と称していた女だった。

俊介は妻が邪魔になったのと、その生命保険金二百万円を取るのが目的であった。愛人が愛光園の看護婦と友だちで、その看護婦の口から志村さち子という身寄りのない、しかも死期近い施療患者のことを聞いた。これを俊介に話すと、彼は一案をたくらんだ。さち子を引き取り、死んだ時は妻の名前で死亡の手続きをしようと思ったのである。年齢も近い。さち女が四国のM市生まれということは看護婦から聞いていたから、同郷人への寄付を手がかりに、俊介はさち女に近づいた。たびたび見舞いに行くうち、彼はさち女を愛しているようにみせかけた。愛に飢えているさち女は、たちまち俊介に傾き、結婚するという申し出に喜んで中野の家に引き取られた。この家も、彼が計画した時に借りたものだった。

さち女は自分が癌であることを知らず、あくまでも胃潰瘍《いかいよう》だと信じているから、自宅で療養させるという俊介の親切に涙を流した。家政婦も付添いにきた。これが俊介の愛人で、殺人の共犯者だとは彼女は少しも知らなかった。

俊介の実際の家は世田谷《せたがや》で、そこには妻もいた。彼が出張だといって、ときどきか中野の家に来なかったのは、実は世田谷の家にいなければならなかったからだ。計画は慎重に進められた。それは、ひたすら、さち女の死を待つことだった。

さち女は四月十日の午後十時すぎに死んだ。死ぬころには、家政婦の正体を気づいていたらしいが、もうどうすることもできなかった。さち女が息を引きとるや否《いな》や、その場に居合わせた俊介はすぐ世田谷の家に行き、妻を自動車に乗せた。その自動車は近くの友人のを借りたという。妻にはなんとか理由をつけて、中野の家に連れこんだ。その時、妻が車から降りて何か言ったのを隣家の長男が声を聞いたのだった。

家に連れこむや否や、俊介は後ろから妻を倒して絞め殺した。愛人は口と手を押えていたという。死ぬとすぐに死体は裏に匿《かく》した。それから俊介は近くの公衆電話《ボックス》に行って医者を呼んだ。

医者は、さち女の死亡を見届けて死亡診断書を書いた。それはかねて草壁泰子の名前になっていた。年齢も同じくらいであった。

医者が帰るとすぐに、俊介は、かねて用意して買っておいた寝棺に、妻の絞殺《こうさつ》死体を入れて蓋《ふた》をした。夜中に釘《くぎ》を打つ音がしてはまずいので、それは夜が明けてから打ったという。さち女の病死体は、俊介が抱えて、表の自動車に入れ、自分で運転して出て行った。これが十二時ごろで、やはり隣家の長男が去って行く車の音を聞いた。

俊介は、深夜の甲州街道を走り、北多摩郡の人家の遠い田圃《たんぼ》の道ばたに死体を捨てて帰った。この往復の所要時間が約二時間で、帰ったときの車の音を同じく大学生が聞いたのだ。その二時間の留守の間を、愛人は気丈にも本妻の絞殺死体の傍で待っていた。

さて、借り車をそのままおいておくのは都合が悪いし、貸し主に返さねばならない。俊介は朝六時ごろ、それを運転して返しに行った。それを隣の奥さんが眼をさまして聞いたのである。

ところで、田舎の道に捨てられたさち女は身元のわからぬ行き倒れとして処分されるであろうと俊介は計算していた。死体の服装も粗末な衣服に着替えさしていた。事実、あとで調べると、彼女の死体は行路病死者として役場の手で仮埋葬されていたのであった。

それから、俊介は北海道の親戚に妻の死亡を知らせた。妻の親類は上京して、中野の家に来て、仏壇の遺骨に手を合わせた。親戚との文通は一年に二三度しかないので、北海道から来た親類は俊介が中野の家に移転していたのだと思ったという。

葬儀屋が知らなかったのは、麦人も青沙も、「岩本」の名前できいたからである。中野の葬儀屋は草壁泰子の埋葬許可証を持って死体を霊柩車で火葬場に運んだのだ。どうも変だとは思った、と葬儀屋は警察で言った。その家に呼ばれて行った時は、仏はちゃんと棺《ひつぎ》にはいっていて、蓋には釘づけまでしてあった。おそろしく手まわしの早い家だなとびっくりしました、と述べた。

草壁俊介は、保険金を受け取り、世田谷の家も売り払って、品川に愛人とアパートにいるところを捜査官に逮捕された。

この事件が新聞に出たあと、青沙は麦人の家に来て、きいた。

「先生がおかしいと思ったのは、何からですか？」

「最初は親戚が三日も経って来たということだったが、それよりも、はっきり疑念を持ったのは、さち女が死んだ夜の自動車の音の度数さ」

と、麦人は前に書いたメモを広げた。それは（来た）（去った）と二回ずつ書かれてあった。青沙もそれを覗《のぞ》きこんだ。

「けれど、これでも足りませんね。ほら、医者が死亡診断書を書きに十一時半ごろ自動車で来たと言ったでしょう。その車の音がないじゃありませんか？」

麦人は青沙の顔を見て薄く笑った。

「あの家は奥のほうで道が狭い。僕は実検に行ったのだ。つまり、医者のは大型で、家の前まで車がはいらずに、大通りでとめたのさ。草壁が借りた車は、小型のルノーだったんだ。ほら、彼が以前に家の前まで乗りつけてきたのを、近所の人が見たと君が言ったじゃないか」

麦人はそう言って、あとを足した。

「編集後記に志村さち女の死を悼《いた》む文章は僕が書くよ」

紙の牙《きば》

1

昏《くら》くなると、この温泉町の繁華街の灯が真下に見えた。旅館は丘陵の斜面に建っていて静かである。下の灯のあかりの中から、賑《にぎ》やかな音と声とが匍《は》い上がって来そうであった。

「ねえ、下に降りて見ましょうか?」

昌子《まさこ》が言った。硝子戸《ガラスど》に顔を密着するようにして外を覗《のぞ》いていた。

「そうだな」

弾まない声で菅沢圭太郎《すがさわけいたろう》は言った。ビールを一本飲んだら顔が真赫《まっか》になる男である。メロンを匙《さじ》ですくいながら、片手では新聞を読んでいた。耳の上に薄い白髪が光っている。

「お嫌」

ふりむいたので、菅沢圭太郎が新聞を払い除《の》けて眼を挙げた。

「降りてもいい」

彼は返辞したが、人通りの中を歩くのは、あまり気が乗らなかった。漠然とした懼《おそ》れがある。が、断われないのは、温泉町を昌子と宿着のまま外を歩く魅力であった。

「そうしましょう。少しお歩きにならないと毒だわ」

旅館に着いたのは三時だったから、四時間の快い時間が経《た》っていた。まだ明日の夕刻までに充実した時間が湛《たた》えられている。小さな弛緩《しかん》は必要かもしれなかった。

昌子はスーツに着更《きが》えようとしたが、圭太郎が押し止めた。

「そのままがいいよ。すぐ帰るのだから」

言葉通りだったが、旅館の浴衣《ゆかた》に黒衿《くろえり》の半纏着《はんてんぎ》も洋装ばかり見ている眼には情緒的な新鮮さがあった。

旅館の前から車に乗った。車は曲がった坂道を下って行く。旅館のさまざまな長い塀がつづき、疎《まば》らな外灯の下を浴客が下駄《げた》で歩いていた。

賑やかな通りに出るまで十分とかからなかった。車は明るい店の前で停まった。

人の通りは多かったが、半分以上は宿の着物をきていた。ぞろぞろとかたまって歩くのは団体客であろう。夜というのにカメラを肩にしている者がいる。両方の土産物屋では客の呼び込みをしていた。

圭太郎はもしや知っている者が歩いていないかと思って、顔を横にしたり、うつ向けたりして急ぎ足になっていた。R市役所の厚生課長として、役所の者だけではなく、こちらが覚えないでも面会した人間には知られている顔である。思わず足が速くなっているのはその臆病《おくびょう》からだった。

「少し、ゆっくりとお歩きになったら」

昌子があとから言った。

圭太郎は生返辞して速度を仕方なしにゆるめた。女に内心を見透《みす》かされたくない虚勢もある。昌子が追いついた。

「まるで急用があるみたいね」

繁華街は一本道で距離は長くない。そこを抜ければ暗い寂しい通りになり、片側に川が流れている筈《はず》であった。圭太郎は早く人の顔が判別出来ない道に出たかった。

「土産物を買いたいわ」

昌子が愉《たの》しそうな声で言った。顔は店の方に向き、足は停まりそうになっていた。店先の電灯の下には客が五六人群れている。散歩人も流れていた。

「土産物なら旅館でも売ってるよ」

圭太郎は制《と》めようとした。

「旅館のは高いわ」

と昌子は言った。

「それに品数だって少なくて決まりきっているわ。わたし叔母さんに何か買ってきて上げるって約束して来たんですもの。あなたも見て頂戴《ちょうだい》」

昌子はもう店の方へ歩いていた。

圭太郎は往来に立ちどまることも出来ず、そのあとに従った。店先の客は絶えず入れ替わっている。彼はなるべくその方に顔をそむけて店内に入った。

細工もの、風呂敷《ふろしき》、手拭《てぬぐい》、飴《あめ》、羊羹《ようかん》、そんなものが派手な意匠でならんでいた。昌子は棚を回って選択している。圭太郎は何でもいいから早く買物が済むことを祈った。時間がなかった。

「これ、どう？」

昌子は温泉饅頭《まんじゅう》の箱をとり上げて彼に相談した。

「叔母さんは甘いものが好きだから」

酒場に勤めている昌子はアパートの一部屋に叔母と一緒に暮らしていた。今日のことは叔母に話してある。圭太郎も会ったことのある老婆《ろうば》であった。

「いいだろう」

圭太郎は答えた。

それでも昌子は眼移りしてあれこれと取り上げ、函《はこ》の大小を較《くら》べ合っていた。余計に手間取ることが、圭太郎の心を苛々《いらいら》させた。店には客が立て込んできた。誰に顔を見られるか分からないのだ。せめて女の傍から離れていようとしたとき、

「これにしますわ」

昌子が決心したように言った。饅頭函と羊羹三個、店員がうけとり、包装をはじめた。圭太郎は紙入れを出して金を支払った。

やれやれという思いで店を出た。昌子が包みを抱き、すぐあとに従った。店の前には、散歩の温泉客が黒くなって集まっている。

圭太郎はうしろから肩をたたかれた。はじめは昌子かと思ってふり向くと、宿のお仕着せをきた男が眼の前で笑っていた。

「課長さん」

低い声で相手は言った。圭太郎は蒼《あお》くなった。昌子が横を通り抜けて、知らぬ顔ですうっと前を歩いて行った。

顴骨《ほおぼね》の出た三十五六の男は、ちらりと眼を動かして女の後姿を追い、視線を圭太郎の顔に戻した。

「さっきから似た人だと見ていたが、やはり課長さんだった。私も昨夜から此処《ここ》に泊

まっていましてね」

眼はまた昌子の後姿を探した。圭太郎が声も出ずにいると、

「おたのしみですね。では、お急ぎでしょうから、また」

と男は自分から別な方角に歩き出した。着物を着ていても、肩肘《かたひじ》張った歩き方である。

菅沢圭太郎は遁《に》げるように昌子のあとを追った。昌子は二十米《メートル》ばかり向こうの町角に立って待っていた。圭太郎は色を蒼くしていたが、夜のことだから見えなかった。

「知った方？」

昌子は気遣わしげに訊《き》いた。

「うん」

「まあ、悪かったわ。わたしがご一緒だということ、気がついてたかしら？」

さあ、と圭太郎は口の中で呟《つぶや》いた。彼女に知らせたくなかった。相手ははっきり女と同伴だということを見究めている。酒飲みだから昌子の居る酒場《バー》に行ったことがあるかも知れない。昌子を知って居そうだった。彼女の方では気づいて居ないようだ。

「心配だわ」

昌子は圭太郎の方をおそれていた。妻子のある市の厚生課長が酒場の女と温泉町に

遊びに来ている、その噂《うわさ》が男の疵《きず》になることを危惧《きぐ》していた。

「多分、大丈夫だろう」

圭太郎はすこし大きな声で言った。

「そう、それならいいけど。一体、どなた？」

「なに、新聞記者だ」

「新聞記者？」

昌子が小さく叫んだ。

「いけなかったわ。分かったら、書きたてられるんじゃない？」

息を呑《の》んだような声だった。

「そんなことはしないだろう。新聞記者といっても、小さな、新聞とも言えない代物《しろもの》を刷っているところでね。日ごろから取材で役所をうろうろしている男だから、僕のところにもよくタネをねだりに来るし、悪いことを書く筈がない」

「そう、それなら安心だけど。……散歩に宿から出なければよかったわね」

そうだ、旅館から出なければよかったと圭太郎も後悔している。何だか気が進まなかったのは、やはり、悪い予感がしていたのだ。圭太郎は力が抜けた。

昌子に教えたのは半分は嘘《うそ》である。小新聞の記者には違いない。「明友新聞」といって市政新聞の一つで、発行部数は千か二千である。R市にはこのほかに「報政新報」と他二つの市政新聞があるが、発行部数も同じ、やり方も同じであった。

この四つの市政新聞は市民には配達されない。購読者が無いからだが、彼らはそれで平気であった。目的が違うのだ。「正義に基づき民主的なR市を建設するため市民に代わって市政を監視し、批判する」というのが謳《うた》い文句だが、実際は強制寄付であり、吏員へ紙の押し売りであった。吏員も一人々々が個人の金を出して買うのではない。各部課の費用で、百部、二百部と必要のないものをまとめて買いとらされるのである。

局長も部長も、この市政新聞を恐れている。いや、市長も助役も懼れていた。何を書かれるか分からないのである。彼の言う通りに金を出せば紙上で賞讃《しょうさん》され、渋ると悪口を書かれる。有ることないことが、連載もののように執拗《しつよう》に出るのである。

それで市では、予算から年間六百万円を支出して四つの市政新聞の購読料を支払っている。尤《もっと》も金額は莫迦々々《ばかばか》しくて発表出来ないから、各部課の雑費でひそかに落としているところもあった。

ただそれだけなら、まだ単純であった。そうでないから、実体を知っている菅沢圭太郎が「明友新聞」記者高畠久雄《たかはたひさお》に遭遇して色を失ったのであった。

「帰ろう」

と圭太郎は言い、暗い坂道を元気のない足で上った。

2

四つの市政新聞はすべて金で動いている。先月は市長派の肩をもっているかと思うと、今月は反市長派を支持している。明日はまた市長派に回りかねないのであった。市長派、反市長派は市会議員の問題だが、市会議員同士でいくつもの派に岐《わか》れて暗闘があり、それにボスの代議士がついている。これらが闘争の武器に市政新聞を利用するのであった。新聞は金を余計に出した方の提灯《ちょうちん》をもち、相手方を叩《たた》くのである。のみならず、この市政新聞の記者たちは「顔」にものを言わせて金儲《もう》けを漁《あさ》るのだ。土地の周旋や物品の納入に口を利《き》いてサヤや報酬を取るのである。役所の吏員たちは後難をおそれて、大てい彼らの言いなりになった。

誰もこのような新聞に係り合いをもちたくない。真実でなくとも、毎号のように「悪事」を書き立てられると、殆《ほとん》どの者が参るのだ。活字の魔力が働いて、知らずに読んだものには真実に近い印象を植えつけるのであった。活字の前に吏員たちは嬰児《えいじ》のように抵抗力がなかった。敵は活字の特殊作用を知っていた。

ましてどの部課も完璧《かんぺき》ではない。探せば、いくらでも埃《ほこり》は出て来るのである。その気になってほじくれば、彼らの大見出しになる材料には不自由しない。いよいよネタが無ければ、個人的な攻撃に移る。私生活が容赦もなく、恥部を黒っぽい粗悪な紙の上に晒《さら》されるのであった。狙《ねら》われた者は、彼らの気の済むまで被告人であり罪人であった。当人は歩いても坐《すわ》っても顔を上げられぬ思いをしなければならなかった。

そのことの回避が市政新聞の記者を傲慢《ごうまん》にした。彼らは役所の中をわがもの顔に濶《かっ》歩《ぽ》する。平気で、助役や局長や部課長の前の椅子《いす》にあぐらを掻《か》いた。時には猫撫《ねこな》で声を出し、時には声を怒らせた。先方が臆病げに顔色をうかがうのを、くわえ煙草《たばこ》で見下ろすのである。

いくつもの実例があるから困るのである。助役はそのために市長立候補を断念して失脚した。局長が他の閑職に転出し、部課長で地方事務所に追い出されたり、格下げさせられた者もあった。糸を引いた反対派が、記者を無形の武器にして攻撃した結果もあった。

——週末を利用して温泉地に泊まった菅沢圭太郎は、憂鬱《ゆううつ》な気持で毎日役所に出勤した。

五月の明るい季節だったが、気持は昏くて空虚だった。「明友新聞」がこのまま放って置いてくれるとは思えなかった。何かが今に起こってくる。間違いなく起こってくる。

記者の高畠久雄は、あれから毎日役所の中を徘徊《はいかい》しているが、ふしぎと圭太郎の机の前には寄りついて来なかった。高畠のだみ声は、この民生部の中央にある部長の前で傍若無人にすることがあるが、厚生課長の前には歩いて来ない。隣の社会保障課長の前で、高畠久雄の哄笑《こうしょう》が聞こえるときは、今にも次にはここに姿を移すかと、圭太郎は緊張するのだが、高畠久雄は見向きもしないで、そのまま肩を張って出て行くのであった。

圭太郎はこの肩すかしが薄気味悪かった。静寂は相手が何か企《たく》らんでいる期間のように思えて仕方がない。それとも、欲目で、ふと自分の杞憂《きゆう》ではないかと思うこともあった。或《ある》いは余計な取り越し苦労であろう。向こうは自分が思うほど心に留めては居ないのかもしれない。妻以外の女と温泉地に行くなどとは、今ではざらに世間にある平凡なことだ。高畠久雄はそんなありふれたことは歯牙《しが》にもかけないのではないか。小さな安堵《あんど》が、時日と共に少しずつ這《は》い上がってきた。

が、そうも安心し切れない警戒心がその不安定な偸安《とうあん》を破壊し、再び暗い穴にひきずり下ろされた。毎日のように役所にやってくる高畠久雄の姿を見ると、眼が怯《おび》えた。

「この間のこと、大丈夫？」

昌子に会うと、彼女は心配そうに訊いた。

「大丈夫だ。新聞には何も表われない。先方も黙って知らん顔をしている」

圭太郎はこともなげに答えた。自分の言葉に安心するみたいだった。

「よかったわ」

昌子は安堵の吐息を洩《も》らし、胸を撫で下ろす手つきをした。

「とても心配だったわ。だって、わたしたちが二人で温泉なんかに行っていたことを書かれたら、あなたにとてもご迷惑がかかると思うと夜も睡《ねむ》れなかったわ」

「安心していいよ。もし、何か言っても適当にあしらっておけばいい。そんな男だ」

圭太郎は昌子の背中を抱き寄せた。妻は冷淡な女である。夫への心遣いが少しもなかった。自分のことだけを主張し、家庭では彼は身の回りもあまり構って貰《もら》えなかった。不満は永い間の鬱積《うっせき》だったが、今までは子供のために我慢した。現在は子供も成長した。長男は大学に行っている。次の長女は来年高校を卒業する。万一のときは覚悟していた。

しかし、生活は失いたくなかった。現在の地位と収入が無ければ、昌子の世話をすることも食うことも出来なかった。市政新聞を恐れているのはそれだった。

菅沢圭太郎は、初夏らしい日射《ひざ》しの強くなった道を、不安と安心を綯《な》い交ぜながら、幾日か役所を往復した。

或《あ》る日、昼食が済んだあと、圭太郎のところへ給仕が二枚の名刺を運んできた。

上の名刺を何気なく覗いて彼は眼をむいた。

「明友新聞記者高畠久雄」の活字がある。その右肩の空いたところに、

「小林智平《こばやしともへい》氏をご紹介いたします。何卒《なにとぞ》よろしく御引見を願います」

と万年筆の青色の字が走り書きしてあった。圭太郎の胸に旋風が起こった。わずかな安心を托した綱が目の前で切れた思いであった。

一枚の名刺は「梟《ふくろう》印殺虫剤株式会社常務取締役、小林智平」とあった。圭太郎は何秒間かそれを見詰め、給仕に、ここに通すように、と乾いた声でいった。

頭の禿《は》げ上がった小柄な男が、上等の洋服を着て圭太郎の前に現われ、三四度もつづけて頭を下げた。

「高畠さんから、ご紹介を頂いた者でございます」

殺虫剤会社の常務は、細い眼をし、乱杭歯《らんぐいば》を出して笑っていた。圭太郎はこの男の後に高畠久雄が突っ立って、へらへら薄笑いしているように思えた。

「これから梅雨《つゆ》に入りますな。花見をたったこの間したように思いますが、梅雨があ

けるとすぐまた暑い夏が来ますね」

用件に入る前の時候の挨拶《あいさつ》かと思うと、実はもう始まっているのであった。

「例年の全市の大掃除がすぐに迫っていますが、そのご準備でお忙しいことでしょう。ところで、私の方ではこういう殺虫剤を製造して居《お》りまして、ぜひ課長さんにお目にかけたいと思って参りました」

小林智平という男は、ふくれた折鞄《おりかばん》を膝《ひざ》の上に乗せ、中を開いて三つばかり四角い函をとり出して机の上に置いた。函は黄色い地に、赤と黒の文字がごてごてと印刷してあった。日の丸のような赤い円の中には「チロシン」の大文字が白抜きされてあった。

圭太郎は名刺を見た時から、この男の訪問の目的が判《わか》っていた。物を売りつけに来たのである。これは毎日のように種々とやって来てあとを絶たない。珍しいことではない。市会議員や、市の有力者の伝手《つて》を求めて、その紹介で来るのだが、圭太郎は大ていい撃退していた。だから、眼の前の男は、ありふれたその一人である。

だが圭太郎は、はじめから被圧迫感があった。圧迫しているのは高畠久雄の名刺である。この名前に彼の傲慢な顔がにたにたと嗤《わら》っている。宿の半纏を着た昌子の後姿を追った眼が映り、課長さん、お愉しみですね、と言った声が耳に蘇《よみがえ》る。

小林智平は薬の効能を述べ立てていた。蠅《はえ》、蛆《うじ》、蚊の幼虫には既製殺虫剤の倍以上の効き目がある。何県の衛生試験場ではどういう結果が出たとか、何会社の工場ではどれだけ買い上げたとか細かに話していた。

圭太郎は虚《うつ》ろな眼をして聞き入っているが、耳には蚊の羽音がしている位にしか聴こえていない。高畠久雄の影と向かい合っていた。

要するに、夏期清掃用に全市民に配布する殺虫剤として「チロシン」を大量に買い上げて欲しい、という面会者の請願であった。

「考えて置きましょう」

圭太郎はいつものように笑いもせずに言った。いつもと異《ちが》うのは、今度は重苦しい気分なのである。強制的な義務感に縛られて、早くも藻掻《もが》いていた。

市では清掃用の殺虫剤は例年決まっていた。その時々によって異うが、大体有名品を使い、八十万円の予算がとってある。圭太郎は、心の中で十万円くらいは、この怪しげな薬のために無駄にしなければならぬだろうと思った。

小林智平は愛想笑いをし、何度も頭を下げて帰って行った。

硝子を張った机の上には見本の薬が三個、置いてある。粗悪な外函《そとばこ》の印刷だった。「チロシン」の文字の肩には梟のマークが付いていた。この拙劣な意匠を見ただけでも、内容物が判りそうだった。

机の硝子板には、置いた殺虫剤の函が倒《さか》さまに映っていた。梟も倒さまになってい
る。それを見ているうちに、圭太郎は高畠久雄の顔が梟に見えてきた。

机の上に影がさした。係長の田口幸夫が細長い顔をつき出して、殺虫剤の函を覗き
込んでいた。

「チロシンか。へえ、新薬ですな」

彼は函をとり上げると、片手でくりくりと回し、

「これ、効きますか?」

と莫迦にしたような顔で言った。

圭太郎は憂鬱になった。

3

初めて高畠久雄が、圭太郎の席に真《ま》っ直《す》ぐに歩いて来たのは、その翌《あく》る日であった。

「昨日はどうも」

と彼は言い、額に落ちる埃っぽい髪をかき上げた。顎《あご》には無精髭《ひげ》が生え、汚い歯を
出して笑っていた。

どうも、というのは梟印殺虫剤会社の男を紹介して会ってくれた件のお礼だが、含みはそんな単純なものではない。買ってくれるものと頭からきめつけての礼であった。

「よく効く薬だそうですよ」

と高畠はそこの椅子をひきよせ、股《また》を開いて掛けた。

「課長、よろしく頼みますよ」

肩を張り、上体を倒れかかるようにして圭太郎の傍に寄った。

圭太郎は机の抽出《ひきだ》しから煙草をとり出し、一本を口にくわえて火をつけた。指がかすかに慄《ふる》え、容易にマッチの火が移らなかった。高畠の威圧するような姿勢の後ろには、温泉町で目撃した薄ら笑いがあった。

係長の田口が自分の席から、ちらりとこちらを見た。それに動かされたように圭太郎は言葉を吐いた。

「さあ、今まで例年、メーカー品を買い入れているんでね」

弱い防禦《ぼうぎょ》を意識に感じていた。

「メーカー品は高い」

と高畠久雄は大きな声を出した。

「有名薬品には誇大な宣伝費がかかっています。しかし、実効はそれほどでもないですよ。このチロシンは僕自身が去年、使って分かったんですが、蛆やボウフラが奇妙に死んで了《しま》いました。今まで有名品を使ったが、ちっとも効かないのにね。お陰で去年の夏は蚊が少なくて楽をしましたよ」

高畠は、舌を回して唇を舐《な》めた。

「それに、この薬をこしらえている男は、僕の前からの友人でしてね。インチキな物を売る男じゃないです」

高畠久雄は力強く言った。友人というのに力を入れている。俺の面子《メンツ》を立てろと、その無精髭の顔が睨《にら》んでいた。その光った眼は、温泉町で昌子の宿着を確かめている。

圭太郎は怯えた。書き立てる新聞の活字が眼に見えるようである。市役所の厚生課長が酒場の女と温泉町に行った。課長は遊蕩児《ゆうとうじ》である。課長は月々女に手当を遣《や》っている。知れた月給からどうしてそれだけの豪奢《ごうしゃ》な生活が出来るのか。暗に課長の不正をほのめかす記事がならぶ。家には妻子のある身で、と不道徳を非難する形容詞がならぶ。

「いずれ決定はあとからするつもりです」

「あとから？　あまり暇のいらぬようにして下さい。もう梅雨がすぐです。秋風が立って大掃除の殺虫剤が配布されたというような物笑いにならぬようにね」

高畠はあざけるように言った。

「しかし、民生部長の裁決が要る」

圭太郎は言った。

「そりゃ課長の腕だ。高い薬を買うより、安くてよく効く薬を買うのが市民のためです。市民の税金ですからな」

この男から市民の税金の講釈を聞くのは笑止であった。屑紙《くずがみ》同然の市政新聞を市民の税金六百万円で売りつけている。圭太郎は、課長の腕というのがこたえた。高畠はそれだけの腕を揮《ふる》えというのだ。

「だが衛生係の技手たちに試験もやらせねばならんからな」

「あんたの部下じゃないですか、課長。課長の職権で何とでもなる筈《はず》です」

高畠は迫った。

「そうもゆかない」

圭太郎は苦笑を見せて言ったが、これは離れた所で、書類を調べる振をして聴耳を立てている係長の田口に聞かせるためだった。

「ま、とにかく、よろしく頼みます」

高畠も最初はあまり粘らない方がいいと思ったらしく、拝むように片手を上げて去った。肩を聳《そび》やかすような後姿であった。

係長の田口が席を立ってやって来た。圭太郎は田口があまり好きでない。何かあると圭太郎のやり方に反対的な意見を言う。陰では悪口を言っていると人から教えられたこともある。役所に入ったのが僅《わず》か三カ月おくれたため圭太郎が先に課長になったと口惜《くや》しがっている。圭太郎にしても田口は煙たかった。

田口が席を立ってこちらに来たので圭太郎は彼が何を言い出すかと、ひやりとした。

「いやな奴《やつ》ですな、あいつは。何を買ってくれというのですか？」

圭太郎は机の抽出しから「チロシン」の函を出した。梟が付いている。彼は田口が即座にこれに向かって毒舌を吐かねばいいがと思った。

「ああ、昨日のこれですね」

田口は手にとって函の蓋《ふた》を開け、内の瓶を鼻のところに持っていって嗅《か》いだり、掌《てのひら》で弄《もてあそ》ぶようにして見ていた。

「効くのかなあ、これ」

田口は首を傾《かし》げた。圭太郎は、う、といって顔を上げた。思いがけなかった。

「よく効くと言うのだがね、どうだかね」

圭太郎は用心深く言った。

「尤も殺虫剤なんてな、メーカー品でも大したことはありませんからね。どれも似たり寄ったりで、蛆もぼうふらもあんまり死にやしません、これ、いくらというのです?」

「定価がメーカー品より一割安い。その八掛けで買い上げてくれというのだ」

圭太郎は小林智平の出した条件を言った。

「安いことは安いですね」

「ねえ、田口君」

と圭太郎は少し勢いづいて言った。

「安いから、例年の買入量の二割ぐらい買ってやろうと思っているのだ。尤も、これは衛生技手の試験が合格しての話だがね」

「そうですな」

田口は強いて反対もせず、積極的な賛成も示さないで、折から書類を持って待っている係員の方へ歩み去った。

圭太郎は安らぎを覚えた。一番うるさい田口が反対しなかったら、思うように行けそうだった。彼は二十万円くらいは買い上げてやるつもりだった。新聞に書きたてられる代償として、市の金庫から二十万円の支出は止《や》むを得なかった。彼が言えば、信頼している民生部長の判は困難でなく貰えた。圭太郎は久しぶりに気が軽くなった。

その日、チロシンを衛生試験に回した。

あくる日の午前、圭太郎のところに技手が報告に来た。

「実験しましたが、成績はよくないですな」

チロシンのことを技手は言った。

「駄目かね？」

圭太郎が田口の方を見ると、彼は席に居なかった。

「全然、駄目ということはないですが、一流メーカー品と較べると実効は三分の一です。問題になりませんな」

圭太郎は、ゆっくりと煙草を喫《す》い、よろしいと技手を退《さが》らせた。暗礁《あんしょう》がまた起こった。

効果が実験の上で問題にならないとすると、一瓶でも買う訳にはいかない。圭太郎は煙を吐きながら長いこと考えた。全く買わないということは絶対不可能である。自身の破滅には代えられない。彼の心は、既に二十万円の買い上げを決定していた。

梟印殺虫剤の常務小林智平が鞄を提げてやって来た。出された椅子に何度も辞退した末、おそれるように坐った。

「いかがでございましょうな、この間の件は？」

小林は眼を笑わせ、頸《くび》を伸ばして訊いた。

「あれは、あまり効かないようですな、小林さん」

圭太郎は椅子を回転して向かい合った。

「へ、そんなことはありません。よく効くとどこでも仰言《おっしゃ》います」

小林は微笑をつづけて答えた。

「いや、わたしの方の専門家が実験した末に分かったことです」

それは何かの間違いだと小林智平は柔らかく抗弁した。笑いを消さない唇は、各方面の試験の成績を詳細に説明した。

圭太郎は上《うわ》の空でそれを聞いた。

「とにかく」

彼は遮るように相手を制し、低い声で言った。

「四千個を貰いましょう。あなたが折角こうして見えたのだから、その顔を立ててね」

しかし、立てられた筈の小林の顔は、笑いを収めた。

「有難うございます。ですが、如何《いかが》でしょう、課長さん。もっと数を殖《ふ》やして頂けませんか？」

「それは無理だ」

圭太郎は、むっとして言った。

「初めて買うのだからね。それだけでも大奮発だ」

小林は首をすくめ、下から見上げるような眼つきをした。

「課長さん、高畠さんは、予算全部を私の方の製品の納入に充《あ》てて頂けそうだということでしたが」

「なに、高畠がそう言ったのか？」

圭太郎は衝撃をうけた。

高畠久雄の無精髭の頬と黄色い歯とが見えてくる。歯は貪欲《どんよく》にむき出て、のしかかってきていた。

4

秋がきた。

陽脚が短くなり、五時になると役所の中は灯がついた。

菅沢圭太郎は机の上を片づけ、課員には、お先に、と言って廊下に出た。廊下は退庁の吏員で混雑している。

玄関の石段を降りると、

「課長」

と呼びとめられた。圭太郎は声の方をむいた。

「やあ、君か」

顎の張った四角い顔の感じの男が、皺《しわ》の寄ったレインコートのポケットに片手を突っ込んで立っていた。笑っている歯は、煙草の脂《やに》で黒い斑点《まだら》になっている。市政新聞の一つで「報政新報」の記者、梨木《なしき》宗介《そうすけ》という男だが、ポケットに突っ込んでいる片手は、手首の先を失っていた。

誰かを待ち合わせている序《つい》での挨拶だろうと思って、圭太郎は行き過ぎようとすると、梨木宗介は横にすり寄ってきて、

「課長、ちょっとお話があるのですが」

と耳に吹き込むように言った。臭い息がしたので、圭太郎は思わず顔をうしろにひいた。

話なら役所に改めて来るがいい、どうせ何か新聞に書くネタをくれというのだろう、と思い、嫌な顔をすると、

「ちょっとでいいです、そこの喫茶店で五分ばかりつき合って下さい」

と梨木宗介は、勝手にひとりで先に歩き出した。

五分くらいなら仕方がない、それに無下に断わると何か悪く書かれそうなので、圭太郎はしぶしぶとついて行った。

梨木は客から離れたテーブルに圭太郎を導くように連れて行った。しかし、そこには半白の髪をきれいに分けたまるい赫《あか》ら顔の男が坐って珈琲《コーヒー》をのんでいた。彼は圭太郎を見上げ、茶碗《ちゃわん》を皿に置くと、

「やあ、菅沢さん」

とにっこり笑った。金歯が光った。

圭太郎はぎょっとなった。顔はよく知っている。報政新報の社長で大沢充輔《おおさわみつすけ》という男だ。次期には市会議員になることを狙っている。日ごろは、市長や助役や局長クラスばかりと会っていて、課長の菅沢圭太郎などは全く無視して素通りである。その大沢が待ち構えているように坐っていたので、圭太郎は不吉な予感で頬が硬くなった。

まあおかけなさい、と大沢は向かいの椅子をさし、給仕を呼んで珈琲を二つ追加させた。梨木は圭太郎の横に坐った。

「いま漁業組合に行って帰り、これから曹達《ソーダ》会社の幹部に会いに行くところです。会

社の奴はいろいろなことを言っているが、今晩は息の根を押えてやるつもりです」

大沢充輔は勝手に世間話を省いて言った。

圭太郎は報政新報が、近ごろ毎号のように大見出しで曹達会社問題で会社側を叩いていることを知っていた。この市の外れの漁村近く、××曹達会社の工場が新設される。ところが漁民は、工場から海に排出される苛性《かせい》曹達の汚水で魚貝が涸死《こし》することを恐れ、死活問題だと反対した。報政新報は漁民に味方して、工場の新設を拒否し、その誘致運動をした市当局を激しい筆で論難しているのだった。しかし、実際の敵は市会議員の江藤良吉だった。市民の敵だと非難していた。大沢充輔は署名入りで社説を書いている。漁民は蓆旗《むしろばた》を立てて、市役所に押しかけるべし、などとけしかけていた。

圭太郎の前で大沢充輔がそんなことを言ったのは、一種の示威のように彼には思えた。直接、自分には係り合いのない話だから、世間話として聞き流してよいが、何か威圧のようなものを感じた。

圭太郎には、まだ正体が分からなかった。何のために大沢充輔が自分をここに待ちうけていたのか判断がつかない。五分間ということである。彼は腕時計を見た。

「そうだ、私もこれから行かねばならん」

大沢充輔は二三、当たり障《さわ》りの無いことを言った末に立ち上がった。

「梨木君、あとを頼むよ」

「はあ」

梨木が頭を下げた。

「じゃ、菅沢さん、お先に失礼しますよ」

大沢充輔は伝票を摑《つか》んで、悠然とした様子で出て行った。圭太郎などにここで会うつもりは全然なかったというような素振りであった。

梨木に、あとを頼むよ、と大沢が言ったのは何だろう。自分に話があって梨木に任せたという意味か、単に留守を頼む、という意味か、圭太郎は見当がつきかねた。

見当といえば、梨木がこれから何を話し出すのか分からなかった。が、不吉な予感が頻《しき》りとする。圭太郎は身構えた。

「うちの親父《おやじ》も、あれで働き手《ま》でね」

と梨木は去った大沢のことを先ず話した。

「今度の曹達会社の一件じゃ、なかなか頑張っていますよ。市会議員の江藤良吉が曹達会社からうんとつかまされているのでね。その金がほかの市会議員にも流れている事実を握っているものだから、親父は起《た》ち上がったのですな。漁民の味方をして飽くまで工場設置に反対闘争を起こそうというんです。これは市民のための正義の闘いですよ」

梨木は片手を机の上に置き、片手をポケットに納《しま》い込んで話した。圭太郎はぼんやり聴いた。はじめて聞いた話ではない。報政新報が大活字で毎号吠《ほ》えていることだ。

「わが社は、いつも市民の正義のために筆をもって闘っているのです。それは課長もお分かりでしょう。あなたの前ですが、市の予算も正しく使われるよう常に監視しているのです。市民の血税ですからな。無茶な使い方をされちゃ困ります――例えば購買品などもね」

圭太郎は心臓を棒で殴られたかと思った。梨木宗介の抽象的な話が、ここに至って何を指しているのか明瞭《めいりょう》となった。いや、明確となったのは梨木が彼を喫茶店に呼びつけた目的である。

梨木のボスの大沢充輔がさりげなく此処に坐っていた伏線もここで生きてくる。あとを頼むよ、と残した一言も鮮かな色を発した。悉《ことごと》く梨木宗介の掩護《えんご》であった。

知っている！　圭太郎は直感した。市民の血税と購買品を持ち出したので、すぐに分かった。梟印殺虫剤を大量に買い付けた一件を嗅ぎつけて来た。圭太郎は目の前に地面を這いずって回る動物の鼻を感じた。

圭太郎は応《こた》えなかった。顔色が青褪《あおざ》めてくるのが自分でも分かり、迂闊《うかつ》なことは言えなかった。言葉が出ないのである。

梨木宗介は笑い声を立てた。圭太郎は愕《おどろ》いてその顔を見た。笑っているが、梨木の一重瞼《まぶた》の細い眼は光をもって圭太郎を斜めに睨んでいた。

「課長、あの殺虫剤はちっとも効きませんでしたな」

圭太郎の顔は矢が刺さったように忽《たちま》ち赭《あか》くなった。心臓が激しく動悸《どうき》を搏《う》った。

「私の親戚《しんせき》は郊外に住んでいますがね。市役所から配布された薬を撒《ま》いたが、水のようにに効力が無かったと言っていますよ。見せてもらったら、梟か何かの印の付いた、あまり見たこともない薬でしたがね。尤も、市の中心地の方には、ちゃんとしたメーカー品が配られていたが」

梨木宗介は、おとなしい口調で言ったが、圭太郎の腹には一々こたえた。何でも知っている。梟印は厚生課が殺虫剤予算の半分を割いて買いつけた。押しつけられたといってもいい。負けたのは高畠久雄の顔にである。いや、温泉宿着の昌子と自分とを見ならべて眺めた眼であった。それに圧《お》されて梟印殺虫剤を大量に買い上げた。そのためには、或る操作をした。

メーカー品は市の中央部に配り、その周辺に梟印を配布した。そうしなければ処分が出来ないのだ。中央部を尊重したのは、何かと煩《うる》さいからである。梨木宗介の言い方は、明らかにそのからくりを見抜いた末のようであった。

「梟印の効かない殺虫剤を紹介したのは明友新聞の高畠でしょう」

梨木の話は核心に入った。

「あいつは札つきのブツ屋ですからな。それは課長もご承知の筈だ。それを知ってて、彼の持ち込み品を買うのはおかしいですな」

圭太郎は返事が出来ない。口の中で何か言おうとしたがちょっと言葉にならなかった。

「梟印はそれほど効かない薬ではない。それにメーカー品より安かったからね」

圭太郎はやっと力の無い言い訳をした。

「おざなりのことを言っちゃ困りますね、課長」

梨木宗介は片手で卓を低く敲《たた》いた。

「こちらは、取材として調べたのですよ。素人《しろうと》に言うようなことを言っちゃ困りますな。衛生係の技手に訊いたら試験の結果を言ってくれましたよ。また梟印の方にも調査に行きました」

圭太郎は竦《すく》んだ。網は完全に打たれている。彼は絞られる網の中でうろたえた。

「それとも高畠の言う通りにならなければならぬ理由が課長にあったのですか？」

横では客が三人入って坐り、愉しそうに映画の話をしている。前の席ではプロ野球の勝負の予想をしている。圭太郎はそれが現実とは思えない出来事のように映った。

「尤も、高畠のやり口から、課長の弱い臀《しり》はおよそ想像がつきますがね」

圭太郎の眼にあたりが傾いた。梨木はそれも探っているのだ。想像ではなく、事実を知っている強みがその口吻《くちぶり》にあった。

圭太郎は、心の中で、待ってくれ、と叫んだ。書かれては困る。それは破滅だった。彼は自分の身体《からだ》が顚倒《てんとう》し、周囲から嘲笑《ちょうしょう》が湧《わ》き上がる場面を一瞬に空想した。妻が怒り、子供が路《みち》で泣いている。彼は身慄《みぶる》いした。

さっきまで此処に居た大沢充輔の影が大きくのしかかって来た。

「僕は報政新報に寄付したいがね」

圭太郎は乾いた声で言った。

「どれくらいしたらいいものかね？」

5

圭太郎は昌子と会った。いつも行きつけの旅館であった。秋が終わり、冬がはじまろうとしていた。旅館では火鉢に火を入れた。

「お元気が無いのね」

昌子は圭太郎の頰を両手で撫でた。

「お瘠《や》せになったわ」

「そうか」

圭太郎は身体を起こし、枕元《まくらもと》にある煙草に火をつけた。疲れている。神経が苛《さい》まれた末の疲労であった。

金が欠乏していた。貰う給料の三分の一は、梨木宗介が毎月とりに来ていた。名目は報政新報の寄付金である。彼は片手を洋服に突っ込み、片手で札を調べて帰って行く。領収証はくれなかった。

「君にも、暫《しば》らくあげないが、もうちょっと待ってくれ。もう一二カ月したら、元の通りになるだろう」

昌子にも金を与えることが出来ない。妻に渡す金も不足しているから、小遣銭にも苦しんでいた。近ごろでは煙草も思うように買えず、課員に一本ずつ貰うことがあった。

「いいのよ、私は」

と昌子は言った。若い眉《まゆ》の間に、心配そうに皺をつくっていた。

「何かお金の要ることが出来たの？」

「そう。ちょっとね。しかし、君が気にすることではない。すぐ済むことなのだ」

昌子には言えなかった。すべての発端は、彼女と温泉町に行ったことからなのだ。それを言えば昌子は苦しむにちがいなかった。その苦しみを与えたくなかったし、男らしくもなかった。歯を喰いしばっていなければならぬ。尤も、そのことで自己犠牲の快感がどこかにあった。

　圭太郎の月収は手当共に、税引三万八千円、その内一万二千円は確実に片手の無い梨木宗介が集金に来る。報政新報の寄付金というが、梨木の収入であろう。大沢充輔はそんな端た金には目もくれない筈だ。しかしその一万二千円が梨木の収入になることで、ボスである彼は、部下の梨木宗介に与える月給か小遣いかが節約出来るのである。大沢充輔が最初の日に席に坐って顔を圭太郎に見せたのは、その含みからに違いなかった。曹達会社誘致反対を圭太郎の前でぶったのは、梨木の後楯《うしろだて》である彼の実力の示威であった。

　一万二千円ずつ、三カ月に亙《わた》って「寄付」することで梟印殺虫剤購入についての梨木との協定は成立した。苦痛だが新聞に暴露されるよりどんなにいいかしれない。圭太郎はそのままおさまったことに安堵した。

その代わり経済的な苦痛は想像した以上だった。月給が三分の二に減ると、生活が折檻《せっかん》をうけているみたいだった。ワイシャツ一枚思うように買えなかった。妻は集金の御用聞きに断わりを言うようになった。

「どうして月給が減ったの？」

妻はけわしい顔をした。

「減ったのじゃない。部下が費《つか》い込みをしたので、おれが弁償してやっているのだ。長いことはない、あと二回だ」

圭太郎は考案した理由を言った。

「他人の費い込みに、どうしてあなたが弁償しなければならないのですか？」

「部下だからね。おれにも責任がかかっている」

圭太郎は言い遁《のが》れたものである。

「お金のことで私をご心配にならなくてもいいわ」

昌子は圭太郎の背中を擦《さす》った。

「私は店の働きで充分ですから。それよりも、あなたがお金に困ってらっしゃるみたいで心配だわ」

「そう困っているというほどではない。まあ、そんなことを気にしなくともいいよ。すぐ済むことだから」

「でも、とてもお元気が無いわ。お顔色もよくないし、気にかけないでは居られないわ」

「大丈夫だ。安心してくれ。疲れているのは役所の仕事でむずかしい問題があるからだ」

「そう」

「そんな心配そうな顔をするな」

圭太郎は昌子の頸を抱いた。こんなに真剣になって自分のことを考えてくれる女は居ないと思う。妻の冷たい性質と比較している。妻との比較は昌子と遇《あ》っている時、いつも背景となって動いている。

それにしても、もうすぐに金の苦しみからは解放される。梨木との約束は回数が決めてあった。その切れる期間が待ち遠しかった。

季節は冬に入り、年末が来た。ボーナスが一・二倍。市役所の年末手当は安い。他の会社のボーナスの率が新聞に出ているのを見て圭太郎は鬱《ふさ》いだ。会社なみに貰えたら、どんなにいいかしれない。しかし、ボーナスが入ったことで彼は少し助かった。

それでも、月給から一万二千円を割いているので、去年なみのことは出来なかった。妻は正月の支度が出来ないと夫に毒づいた。暗い、不機嫌な正月であった。恒例として、正月には役所の課員が揃《そろ》って年始に来てくれた。圭太郎は妻をなだめすかして、部下たちのもてなしの支度をさせた。

「お金が充分でないから、そんなに御馳走《ごちそう》は出来ないわ」

妻は尖《とが》った声で応えた。

「お酒は二級酒で我慢して貰うわ。数の子は高いから買えない。お煮〆《にしめ》とお吸いものぐらいしか出せないわよ」

そんな見っともないことが出来るか、と圭太郎は叱《しか》った。妻はそれに突っかかってきた。大晦日《おおみそか》というのに不愉快な争いだった。妻は決して折れることをしなかった。出来た料理は言葉通りに、豆腐の吸いものと牛蒡《ごぼう》、芋、蒲鉾《かまぼこ》、豆、揚げ豆腐ぐらいの煮つけであった。魚もなく、玉子焼きすら添えてない寒々としたものだった。圭太郎は争う言葉も出ず、憂鬱な気持で年始客の来るのを待った。

課員が誘い合わせて来た。十数人が狭い座敷に詰め込んだが、圭太郎はその中に係長の田口幸夫の顔を見て意外に思った。今まで年始には来たことのない男だが、今年はどうしたことか。運の悪い時は仕方がない、粗末な料理を田口に眺められるのが苦痛だった。

「家内が身体を悪くしましてね、思うような料理が出来なくて申し訳ない、これに懲りずに来年も来て下さい」

圭太郎は部下に言い訳をした。しかし、それで格好がつくものではないのだ。現実に貧しい皿がならび、酒は二級酒の味であった。課員は、誰も酒がうまいとは賞《ほ》めなかった。圭太郎は身体の縮む思いがした。

田口がじろじろとならんだご馳走を眺め回し、観察するように家の中を見ていた。圭太郎は嫌な気がした。もともと気の合う男ではないし、相変わらず圭太郎が課長の椅子に坐っていることが面白くなさそうであった。それは人の噂《うわさ》で陰から耳にいろいろと入って来るのだ。田口が今年に限って年始に来た意図が分からなかった。

田口は料理の皿にあまり箸《はし》をつけなかった。酒を盃《さかずき》に二三杯あけたが、遠慮もなく渋い顔をした。田口は酒好きであった。お暇《いとま》しよう、と先達《さきだち》になって言い出したのは田口である。話もあまり弾まず、陰気な寄り合いであった。

みんなが帰ったあと、圭太郎は寂しさが急にせき上げてきた。梨木宗介を憎まずには居られない。この三カ月の憂鬱が、悉く梨木に与える一万二千円に原因していた。

しかし、恐喝の期間も、この月末が終わりであった。暗い、長い隧道《トンネル》の向こうにようやく出口の明かりが見えた。

二十五日が役所の月給日であった。梨木宗介は片手をオーバーのポケットに納め、圭太郎が玄関から出てくるのに、片手を上げた。

「寒いですなあ」

梨木は挨拶した。黒い歯の間から酒の匂《にお》いが洩れた。一万二千円の収入を計算に入れて、早くもその辺の飲み屋で一杯ひっかけて来たようだった。圭太郎が骨身を削る思いで出した金は、そのような使途に向けられている。圭太郎は腹が立ち、月給袋から数えて別にしてある一万二千円の折りたたんだ札を乱暴に突き出した。

「寄付の約束はこれ限《き》りだったね」

念を押した。ならんで歩いている梨木は素早く片手で金を握り、へらへらと笑った。

「そういうことでしたね。有難うございます。ところで、課長、寒いから一ぱい飲みませんか。私が奢《おご》ります」

圭太郎は梨木を突き倒したい衝動に駆られた。彼は一言もいわずに梨木と離れた。しばらく歩いて振り返ると、梨木は風の中で肩をすくめて急いでいた。

ようやく解放感が圭太郎の身体に充《み》ちてきた。来月からは楽になる。やっとの思いであった。会計から、この三カ月に合計二万円を借り出している。我慢していたが、ついにそれをしなければならなかったのだ。

だが、もう済んだ。

破滅の危機も乗り越え、来月からは元の生活がとり戻せる。吻《ほっ》とした。暮れたばかりの空から雪が降り、熱した頬に当たるのが爽快《そうかい》であった。

6

一カ月たち、二月二十五日になった。圭太郎が役所から出て道を歩いていると、すっと人が寄ってきた。

「課長」

圭太郎は、どきりとした。声ですぐ分かった。梨木宗介がオーバーに両手を納めて立っていた。

「何だ」

圭太郎は刎《は》ね返す姿勢で立ち停まったが、恐れが背中を走った。

「この間から、いろいろとご援助を願って有難うございました」

風邪をひいたのか、梨木は咳《せき》をしながら言った。

「社長が一言、お礼を言いたいと言って居ります。そこに恰度《ちょうど》来ておりますから」

それを聞いたとき、圭太郎は瞬間に、あの金はやはり報政新報の寄付になったのかと思った。梨木の小遣銭と考えたのは思い違いであったと錯覚した。が、すぐに、それなら何故《なにゆえ》に月給日の二十五日に此処《ここ》に待っているのか。

大沢充輔が夕闇《ゆうやみ》の中から姿を見せた。

「やあ、菅沢さん。しばらくですな」

暫らくも何もない。大沢は毎日のように助役室や局長室に出入りしていた。圭太郎のところには寄りつかない。課長など、普通は問題にもしていない態度であった。

「この間は、どうもお世話になりました」

その大沢が礼を述べた。三カ月の寄付の礼だった。それから、そこいらの喫茶店に入らないかと誘ったが、圭太郎は思い切って断わった。

「そうですか、私も忙しいから、では歩きながら話をしましょう。どうも曹達会社《ソーダ》の一件が片づかないのでね。会社側が頑張るので、こちらも攻略に必死ですよ。うちの新聞、読んでいるでしょう?」

圭太郎はうなずいた。報政新報は近頃、一段と激越な調子で曹達会社と市会議員の江藤良吉を攻撃していた。しかし、そのことは今の圭太郎に何の関係も無い。気にかかるのは大沢が何を切り出すかであった。

「こういう運動をしていると、なかなか入費がかかりますのでね。正直の話、うちも苦しい。そこで結論から申しますと」

大沢充輔は悠然と話し出した。

「あなたにも三ヵ月に亙ってご援助を頂いた上で、まことに申し訳ないが、あと五ヵ月つづけてご援助頂けませんか。今までと同じ金額でよろしいです」

圭太郎は足が萎《な》えた。全身から力が抜け、心臓だけが苦しく搏《う》った。

「それは無理です、大沢さん」

圭太郎はかすれた声で言った。

「今までが、精一ぱいでしたから」

「そうですか」

大沢はおだやかに引きとり、ゆっくりした足で歩いていた。事情を知らない者が見たら三人連れが散歩しているようだった。

「しかしね、あと五ヵ月の辛抱です。市民のためですからな。私は常に正義のために闘っている」

あのことだ、と圭太郎は胸にすぐ来た。身体が慄えた。梨木宗介は両人の会話に聞き耳を立て、圭太郎のすぐ後をついて来ていた。圭太郎が遁《に》げ出すのを防いでいるような位置であった。

「どうですか、菅沢さん。ご承知下さるでしょうね」

大沢は抑えつけるような声を出した。圭太郎は脂汗《あぶらあせ》が滲《にじ》んだ。あと五カ月の苦難の延長であった。圭太郎は喚《わめ》きたくなった。なぜ、自分をこれほど苦しめるのか。ゴロツキ市政新聞の暴力は知っていたが、それは身をもって渦に巻き込まれなければ実感がない。圭太郎は、数ある吏員のうちで自分ひとりが捕えられた不運に喘《あえ》いだ。

圭太郎は返事したが、どのように言ったのか、自分の声ではなかった。

「有難う、菅沢さん。梨木君、君も聞いた通りだ」

という大沢充輔の言葉だけが耳に入った。圭太郎は、思考の無い頭で月給袋をポケットから出した。

これから梨木宗介は、確実に月給日にはやって来て、片手を突き出すだろう。一万二千円を、その汚い掌《てのひら》に毟《むし》り取ってゆく。圭太郎は永遠の地獄を感じた。

妻には、今月から給料が普通になると言ってある。圭太郎は翌日、力の無い足で、会計課に行った。

「何だかおかしいな。この間も、二万円借りて行ったじゃないか」

知っている会計課長は、薄笑いを浮かべて言った。

「女房の親父が入院してね。送金してやらなければならんのだよ」

　圭太郎は頰を赧《あか》らめて言った。

「それは、気の毒だ」

　課長は、圭太郎の三万円の前借伝票に判を捺《お》してくれた。月々の給料から五千円を差し引かれることになった。三万円を一どきに貸してくれたのも、知った課長だからである。しかし当分は、これで給料からの前借は不可能になった。

　三万円あれば、梨木に渡す二回だけの資金はある。それから先の見込みが立たなかった。あと、三回。この分をどこから補塡《ほてん》するか。圭太郎は考えたが、全く当てがなかった。

　何のためにこれだけの非道《ひど》い目に遇わねばならぬのか。不合理だ。圭太郎は自分が弱い生物に見えた。しかし、新聞に書き立てられて、地位と生活とを喪《うしな》うよりはまだよかった。我慢しろ、我慢しろ、とつぶやいている。が、実は、そのつぶやきは大沢充輔と梨木宗介の横着なつぶやきなのである。

　圭太郎は毎日を暗い気持で過した。仕事が身につかない。少しも心に安定が無かった。地面が揺れ、頭の上をいつも押えつけられている気持だ。何を見ても色彩が無く、食べるものには味がなかった。

昌子に会っている時だけ、色彩が蘇《よみがえ》った。空疎《くうそ》な部分に充実が侵入する。

「どうなさったの。ますます、お痩《や》せになるようよ」

昌子は圭太郎の顔をさし覗《のぞ》いた。

「どうもしないが。やはり身体の調子が悪いのかな」

「医者にお診せになったら？」

「それほどでもないだろう」

「いけないわ。奥さまは何とも仰言らないの？」

「あまり気にかからぬのだろう」

それは本当だと思った。性格が合わないという抽象的な、しゃれた言い方では実感に遠い。夫婦の間が反感の継続であった。子供が居なかったら、疾《と》うに別れているのだ。手段を失った後悔がうずいていた。

圭太郎は借金のことが頭に粘り付いて離れなかった。これからの目的がない。昌子にも打ち明けられなかった。ひとりでやらなければならぬ仕事である。頼る誰も居なかった。あくまでも孤独な処理であった。

圭太郎は考えた末に、事情に詳しい庶務課員に手引きして貰《もら》い、サラリーマン相手の高利貸の所へ行った。

「課長さんにも、そんなお金の苦労があるのですかなあ」

案内の庶務課員は途上で圭太郎に話しかけた。

「そんなことは我々だけかと思いましたが」

「金には誰も苦労するよ。同じことだ」

圭太郎は言ったが、この庶務課員の苦労と自分とは同じではないと思った。この男の借金は生活費である。自分は汚溝《どぶ》に捨てる金を借りに行くのだ。その内容の重量に天地の相違があった。

圭太郎はその虚《むな》しさで、やり切れなくなった。相手への憎悪《ぞうお》は自分の身体の中だけでたぎっていた。

圭太郎は、高利貸から三万円を借りた。抵当物件は役所の給料であった。そういう証書を目の前で書かせられた。屈辱が身体中を熱くさせ、顔から火がふくようであった。

万一、お約束通り頂けなかったら、この証書通り役所の会計に伺って給料をさし押えますから、と貸主は念を押すように言った。そういうことが出来るかどうか分からない。しかし、現実に高利貸が会計課に乗り込んで来る場面を想像すると圭太郎は怯《おび》えた眼になった。

役所と高利貸とで、給料からは一万円ずつ確実に支出されることになった。借りた三万円は梨木宗介に残り三回分として充てるにしても、給料はやはり毎月一万円ずつ不足してくる。すると、足りない一万円を約半年の間、どこから補充すべきであろう。借金のために、借金をする。利息は損失の度合を大きくするだけであった。借金の盥《たらい》回しで、泥濘《でいねい》の中に足を突っ込んだようなものだった。

高畠久雄も、梨木宗介も、相変わらず、市役所の建物の中に姿を現わした。一かどの新聞記者らしい顔をして徘徊《はいかい》している。圭太郎の机は、さすが敬遠して、厚生課の取材は係長の田口のところに寄って聞き出していた。田口は書類をめくりながら得意そうに説明していた。梨木は片手の肘《ひじ》で手帳を押え、器用に鉛筆を走らせた。

誰が見ても、貧弱な服装だが、新聞記者の格好である。圭太郎は憎んだ眼で彼らを見た。しかし、視線以外に抵抗する力は無かった。

助役も局長も、部長もこの市政新聞をおそれていた。何を書かれるか分からないのは恐怖であった。他人のことは興ありげに読むが、自分の順番に回ってくるのは黴菌《ばいきん》のように避けた。無事故、平穏が第一の願いである。無気力であっていいのである。彼らから疵《きず》を負わせられたくなかった。叩《たた》けば誰でも多少の埃《ほこり》は出る。表面は無関心を装って彼らに接しているけれど、誰もが市政新聞記者に弱腰であった。

彼らが傍若無人な態度で歩き回ろうと、机の上に腰をかけ、わざと無作法な口の利《き》き方をしようと、かげでは罵《ののし》るが、面と向かって喧嘩《けんか》する者は役所の中に一人も居なかった。

霰《あられ》の降る日であった。圭太郎は梨木宗介から呼び出しを受けた。梨木は片手を上げ、遠くの方から課長席の彼をさし招いた。

7

役所の裏庭には誰も居なかった。

「社長から言いつかって来たのですがね、課長」

と梨木宗介は腕を隠し、広い地面を叩いている霰を眺めるようにして言った。

「どうも言いにくいのですが、十万円ご寄付を願えませんか？」

「十万円……」

圭太郎はすぐには実際の感じが来なかった。縁の遠い話を聞くようだった。

「そうです。社も金が要って仕方がないので社長も弱っているのです。あ、その代わり、一万二千円のあとの残りは打ち切りにしてもらっていいというのです」

一万二千円のことを言ったので、はじめて圭太郎に実感がきた。身体が一時に熱くなった。霰の白いものが乱れて横撲《なぐ》りにきた。すぐにものを言おうとしたが、声がかれていた。

「なにを言うのだ」

適当な言葉が探せない。言葉が激しい感情に追っつかなかった。

「き、君たちは、どこまで僕を莫迦《ばか》にするのか。そんな大金がどこにあるのか」

そうですか、と梨木宗介は平気で立って居た。

「しかしですね」

と彼は言った。

「しかしですね。これで打ち切りですから、あなたも後腐れがなくて、得な筈《はず》ですが」

「得とは何だ。君たちが勝手に僕からしゃぶり取っているのじゃないか」

圭太郎は自分の声ではなかった。咽喉《のど》に絡《から》み、昂奮《こうふん》で異様な発声になっていた。

「変なことを言っちゃ困るな」

梨木はぞんざいに応じた。

「市民の税金で役にも立たん薬を仕入れて、ばら撒かれては堪《たま》らんからな。二度とそういうことのないように、新聞に書いてやりたかったが、初めてだから見逭《みのが》してやったのだ」

「僕には不正は無い」

「しかし、ブツ屋におどかされて、役にも立たん品を承知で買いつけたのは、君が弱味を握られていたからだ。その弱味が何か、こちらには調査が行き届いている。不正ではないかもしれぬが、書かれては課長の面目を失う筈だ」

圭太郎は冷たい空気の中で、汗を流していた。自分が断崖《だんがい》の上に立っていることを意識した。あたりの景色に距離感がなく、ぼやけた。

「しかしね。課長、そんなことを言ったって、去年の夏の話ですからね。記事としては腐っていますよ」

梨木はもとの丁寧な口調にかえった。

「だから、社長も僕も新聞に載せようという積極的な意志はありません。まあ、あなたも考えて下さい、そう癇癪《かんしゃく》を起こさずにね。可愛《かわい》い女の子も居ることでしょう、十万円の寄付で眼を瞑《つぶ》って下さいよ」

梨木の言い方の終わりが嘲笑になっていた。昌子のことを指している。それが圭太郎の思慮を一どきに飛ばした。

「煩さい。断わる」

言って了《しま》って、足が急に慄えた。

「ほう、元気がいいね、課長」

梨木は片手をポケットに入れた姿勢で身を構えた。白眼が光った。

「じゃ、断わるというんだね」

「僕には、もう金が無い。君たちは絞れるだけ絞った筈だ。僕はそのために借金までしている。三ヵ月の約束が五ヵ月になり、今度は一ぺんに払えという。君たちは、貧乏なおれだけを狙《ねら》うのか」

梨木は黙った。それは答えに詰ったからではない。どこを吹く風かといった顔つきをして、

「むろんだ、あのインチキ殺虫剤会社には夏の間に足を運んだ」

とうそぶくように言った。

圭太郎は、え、と思わず梨木の顔を見た。

「それじゃ、先方から金がもう出なくなったので僕のところに来たのか」

梨木は、ふふんと、鼻で嗤《わら》った。

「帰れ」

圭太郎は怒鳴った。もう、どうなってもよかった。全身が怒りで慄え、頭の中が充

血した。絶望と自暴自棄が、憤怒《ふんぬ》の下から拡《ひろ》がった。

その夜は、飲んで回った。十一時すぎ、圭太郎は昌子の酒場に行った。最近その酒場から遠去かっていたから久しぶりだった。昌子と会うにはいつも電話だったので、何となく足がすすまなかった。が、今夜は異《ちが》っている。

昌子は圭太郎を見て、

「珍しいわね、随分、お酔いになったのね」

とボックスに抱え入れた。

圭太郎は昌子が制《と》めるのもきかずに、そこでもまた飲んだ。

「どうなさったの、随分荒れてるみたいだわ」

「どうもしない」

数日中に報政新報は書き立てるかもしれない、と圭太郎は考えていた。書き出したら何回も何回も追い打ちをかける。今までの例がそうだった。

輪に輪をかけた記事が眼に見えるようであった。誇張した形容詞と、正義派めいた文体である。温泉に女と遊びに行った件《くだ》りは思わせぶりな文章となろう。一課長のくせにバーの女を情婦にもち、豪奢《ごうしゃ》な生活をしている。役にも立たぬ殺虫剤を大量に買い入れ、市民の眼をごまかすために、メーカー品は中心地域に、インチキ剤は周辺地区に配布した。ブッ屋と裏で取り引きしている。何をしているか分からない男だ。血税をこんな胡魔化《ごまか》しに使われている市民は、このような背徳的で智能犯《ちのうはん》的な課長は断乎《だんこ》として排斥すべきである。監督の部長や局長は何をしているか、市長は一体どう考えているか……

圭太郎の頭の中は、記事がひとりで流れるように出てくる。市役所中の人間がこの記事にとびつき、好奇の眼を輝かし、嘲笑し面白がっている。同情する者は一人も居ない。知らぬ顔をするか、圭太郎の傍を眼をそむけて通るだろう。そのくせ彼の背中に軽蔑《けいべつ》的な眼を矢のように送る。今までそういうことが数々あったのだ。そのうち埃っぽい地方事務所に左遷《させん》される。再び喚《よ》び返されることはない。そこが退職までの終点であった。

妻の激しい怒りと非難が圭太郎には的確に想像出来た。彼女は死ぬまで夫を憎悪するだろう。家の中で彼の居場所は無くなるのだ。彼は隅に背を輪のように曲げてうずくまっている一匹の虫を連想した。

バーには五六人の客が残っていて騒いでいた。ほかの女はそっちの方に行っている。

「今晩、あなたを知っているというお客さんが来たわ」

昌子が耳の傍で言った。

「誰だ？」

圭太郎は頭を上げた。

「名刺をもらったわ。この人よ。三人連れだったわ」

昌子は名刺をとり出して見せた。圭太郎は薄暗い照明の中で透かして見た。R市役所民生部厚生課係長田口幸夫の字が読めた。

田口が来た。今までこのバーに来ることを聞いたことがない。何を考えてやって来たのだろう。

「私をご指名だったわ」

圭太郎は思い当たるところがあった。

「ほかの連れは、どんな男だったか？」

昌子は二人の顔の特徴を言った。ばさばさの汚い髪をした顴骨《ほおぼね》の高い男、一人は四角な顔の男、片手をいつもポケットに入れていた。

高畠久雄と梨木宗介だと判《わか》った。

「その一人がね、私を知ってるというの。三人でじろじろ私の顔を見た揚句にね。どこでお会いしたでしょうか、ときくと、にやにやしてね、去年の五月ごろ、S温泉で見たよ、と言うの。あなたとご一緒だった時よ、それでどぎまぎしたわ」

実見に来たのだ、と圭太郎は覚った。どんな女か、記事の材料に見に来たのだ。温泉行の情婦がどんな女か、どぎつい描写には必要なのだ。

しかし、それよりも圭太郎が動顛《どうてん》したのは、高畠と梨木と田口の組み合わせである。市政新聞の仲はあまり好くない。が、記者同士は利害関係で手を握ったり、ささやき合ったりする。高畠と梨木が一緒に来たことで、圭太郎は今度のことが彼らの共同の策謀であったと気づいた。

高畠久雄がインチキ品を世話して圭太郎に買わせる。裏の儲《もう》けは勿論《もちろん》のことだ。これに気づいたのは梨木宗介であろう。梨木に責められて高畠も一切の事情を話したに違いない。両人の間に協定が出来た。梨木は自分のボスの大沢充輔に話し、まず納入者の梟《ふくろう》印殺虫剤会社を脅かした。常務の小林智平がどれ位まき上げられたか分からないが、それ以上に出ないと分かると、恐喝の鉾先《ほこさき》を圭太郎に向けたのだ。絞りに絞った上で、見込みがなくなると、今度は新聞に書こうとするのである。

なぜ、改めて新聞に書くのか、それは圭太郎が拒絶したからだけではない。係長の田口幸夫が仲間に居ることで理由がもっとはっきりとした。圭太郎が課長であるのを憎んでいる田口は圭太郎の転落のあとを狙っている。田口が両人の中に割り込んだ。からくりが初めて分かった。圭太郎はここまで考えて一層惑乱した。見えない濁った渦が音立てて周囲を回っている。小さな虫が捲《ま》き込まれて溺《おぼ》れている。彼らは秘密の正体を、昌子を通して見せた。そのことは、いよいよ新聞に書き立てる前触れであるのを意味した。

圭太郎は頭を抱えた。冷たい脂汗が皮膚からふき出た。あたりの声も音も耳から消えている。

8

R市の北は、関東の西南の台地につづいている。そこには一本の単線の鉄道が寂しげに原野をよぎっていた。雑木林は丘陵の波に起伏し、平原に流れている。この辺にはもとの陸軍の演習場があり、今は外国のキャンプの建物があった。そのほか、所々に瀟洒《しょうしゃ》な家が建ちはじめたが、概して原野は広大な地域に亙《わた》って昔のままの状態を保存していた。

霜が雪のような原野に下りた朝、葉を落した雑木林の中で農夫が男の首吊《つ》り死体を発見した。駐在巡査が知らせをうけて、寒そうに自転車でやって来た。

名刺を持っていたので身許《みもと》はすぐに判った。市の厚生課長で菅沢圭太郎という名である。ひる頃に検死が済み、死体はその市から来た自動車で運び去られた。そのとき、警察や現地の人たちに礼を言ったり、いろいろ世話をやく吏員がいた。

「神経衰弱でしょうね。そのほかには、公的にも私的にも自殺するような原因はありませんよ」

彼は周囲の人に自分の名刺を配って語った。名刺には係長田口幸夫とあった。

遺書は無かった。だが、四十を越した自殺者は遺書を残さない場合が多い。

しかし、その市役所の人間たちは、菅沢圭太郎の自殺が、たったこの前、報政新報に大きく出た彼の「非行」に関する記事に関連していると思っていた。菅沢課長はそのあと、民生部長に呼ばれて、別室で長いこと話していた。

報政新報の記事は三回に亙って出た。一頁《ページ》の半分を割いて、詳細を極めたものである。次には助役と局長とが立ち会いで菅沢課長と話していた。

菅沢課長はその日の夕刻、家に帰らずに自殺の現場に向かったようである。それは彼を駅で見かけた者が居る。支線のホームに佇《たたず》んでいたのであった。今ごろから、そんな支線の汽車に乗って何処《どこ》に行くのだろう、とその人は不思議がって見ていたという。そのとき、課長はもの思いに耽《ふけ》っている様子で、一つところに凝乎《ぎょうこ》として立っていたということである。

あとで調べてみると、課長は新聞に記事が出た日から三日もつづけて家には帰らなかった事実が分かった。どこに泊まっていたのか誰も知らなかった。その間、役所に出勤しても、服装はきちんとしたものだった。独りでかくれていたとは思えなかった。彼の自殺は、普通の新聞にも小さく出た。原因は、どれにも神経衰弱からとあった。神経衰弱以外に考えようがない、という市当局の話で打ち切られた。

その日限りで、報政新報は菅沢課長の攻撃を中止した。死者に鞭《むち》うつのが本意ではない。本紙は飽くまで正義の立場から市政を批判しているので、菅沢圭太郎氏個人は善良な人だった、というちぐはぐで礼儀正しい小さな記事が出ていた。

報政新報社長の大沢充輔は、関西から九州方面を回り、半月ぶりで帰って来て、この記事を読み、梨木宗介を呼びつけた。

「菅沢課長のことは、少しやり過ぎたのじゃないかね?」

「そうでしょうか」

梨木宗介は突っ立って薄笑いしていた。

「そうでしょうかって、本人は苦にして自殺したのだ。一体、あの記事はモノにならないから没にしておけと僕が言ったのに、君は勝手に書き立てた」

梨木は片手で煙草《たばこ》をくわえ、片手でマッチを擢《す》った。それから煙を大きく吐いたまま黙った。

「あんまり露骨にやるなよ、うちの新聞の評判にかかわるからな」

「菅沢は気が弱かったんですよ」

と梨木は応《こた》えた。

「あんなことくらいで死ぬことはない。ばかな奴《やつ》です」

大沢充輔は梨木の平気そうな顔を見た。

「君は菅沢から、いくら取ったのだ」

「一万二千円ずつです」

「五回きりか？」

「そうです」

梨木は即座に答えた。

「そうじゃないだろう。もっと大きく取ろうと欲を起こしたのだろう。菅沢はその責苦に耐えられなくなってノイローゼに陥り、発作的に死を択《えら》ぶ気になったのだ。もともと気の小さい男だ。一体みんなでいくら絞り取ったか言い給《たま》え」

「さあ、よく覚えてませんね」

大沢充輔は椅子《いす》から身体《からだ》を起こした。

「そんな約束ではなかった。菅沢から小遣いを取りたいから顔を出してくれと君が言うので、僕は付き合ってやった。曹達《ソーダ》会社の問題で忙しい時に二度もね。それも君の小遣銭になると思ったからだ。それ以上の金を取れと誰が言った？　君は殺虫剤会社からも取ってピンを刎《は》ねてるじゃないか」

梨木の顔の不逞《ふてい》な微笑は消えていなかった。煙草の灰が床に落ちた。

「君は図々《ずうずう》しくなった」

と大沢充輔は怒った。

「あんまり勝手なことをするな。おれの眼の届かないところで何をしているか分からん。この秋おれは市会議員に出る。その準備で忙しいから、新聞の方はここしばらく君に任せたが、これでは安心が出来ぬ。おれも考え直さねばならん」

「大沢さん」

梨木宗介が呼びかけた。

「そろそろ僕をやめさせるつもりですか？」

「君がこの調子だと、そうなるかも分からん」

「分かりました。それもいいでしょう」

梨木宗介ははじめて声立てて笑った。

「あなたも、関西や九州に行って、随分、遊び呆《ほう》けたようですな」

「なに」

「だいぶん眼もとや頬がたるんでいますよ。曹達会社から出た金で江藤良吉と山分けし、随分、いい儲けをしましたね」

「君は何のことを言うのだ」

大沢充輔は顔色を変えた。

「かくしても駄目です。ちゃんと判っていることですから」

梨木宗介は黒い歯を見せた。

「江藤良吉一派が曹達会社をこの土地に誘致した。江藤はその運動で曹達会社から金を貰う約束をした。しかし、それだけでは少ないから、漁業組合の反対を盛り上げて、それを抑える資金と称して金を会社側からもっと吐き出させる計画をした。曹達会社としては工場をそこにどうしても造りたい。だから反対が大きくなればなるほど金が会社側から出る。そこで、江藤良吉があんたを馴《な》れ合いの反対派に仕立てたのです」

「おい、君はそんなことをおれに言っていいのか」

「から元気を出しても駄目ですよ、大沢さん。漁民の死活問題だとか何とか喚《わめ》き、蓆《むしろ》旗《ばた》を立てて会社側にデモをかけろ、などと左翼の闘士顔負けの奮闘でしたが、その裏は江藤との金の八百長《やおちょう》ですからね。喰い物にされた漁民がいい面《つら》の皮ですよ。一体、いくら金を握ったのですか？」

大沢充輔の顔の筋肉が硬《こわ》ばった。

「ばか」

「言えないでしょうな。言わなくとも、こっちの調べで判っていますから同じことです。僕はこの裏の一切を報政新報に書くつもりです」

「何？」

大沢充輔は眼をむいた。

「うちの新聞に書く？」

「そうです。あんたが自分の仕事だけに夢中になっている間、僕たちは結束したのです。今後は僕がこの新聞をやって行きます。資本金の要らない新聞社ですから簡単ですよ」

「君が策謀したのだな？」

「あんたが浮き上がった、といった方が正確でしょう。自分の金ばかり貯《た》め込んで、社員にはろくに給料も払わないあんたに愛想をつかしたのです。金儲けに忙しく、新聞の方を僕に任せていたのはあんたの失敗でしたな」

大沢充輔は硬直した。

「僕があんたのやったことを新聞に書き立てると、噂《うわさ》が市民の間にひろがってゆく。念願の市会議員の当選は駄目になりますよ。分かりますか?」

それから一歩近づいて訊《き》いた。

「ところで、大沢さん、いくら出しますか?」

大沢充輔の指が慄《ふる》えた。

梨木宗介は、片手を上衣に納《しま》ったまま、あらぬ方を向き鼻唄《はなうた》をうたいそうな顔をしていた。

空白の意匠

1

Q新聞広告部長植木欣作《きんさく》は、朝、眼がさめると床の中で新聞を読む。中央紙が二つと、地方紙が二つである。永い間の習慣で、新聞を下から見る癖がついてしまっていた。

今朝も、枕元《まくらもと》に置いてある新聞を片手でとった。順序も決まっていた。地方紙が先で、中央紙があとなのは、中央紙は競争の対象にならないからである。見ても、ざっと済ます。

競争紙のR新聞は、朝刊四頁《ページ》で、四つの面をはぐって合計十二段の広告を見るのに、普通の者なら、三、四分で済むところを、植木欣作は二十分くらいかかって読むのである。スペースの大きさ、広告主の良否、扱店はどこの店で、大体、どれくらいの値でとっているか、骨を折ってとった広告か、それとも先方の自主的な出稿かどうか、或《あるい》いはスペースが埋まらずに苦しまぎれに抛《ほう》り込んだ無代のアカではないか、その辺の見当を植木は広告欄を睨《にら》みながらつけてゆくのである。その眼は、自分の新聞のそれと絶えず比較検討している。少しでも勝っているときは喜び、弱いときは憂鬱《ゆううつ》になるのであった。

Q新聞もR新聞も、発行部数が十万に足らぬ地方小新聞である。戦争中、一県一紙に統合された地方紙は、戦後になると分解作用を起こし、さらに泡沫《ほうまつ》的な夕刊紙の乱立となった。Q新聞もR新聞も、その俄《にわ》か夕刊紙の後身で消滅した群小紙の中で、よく残った方である。途中で朝刊を発行して八年になるが、両社とも経営はひどく苦しい。もっと大きい地方ブロック紙のS紙に抑圧されているからである。

大きな新聞もそうだが、Q新聞もR新聞も、朝夕刊二十四段の広告欄を埋めるのには、殆《ほとん》ど東京、大阪の広告主に頼らなければいけない。地元開拓を始終やかましくいっているが、経済力の貧弱な地方都市では、疲弊した中小企業が唯一《ゆいいつ》の対象で、せいぜいこの地方のデパートの売出し広告が気の利《き》いたスペースをとるくらいなものであった。専属の広告扱店を創《つく》ってはいるが、これでは育てようがなかった。そこで、大部分は、東京、大阪の広告を扱っている代理店に依存していた。Q社もR社も、東京方面の出稿は、広告代理店の弘進社に頼っている。

弘進社は、広告代理店としては中位のクラスだが、大体、全国の地方紙でも十万か十五万くらいしかない発行部数の社をひきうけている。一体、こんな小新聞は宣伝効果が無いから、広告主《スポンサー》の方でもあまり気のりしないのだが、弘進社はよく努力して、各大手筋から紙型を貰《もら》い集めていた。勿論《もちろん》、Q新聞もR新聞も、弘進社だけが唯一ではなく、ほかの代理店とも契約していたが、よそはそれほど熱心ではなかった。弘進社は地方新聞社の値段を叩《たた》きに叩くだけに、一ばんよく面倒を見てくれるのであった。現に、いまも植木欣作が見ているR新聞の東京筋の広告も、殆どが弘進社扱いだった。

植木は、R新聞を見終ると、次に自分の新聞をひろげ、広告欄を見渡した。見渡したというのは、すでにその内容は昨日のうちにゲラで熟知しているからである。彼の眼は、いきおい、確認的となり、計算的となった。

三の面、つまり社会面の下には右に、半三段の和同製薬の広告が出ていた。「ランキロン」という近ごろ同社が力を入れて宣伝している強壮剤の新薬である。植木は満足そうにこれを眺めた。競争紙のR新聞にはこれが掲載されていない。これも弘進社扱いだから、いずれR新聞にも出るであろうが、少しでもこっちが先だったということに、いくぶん優越感があり、弘進社の好意を感じたのであった。「ランキロン」と斜め白抜きの大きな文字と、頑丈な青年の姿を入れた写真の組み合わせの意匠を植木はしばらく観賞した。

それに堪能《たんのう》すると、彼の眼は、はじめて上の記事面に移った。仕事をしたあとの解放感のくつろぎで、ゆっくりと活字の密集地帯に向かった。彼も、ここでは記事を眼で拾う傲慢《ごうまん》な読者になるのであった。

ふと、視点が二段抜きの「注射で急死。危い新薬の中毒作用」という見出しに当たった。彼は眼をむいて、邪魔なところを折って読みはじめた。

――×日、市内××町山田京子さん（二二）は、疲労恢復《かいふく》のため、××町重山病院で、「ランキロン」の注射をしてもらったところ、間もなく苦悶《くもん》をはじめ、重態に陥り、一時間後に絶命した。所轄《しょかつ》署では注射の中毒とみて重山病院の医師を調べている。「ランキロン」は某製薬会社から売り出された強壮剤の新薬で、署では市内の医院、薬店に対して注意するよう警告を発した。……

植木欣作はびっくりした。これは本当だろうか。「ランキロン」といえば、和同製薬株式会社が、最も精力を集中して宣伝している新薬であり、中央紙には、大きな広告がたびたび載っているし、ラジオやテレビにもコマーシャルが挿入されている。地方紙にこそ、ぼつぼつとおこぼれのような広告が載りはじめたのだが、この信用のある大手筋の製薬会社が、まさか無責任な薬品を売り出すとは考えられない。その薬の注射で患者が死んだというのは本当だろうか。異常体質のため、ペニシリンでショック死する例は、たまに読んだが、この「ランキロン」もそのような性質のものなのだろうか。

植木欣作は次第に不安になってきた。薬に対する危惧《きぐ》ではなく、この記事が「ランキロン」の半三段広告の真上に載っていることであった。眼を剝《む》きそうな白抜きの大文字に、頑健そうな人物の写真が、薬品一流のスマートさでレイアウトされている。読者の眼には奇怪な対照として映るに違いない。いや、それよりも、この広告掲載紙を郵送された和同製薬株式会社と、代理店の弘進社とがどのような感情をもつことだろうか。広告が無かったら、新聞を送る必要はないから、或いは小地方新聞の記事などは、先方の眼にふれないで済むかも分からないが、広告を掲載した以上、頰被りで済ませる訳にはいかない。いや、弘進社だけには、毎日の新聞を送っているのであった。植木は、たった今、覚えていたR新聞に対する優越感が微塵《みじん》となってとび散った。

彼は狼狽《ろうばい》して、R新聞をひろげた。注射で急死した記事は小さく出ていたが、某製薬会社が売り出した「新薬」という表現で、どこにも「ランキロン」という名前は無い。慎重な扱いであった。彼は次に、中央紙の地方版を手にとったが、記事はいずれも一段で、これも単に「新薬」となっていた。二段抜きに扱い、しかも「ランキロン」と名前を出したのは、植木のQ新聞だけであった。

植木欣作は落ちつこうと思って、煙草《たばこ》を吸った。指が小さく震えている。和同製薬と、弘進社の憤激が眼に見えるようであった。

彼は、編集部の無神経に腹が立った。広告部のことを全然意識においていないのが彼らの通念であった。編集は新聞の第一の生命で、記事の報道が広告部に掣肘《せいちゅう》されることは恥辱だと編集部は考えている。のみならず、広告部は商売をするところだと彼らはひそかに軽蔑《けいべつ》している。日ごろ、紙面に、商品名を一切出さない主義は、記事が宣伝に利用されないための配慮からだが、それなら今度に限って、何故《なぜ》「ランキロン」とはっきり薬名を書いたのであろうか。おそらく編集部の返辞はこうに決まっている。社会的に害毒のある薬だから、明瞭《めいりょう》に名前を出したのだと。それは正論かもしれない。しかし、そのことによって窮地に追い込まれる広告部の立場をどう考えているのだろう。いや、考えるということはないに違いない。お前さんとこのために新聞を作っているのではないよ、とでも言いそうであった。パイプをくわえている編集局長の森野義三は、ずけずけとそう言いかねない男だった。

それにしても、R新聞といい、中央紙の地方版といい、この記事の扱いの慎重さは見事であった。それは、記事に商品名を出さないという法則のための偶然かもしれないが、眺めている植木欣作には、和同製薬や広告部への配慮があるように思えてならなかった。ことにR新聞に対しては、たった今の瞬間まで心にたゆたっていた追い抜きの快感が、逆に転落感となって植木欣作に逼《せま》った。
彼は朝飯も咽喉《のど》に通らずに出社した。

2

広告部長の席は窓際《まどぎわ》を背にしてある。机の上の硝子板《ガラスいた》に外からの光線が当たり、窓枠の模様を寒々と写していた。植木欣作はコートを洋服掛けに吊《つる》し、のろい動作で椅子《いす》に腰をかけた。部員はみんな出揃《でそろ》っている。黙ったまま、それぞれの仕事をしているが、期待しているような眼で植木の方を窺《うかが》っているようであった。今朝の記事を読んでいるに違いなかった。広告部長が出て来たら、どんな反応を示すか、それを見戍《みまも》っているようであった。その気配が落ちつかぬ空気となって植木を包んだ。次長の山岡由太郎は、お早うございます、と挨拶《あいさつ》しただけで、机の上で他紙の広告欄を見ていた。しかし、その横顔は安定していなかった。部長があのことを言い出すのを待ち構えている様子であった。
植木は茶を啜《すす》ったあと、煙草をのんでいたが、山岡君、と改まったように呼んだ。そう呼ばずには居られない条件の中にあるみたいだった。山岡由太郎は、はあ、と返辞して、見ていた新聞をばさりと置き、身体《からだ》の向きを植木の方へ変えた。顴骨《ほおぼね》が尖《とが》って眼が大きく、長身を前むきにかがめた。皺《しわ》はふえたが、スポーツマンのような身体つきだった。いつも彼は植木に、僕はあなたの女房役だから、遠慮のないことを言ってくれ、部内のことは僕が締めて、部長の仕事のし易《やす》いようにすると、半分は阿諛《あゆ》するように、半分は自信を見せるように言っていた。

「今朝のランキロンの記事を見たかね？」

植木が言うと、山岡由太郎は、大きな眼をさらにむき、それこそ待っていたように、

「見ましたよ、家で。ひどいですなあ、あれは。編集の奴《やつ》も困ったことをしてくれましたね。和同がきっと文句を言って来ますよ」

と大きな声で言った。部員もみんな待っていた話が部長と次長の間で始まったので、思わず安堵《あんど》したような顔つきで聴耳を立てていた。その雰囲気が山岡を調子に乗せたようであった。

「編集の奴はこっちのことをちっとも考えないんですからな。何もランキロンと名前を挙げることはありませんよ。R新聞も、ほかの新聞も名前を伏せています。それが常識ですよ。和同がむくれて、うちに出稿をくれなくなったら、どんなことになるか、編集の奴は何も知っちゃいないんですからね。なにしろ、新聞社は購読料だけで経営できるとやっぱり思ってる奴がいるんですからね」

山岡は、部長に合わせるように煙草をとり出し、大きな声をつづけた。

和同製薬が広告の出稿をしなくなる。山岡の言ったような心配は、植木も、あの記事を読んだ直《す》ぐあとから持ちつづけた惧《おそ》れであった。和同製薬は一流会社で、いろいろな薬品を発売している。そのため出稿量が多い。もし、「ランキロン」の記事で、先方が憤《いきどお》って出稿を停止したら、大そうな打撃である。和同製薬はQ新聞みたいな小さな地方紙は問題にしていないのだ。言わば、お情けと、代理店の弘進社との外交とで、ようやく広告紙型を回してもらっている状態であった。その実情がはっきりとしているだけに、植木には和同製薬の憤激が怕《こわ》かった。

前原君、と植木は計算係を呼んだ。

「ここ半年間の、和同の一カ月の平均出稿高を調べてくれないか」

前原が席にかえって帳簿をひろげ、算盤《そろばん》をはじいている間、植木は頭の中で暗算をしていた。むずかしい眼つきになっていた。

「しかし、ランキロンが死ぬような中毒作用を起こすなんて本当でしょうかな?」

山岡は、植木のその眼をのぞきこむようにして言った。同じ疑問は植木にもあった。

「さあ、和同製薬ともあろうものが、そんな軽率な薬は売らないと思うがなあ」

植木は遠いところを見るような眼つきで呟《つぶや》いた。

「異常体質のためのショック死かもしれない」

「そうかもしれませんね。しかし、記事の方が誤りということはないでしょうかね?」

山岡は、両手の指を組み合わせ、拳《こぶし》にして顎《あご》の下に当てた。

「それはないだろう。ほかの新聞にも、みんな同じことが出てるんだからね」

植木が言うと、山岡はそうではないというふうに首を振って、

「たしかにランキロンの注射で死んだかどうかということですよ。ほかに病気があって、それが死因じゃなかったでしょうか」

と低い声を出した。彼は思いつきを言うとき、一段と声をひそめ、尤《もっと》もらしい顔つきをする癖があった。

さあ、それは信じられないと植木は言った。注射をした直後に反応が起こったのだから、やはり薬のせいだと思うほかはない。しかし、そんなことはどっちでもよかった。問題はQ新聞だけが「ランキロン」という名前を挙げたことにある。この薬が全部そのような中毒症状を起こす筈《はず》はない。それだったら、すでに発売して時日がかなり経《た》っているから、そのような実例がほかに起こっているわけだった。たまたま、この地方に配られたアンプルの中の薬液だけに不純物が混入されていたのであろう。和

同製薬にとっては不注意とも言えるし、不運とも言えるが、その例外的な事件を大きく出して、いま会社が全力を挙げて宣伝中の薬品名を、わざわざ出すことはないと植木は編集部の鈍感に腹が立った。

計算係の前原が半年間の統計をメモして、靴音を忍ばせてやってきた。植木は眼鏡を出して、それを読んだ。和同製薬は一カ月平均二十一段にもなっている。最近の段数が多いのは、「ランキロン」の宣伝のためであった。一つの広告主で、こんなに出稿してくれるものはざらにあるものではない。従って、弘進社が、どのように和同製薬を大事にしているかも想像がつくのであった。植木は、和同製薬の憤懣《ふんまん》も無論だが、それにつれて弘進社から怒鳴り込まれることも怖《おそ》ろしかった。弘進社には頭が上がらなかった。東京方面の大部分は同社の扱いになっているので、ここから睨まれたら手も足も出なくなる。悪くすると、懲罰的な意味で、ほかの出稿まで減らされるか分からない。彼はその悪い事態になったときを想像すると、眼の前が昏《くら》くなった。

「編集部に行って訊《き》いてみよう」

植木がそう言って椅子から起《た》ち上がったのは十二時を過ぎてであった。訊いてみよう、と言ったのは部員の前を考えて言ったので、実は抗議をするつもりであった。山岡が、それがいいですな、言うべきことは言って置く必要があります、と植木の気持を読んで激励するように見上げた。

植木は、幅だけは広いが、古い階段を前屈《まえかが》みに昇った。足をゆっくりと一段ずつかけながら、編集局長の森野にどのようなかたちで抗議すべきかの順序を考えていた。すると、山岡が言った、記事は誤りではないか、という言葉が、ふいに頭を掠《かす》めた。記事は誤りではあるまい、しかし中毒作用を起こしたのが「ランキロン」ではなく、別の原因だったという考え方もある。記事の取材は警察から出たに違いないが、その警察の判断が誤謬《ごびゅう》だったら、どうなるのだろう。編集部は発表通りを伝えたまでだと通せるが、広告部は広告主や代理店に対してそれでは済まないのである。信用を墜《おと》したと広告主は攻撃するに違いない。もしかすると、この記事の影響で「ランキロン」の売行きが落ち、減収だという理由の威嚇《いかく》も持ち込まれるかも分からない。編集部の責任を広告部が全部負わされるのである。実際に、「ランキロン」が中毒死の原因だったことよりも、この方がもっと恐ろしいのだ。和同製薬を最上の顧客とする弘進社が、この上客の機嫌をとるために、或いは自己の扱いだったという手落ちを謝罪する意味で、どのような膺懲《ようちょう》的な方法をとってくるか、分かったものではなかった。植木は階段を上るのに足が萎《な》えた。

昼をすぎて編集部の人員はやっと机の前に揃っていた。局長室は個室になっている。

明けるごとに軋《きし》るドアを引くと、局長の森野義三はゴルフズボンを普通のものに穿《は》き替えているところだった。彼は片足を突っ込んだまま、肥《ふと》った身体を及び腰になって植木の方を見た。やあ、と彼の方から口髭《くちひげ》を動かして声をかけた。

「いま、一汗かいて戻ったところでね。今日は調子がいい。今度の日曜日に試合があるんですよ」

彼はこの市で三番と下がったことがない、というのが自慢であった。植木は笑いながら、森野が突き出たまるい腹にバンドをしめるのを待っていた。

「何か用？」

局長はネクタイの結びを直しながら訊いた。

植木欣作は、ぼそぼそと用件を話した。出来るだけ卑屈にならぬようにしたが、話の声は低かった。唇の両端が、微笑で曲がっていた。

森野は話が終るころから、明らかに機嫌が悪くなった。彼の括《くく》れた二重顎は硬質の陶器のように動かず、眼が白く光ってきた。

「広告主のことなんか、君」

と、局長は植木の終わりの声にかぶせていった。

「そう一々、気にかけていたんじゃ新聞はつくれないよ。君の方は商売かもしれないが、こっちは厳正な報道が第一だからね。名前を出したのが困ると言ってるようだけれど、そりゃ、出した方が世間のためになるからだよ。薬屋さんの肩をもって、読者の利益を無視したら、新聞の生命は、君、どこにある。君も広告部長である前に、新聞社員ということを知って貰いたいよ」

局長は、そこに立っている広告部長に口髭の下から歯をむいて浴びせた。

「そこまで、広告部がタッチするのは、君、編集権の侵害だよ」

植木は局長の股《また》ボタンが一つ外れているのを見ていた。

3

東京からの長距離で、弘進社の中田から電話がかかってきたのは、その翌日の夕方であった。弘進社には郷土新聞課というものがあり、中田はその課の副課長であった。あれは一体どうしたのですか、と中田の声は初めから怒声がまじり、受話器が震えるくらいであった。送られた新聞を見てびっくりした。「ランキロン」に限ってそんな莫迦《ばか》な筈はない、和同製薬のような一流製薬会社が中毒を起こすような薬を発売するわけがないではないか、しかも、それを本命として大宣伝をしている薬だから常識でも判《わか》りそうなものである。その上、「ランキロン」という名前まで記事に出した料《りょう》箇《けん》は何か。和同製薬でも大憤慨で、今後一切、Q新聞には出稿しないと言っている。われわれはその陳謝に汗をかいている次第だ、あんたの方は、それでいいかもしれないが、われわれは大切な得意を一つ失うかもしれない窮地に陥っている。全体、どのように言い訳をなさるのか、と中田のきんきん声は休みもなく、言葉を機関銃のように速射してきた。

「どうも申し訳ありません。いまも編集とかけ合っているところですが、ランキロンという名前を出したのはいかにも当方の手落ちです。どうも編集は無頓着《むとんちゃく》で困ります。どうか今回だけは、あなたの方の顔で、和同さんに断わって下さい、どうも恐縮です」

植木は、前に一、二度か東京で遇《あ》ったことのある若い中田の顔を頭に描きながら、送話器に屈み込んで懸命に弁解した。

すると、中田は折り返して、植木の言葉を叩くように、あなたの方に言われるまでもなく必死に和同さんに謝りを入れていますよ、こっちは自分の商売が可愛《かわい》いですからな、と言い、もっと大きな声で、もし、この中毒死が「ランキロン」のせいでなかったら、どう処置するつもりです、全三段くらいの訂正広告をサービスで出したくらいでは納まりませんよ。なにしろ和同さんの方では絶対にそんな事故が起こる筈がないと自信をもっているから、今夜にでも事実調査に技師を派遣すると言っています、その結果、田舎警察の発表が誤りだったら、あなたの方の軽率に対して和同さんは憤っているから、一切の出稿を見合わすでしょう、和同さんばかりでなく、われわれも考えねばなりませんからな、と一気に言い切るなり、がちゃりと電話を切った。

植木欣作は虻《あぶ》のような唸《うな》り声を立てている受話器をゆっくりと置いた。恐れていた最悪の予感が現実となって逼ってくるように思える。彼は頭を抱えたい動作を我慢して、椅子のうしろに背をもたせ、片手を机の上に伸ばして指でこつこつと叩いた。板硝子の感触が指の腹に冷たかった。

今まで耳を澄ましていた次長の山岡が首をあげて、

「弘進社は憤ってますか？」

と植木に訊いた。眼つきは心配しているというよりも、なにか好奇心に輝いているように見えた。

「憤っている。中田が出たがね、がんがんと怒鳴り散らしていた。悪くすると、和同製薬の出稿停止だけではおさまらないかもしれない」

植木はもの憂《う》そうにいった。

「おさまらない、と言いますと？」

山岡は長い上半身をぐっと植木の方に曲げて、内緒話をきくような格好をした。

「弘進社そのものの扱いも、半分くらいに減らすつもりかもしれないな。なにしろ和同製薬は大切な広告主だから、あすこをしくじらないためには、そのくらいの処置には出かねないよ」

「まさか、そんなことはないでしょう」

山岡は、植木を慰めるように言ったが、眼は相変わらず、事態の進みように興味をもっているように、植木の顔をじっと見ていた。

「中田がそう言いましたか？」

「そんなことをほのめかした。和同製薬では、こっちに技師を出張させて調査させるといってるそうだ。困ったことになった。調査の結果が、どっちに転んでも、こっちは助からないな」

植木欣作は頰杖《ほおづえ》を突いた。昨夜も考えて熟睡していなかった。長男が大学の受験準備をしていて、鉛筆を削る音が一晩中、耳についた。その下に、高校生の女の子と、中学生の男の子がいる。

「その和同の技師をこっちで接待したらどうでしょうか？」

山岡が提案した。思いつきを、考える時間もなく言う男で、自分で眼を輝かしていた。

「そうだな」

植木は首を傾けた。技師を呼んでご馳走《ちそう》したところでどうにもなるものではない。しかし、こっちに出張してくると判っていて知らぬ顔も出来なかった。結果はいずれにしても、接待しないよりもした方がいいようにも思われた。植木は、どんなものにも縋《すが》る気持になっていた。

山岡は、早速、東京を呼び出した。何かひとりではずんだ顔つきになっていた。植木は、止《よ》した方がいいかな、と途中で思い返しながらも決断がつかなかった。

電話が通じて、山岡が弘進社に丁寧に話しかけていた。先方の話は洩《も》れないが、山岡の顔が曇ってゆくので、植木はやはり止めさせた方がよかったと後悔した。通話は短く済んで、山岡は顰《しか》めた顔を植木に向けた。

「そんなことをする必要はない、というんです。中田ですよ。いやな奴だ。先方に訊いても、教えはしないし、余計な小細工はやめにしてくれというんです。若いくせに、頭からがみがみと威張ってやがる」

山岡は顔を赧《あか》らめ、先方に毒づいていた。自分の思いつきが外れたてれ隠しもあった。

そうだ、それは余計な小細工だった、と植木は悔いが心を咬《か》んだ。向こうは、いよいよこちらを軽蔑しているに違いない。あせっているときは、常識外れのことにも手を出すものだと思った。

植木は、弘進社が扱い量を半分に減らしたときの対策を鬱陶しく考えはじめていた。対策といっても、さし当たり、これといって打つ手は考えつかなかった。東京は殆《ほと》んど弘進社だけに依存して来たのであり、大阪の出稿量も限界があるから、どのように扱店に頼んでみたところで、無駄であることは知れていた。さりとて地元の専属扱店の尻《しり》を叩いても、肝腎《かんじん》の広告ソースが貧弱だから伸びよう筈がない。結局、弘進社が減らした分は、穴になるほかはなかった。

Q新聞の一カ月の広告収容量七百二十段、うち二百二、三十段が弘進社扱いであった。もし、これが半分になると百段そこそこで、この巨大な空白を何で埋めるか。Q新聞では、扱店渡しの特約値が、大体、一段当り二万円で、広告総収入は一カ月千四百万円くらいであった。これは百五十人の従業員と、編集費を賄《まかな》うに足る金額であった。弘進社が扱い高を半減すると、二百万円以上の減収となるのであった。Q新聞のような弱体な小地方紙にとっては、大きな打撃なのである。植木は、それを考えると、じっと坐《すわ》っていられなかった。

森野編集局長は、そんなことは一切関りないといった態度で、二階に上ったり降りたりしていた。人とはゴルフの話ばかりしている。あれ以来、植木には知らぬ顔をしていた。編集のことで文句を言いに来た広告部長に、あきらかに腹を立てていた。

植木は、このことを専務に話したものかどうか迷っていた。専務は営業局長を兼ねている。植木の肚《はら》が決まらないのは弘進社の出方が未決定だからである。先方は技師が調査して帰るのを待っているらしい。植木には万一の期待があった。和同製薬のような大きな一流会社が、わずかな口実で、地方の小さな新聞社を苛《いじ》めるような大人気ないことはしないであろうという気休めであった。弘進社にしても、あれは本気に言っているかどうか分からない。この際、脅かしてやれ、と若い中田あたりが威張ったのかもしれなかった。そう思うと、電話を切ったあと、東京の笑い声が聴こえそうであった。しかし、代理店のそういう威嚇が利《き》くだけの弱味を、この小さな新聞の広告部は持っていた。

だが、植木欣作が弘進社の態度の決定を待つ間、専務に報告しなかったのは、どこかで自分の成績を考えていたからであった。

彼は、取りあえず、和同製薬株式会社の専務と、弘進社の郷土新聞課長、名倉忠一に宛《あ》て丁重な詫《わ》び状を書いて出した。その返事は来なかった。

4

返事は無かったが、それから三日ばかり経って、注射薬の中毒死の原因が判った。この都市の市立病院で精密検査した結果、それは注射した医師が、「ランキロン」に他の薬を混合したことが判明し、その他の薬の方が不良品だったことが突きとめられた。編集部ではその報道を小さな記事にして出しただけで、別に事前に植木のところに連絡してくるでもなかった。編集局長は、まだ植木の容喙《ようかい》を根にもっているらしかった。

植木は、さすがに腹に据えかねて、編集局に駆け上がって行った。森野局長は机から離れて、棒を振るような手つきで練習の真似《まね》をしていた。

「局長」

と植木は蒼《あお》ざめるのを意識して言った。

「ランキロンの中毒は誤りだったそうですね？」

局長は手真似を中止し、肥《ふと》った身体を回転椅子に落として植木の方をじろりと見た。口髭が動いた。

「誤り？　そりゃ新聞の誤報じゃない。警察が間違っていたのだ。市立病院でその間違いが分かった。だから、それを報道した。こちらは発表通りを正確に記事にしている」

森野は植木の顔に真っすぐに強い視線を当て、無礼を咎《とが》めていた。

「しかし」

植木は身体を汗ばませながら言った。

「それが分かったら、私の方に連絡して下さるとよかったと思いますよ」

「連絡？」

森野は眼を光らせた。

「どういうことだね？」

「あの記事は訂正記事の代わりになると思います。和同製薬が迷惑した手前、もっと大きく、最初の記事と同じ二段抜きで出して欲しかったのです」

「その必要はない」

局長は、突然、身体にふさわしい大きな声を出した。我慢がしきれなくなったというように、咽喉元《のどもと》から絶叫した。

「編集は広告の命令で動いてるんじゃない。君、帰り給《たま》え」

「しかし、あの記事のために、先方は広告原稿を出さないというんです。そうすると、広告収入が激減するんですよ」

植木は自分の身体を支えるようにして言った。

「そりゃ、君の商売だろう。ぼくの知ったことじゃない。帰れ」

局長は太い顔を赧くし、顔の筋を怒張させていた。森野義三は以前に中央紙で社会部長をしたことがあり、女で失敗して退社したが、その経歴が彼の装飾であった。植木はドアを軋らせて外に出た。今の声が聴こえたとみえ、編集部の連中が机からみんな彼の顔を見ていた。

自席にかえると、植木は、すぐ後ろにある窓をあけて外を見た。電車が走っているが、殆ど乗客が乗っていない。車掌が背中を後部の窓に凭《もた》れさせていて、こちらを見ていた。植木は車掌の眼と合ったような気がした。

編集局長の森野と衝突したが、こちらの手応《てごた》えがまるで森野にはない。この吹けば飛ぶような小さな新聞社を大新聞社のように思っている。編集は編集、広告は広告と分割して、社の収入源のことなんか知ったことかという顔をしている。今に、弘進社は何かの宣告をしてくるだろう。この危険を社長も知っていなければ、専務も編集局長も知っていない。

植木は立っている自分の周囲に風が捲《ま》いて吹いているのを感じた。社長は病気で臥《ね》ているし、専務は昨日から大阪に出張していた。

申し込んでおいた東京への電話が出たと山岡が知らせた。受話器を植木に渡すとき、重大そうな眼つきをしていた。向こうに出ているのは、やはり郷土新聞課の副課長の中田であった。

「昨日、中毒死の原因が分かりました。やはり、ランキロンじゃなかったのです。注射のとき、混合した別の薬が悪かったんです」

植木がそこまで言うと、中田は追いかぶせるように、それは昨日のうちに、すでに和同製薬から派遣した技師の報告で分かっている。和同からこちらに連絡があった、と答えた。

植木は顔が熱くなったが、中田の声は前と違って、ひどく静かであった。落ちついているのか、冷淡なのか、植木にはすぐに判断がつかなかった。つづいて、中田は訂正記事はどのような扱いになっているか、と訊《き》いた。植木はすこしどもって答えた。中田は、一段ですね、一段ですね、と二度もくり返して念を押した。なぜ、前と同じに二段扱いにしないのか、と切り返されるよりも、植木には辛かった。

「それで訂正広告をすぐに出したいと思いますが、勿論、二段通しか、半三段くらいをサービスさせて頂きます。和同さんの方の意見はどうなんですか？」

正式な意見はまだ伝える段階ではない、と中田はやはり抑揚を殺した声で言った。とにかく、和同があなたのところを非常に不快がっていることだけは承知して貰いたい。

「それは、和同の出稿が無くなるかも分からないという意味ですか？」

「和同だけじゃありませんよ。うちはあなたのところよりも、和同の方がずっと大事ですからね、これは承知して下さい」

「もし、もし」

植木は思わず、うろたえた声を出した。中田の静かな声は冷淡ということがはっきりしたが、それだけに、その言い方は恫喝《どうかつ》とは思えないものがあった。山岡は、横で頬杖をついて、じっと聴耳を立てていた。

「名倉さんはいらっしゃいませんか？」

も早、副課長の中田だけの話では不安であった。課長の名倉忠一の話をきかぬと、実際に肚に入らなかった。名倉はいませんよ、と中田は嗤《わら》うように答えた。北海道に出張中だから、あと四、五日しないと帰って来ない、しかし、こっちは始終連絡をとっているから、名倉の意向も大体分かっている。

「意向といいますと？」

つまり、ぼくが言ったことと同じ考えですよ。或いは名倉の方がもっと強硬かもしれませんね、弘進社としても、残念ながら、おたくとのご縁をこのまま切らせて頂くか分かりませんよ、と中田は言うなり、向こうから電話を切った。

植木は、部員たちの手前、落ちつこうと考えながら、マッチを摺《す》る指が震えた。

「どう言ってるんですか?」

山岡が椅子を起ち、植木の頰に息がかかるくらい、顔を寄せてきた。

「弘進社は、うちの扱いを全面的に引っ込めるかも分からないな」

植木は、ぼそりと答えた。自分が口に出した言葉で、その現実がきた気がした。

「全面的に、ですか?」

山岡はびっくりしたように目を開け、植木の顔を凝視した。

「そりゃあ、えらいことになりましたなあ」

山岡は息を詰めたような顔をしていた。声には詠嘆とも、同情ともつかぬものが混じっている。どっちにしても、彼のこのときに洩らした声は、はっきり自分がこの問題の責任者ではない、という調子のものであった。

植木は机の上のR新聞をひろげた。これで三度目であった。中毒死は新薬のせいではなかった、という記事が二段で出ていた。前の事故を報じたときは、一段の小さなもので、しかも薬の名前は伏せていた。手際のいいやり方であった。これでは、和同製薬も弘進社も、こっちを見放すのは仕方がないように思われた。

弘進社が扱い高を半分に減らすかもしれない、と考えていたのは甘い観測であることが分かった。植木の眼には二百二、三十段の空白が雪原のように映っていた。

専務が翌朝、出張先から帰ってきた。植木はその日程を知ったので、すぐに専務の私宅に行った。二階に上がれというので、暗い階段を上がって行くと、禿《は》げ頭の、小さな身体の専務は、どてらを着て腫《は》れた眼で現われた。

「やあ、これから朝食だ。一しょに食おうか」

専務は笑いながら言ったが、実は、朝から何で植木が自宅まで飛んで来たのか、探るように窺っていた。眉毛《まゆげ》が薄いので、眼が鋭くみえた。

植木が話しはじめているうちに、専務の顔色が変わってきた。顔艶《かおつや》がよく、額も頬も、鼻の頭も光っている男だったが、寝起きのせいか、鈍く垢《あか》じみたものが淀《よど》んでいた。それが一層、黝《くろ》ずんできた。

「二百三十段か。四百六十万円の減収となると、うちの経営は危くなる」

専務は言った。心なしか、声が震えているようであった。

「販売成績も悪くなってるんでね。近ごろ、中央紙の攻勢で、部数が下がり目になっている。拡張運動をしても、金を食うだけで、実績が上がらん。困ったこったね。そこへ、広告の方がそんな具合じゃ、忽《たちま》ち、破滅だね」

専務は額を抑えた。

「君、弘進社では、本気にそうするのか？」

「まだ、はっきりとは分からないんですが、そうなったときの場合を想定しておく必要があります」

植木は答えた。

「弘進社にとっては、和同製薬は大手筋の得意ですから、うちと手を切るのが忠義立てになるかもしれませんね。だから、そういう可能性はあります」

「今から、弘進社に打つ手はないか？」

専務は抑えた手で額を揉《も》んだ。

「電話で随分と謝ったのですが、きかないんです。尤も、これは郷土新聞課の副課長です。課長は北海道に行って、話せませんでしたが」

「課長は、いつ社に帰ると言ってたかい？」

「三、四日中には帰社する予定だとは言っていました」

専務は手を急に放すと、植木を睨《にら》むように見た。

「君、すぐ東京に行ってくれんか?」

「はあ、それは」

「弘進社に何とか泣きを入れるんだ。それ一手しかない。その課長の帰ってくるのを東京で待っているんだ。こっちは誠意を見せて、平謝りに謝るんだ。こっちの経営状態も説明して、頼み込むんだね。それ以外に無いよ、この対策は」

植木もそう思っていた。こっちから上京して会って話せば、電話の上のやりとりと違って、先方も顔を合わせながら、無情なこともできないだろう。とにかく、会って頼み込む、それが最上の方法のように思われた。

「編集局長の方は、ぼくが叱《しか》っておくよ」

専務は植木の機嫌をとるように、やさしい顔で言った。

5

植木は、その日の午後の急行に乗った。山岡が、弘進社には電話で、部長の行くことを言っておきましょうか、といったが、彼は、それには及ばないととめた。なまじっか予告をしない方がいいのだ。先方にその準備を与えるよりも、不意に出て行って、話しかけた方がいいのだ。

植木は汽車の中で寝苦しい一夜を明かした。暗い窓を走り去る遠い田舎の灯を数えていた。その窓が乳色に白くなるころに、うとうととした。

八重洲《やえす》口に降りたのも一年ぶりであった。地方の小新聞には東京はあまり縁がない。紙面には毎日、東京の広告が載り、広告主から料金が入っているが、直接のつながりはなかった。代理店が両方の間に介在して、その線を遮断していた。硝子の壁で仕切られているように、向こうの姿は見えるが、手が触れられなかった。

時計を見ると十一時近くであった。彼は食堂で百円の朝飯を食い、タクシーで弘進社に向かった。車が前後を挟んで無限につづいていた。向こうから来る車の流れの中には、中央紙の赤い社旗を翻《ひるがえ》した車がいくつかあった。

弘進社は広い道路から入った狭い通りにあった。二階建の小さな建物である。あたりに大きなビルが建っているから、それは見すぼらしく見えた。こんな貧弱な社屋が、地方新聞の生命を抑えているかと思うと、植木にもすこし信じられなかった。彼は金文字を捺《お》した硝子ドアを明けた。正面に大きな衝立《ついたて》が塞《ふさが》っていて、すぐには内部が見えなかった。

衝立の横を回ると、長い営業台の向こうに社員たちの配置が初めて見渡せた。そこから、威厳めいた風が一時に植木の顔に吹きつけてくるように思えた。彼が入ってきても、誰も見向きもしなかった。受付の女の子はうつむいて雑誌を読んでいる。植木は、郷土新聞課の方を眺めたが、課長の名倉の顔も、副課長の中田の顔も見えず、課員が三人、かがんで仕事をしていた。名倉は出張から帰らないからともかくとして、中田がいないのは外出かと思われた。植木は、いきなり彼とここで会わないことで、かえってほっとした。

女の子に訊くと、中田は二時ごろに帰ってくるということだった。郷土新聞課員のひとりがひょいと起ち、営業台の前に出て来て、どちらさんですか、と訊《たず》ねた。色の白い、痩《や》せたこの男には、植木の方では、一年前にここに来たときに見覚えがあったが、向こうでは知らなかった。植木が名刺を出したとき、彼は眼の近くにそれを持って行って見入り、ああ、そうですか、と植木の顔を改めるように見た。

この間からの経緯をこの男も知っているらしい。小役人にみるような横柄《おうへい》な顔つきに変わっていった。中田副課長は二時ごろに帰るから、そのころ来て下さい、と彼は植木の名刺を中田の机の上に抛《ほう》るように置いた。

植木は、そこを出て、さて、どっちに行ったものかと考えた。ぶらぶらと歩いているよりも和同製薬会社に行って挨拶して来ようと思った。遊んでいる気にはなれなかった。和同製薬には、名倉か中田と一しょに行った方が一ばんいいのだが、それはさし当たって見込みがないので、とにかく、単独でも謝りに行ってみる気持になった。彼はタクシーに乗ったが、これから先方に行ったときの話の具合が気にかかり、ろくに久しぶりの東京の景色が眼に入らなかった。

和同製薬の本社は川の傍にあって、五階建の立派なものであった。白い四角い壁に、空の光をうつした窓が几帳面《きちょうめん》にならんでいる。植木は、これから自分が行く場所は、どの窓の位置であろうか、と車を降りて、暫時《ざんじ》、息を整えながら見上げた。「ランキロン」の染め抜きの垂れ幕が一番高い窓から下がっていた。

三段の石段を上り、大理石の床で滑りそうな明るい玄関を入ってゆくと、右手に受付窓があって、緑の上っぱりを着た女の子が硝子戸を指であけた。植木は名刺を出し、宣伝部長さんに会いたい、と申し込んだ。

女の子はダイヤルを回し、その通りのことを言っていた。向こうでは訊き返したらしく、彼女は、Q新聞社です、Q新聞社です、と二度くり返していた。植木は、それだけで、もう、こちらが咎め立てられているような気がした。

「宣伝部長はお留守だそうです」

女の子は、まっすぐに植木を見上げて、硬い感じの顔で言った。居留守を使っていることは分かっていた。植木は、それでは次長さんを、と頼んだ。女の子は、もう一度、電話をかけていたが、次長も居《お》りません、外出は永くなるそうです、と返答を伝えた。植木は頭を下げて、そこを出た。

空は薄く晴れているが、あたりが濁ったように紅《あか》くどんよりしている。追い返されてから、和同製薬の怒りが皮膚をじかに叩《たた》いたような気がした。

やはり、直接にひとりで来るのではなかった。弘進社の中田に頼んで一しょに来なければ、先方は会ってもくれないのだ。憤慨していることも分かっているが、Q新聞などは問題にもしていない、という態度も見え透いていた。彼はタクシーを待って佇《たたず》んだ。

有名な中央紙の社旗をつけた大型の車が、車体を光らせて走ってきた。植木の眼の前で、それは和同製薬の玄関に横づけとなった。ばたんとドアを刎《は》ね返して、若い男が大股でひょいひょいと石段をとび上がり、内部に消えた。植木の歳《とし》の半分くらいの男であろう。植木には、その新聞社の広告部員が挨拶に来たように思えた。無論、その男は、彼のようにすぐに戻っては来なかった。

和同製薬からの出稿はもう諦《あきら》めなければならないだろう、と植木は考えた。それは決定的のように思えた。一カ月、数十段の喪失である。しかし、それだけで済むのではない、もっと巨大な、絶望的な喪失の予感が彼の心を萎えさせていた。

植木は賑《にぎ》やかな通りを歩いたが、色彩がまるで視覚から失われていた。この日本一、繁華な街を歩いて、山か野を歩くようだった。咽喉が乾いて仕方がない。喫茶店に入ったが、ジュースが泥水を飲むみたいであった。

二時近くなったので、植木は、弘進社に向かった。やはり貧弱な建物だが、彼はさっきより倍も威圧を受けた。衝立を回ると、今度は、中田の姿が見えた。彼は机で何か書いていたが、前の痩せた男が植木の顔を一瞥《いちべつ》して、中田に知らせた。中田はうなずいたが、営業台の前に近づいた植木の方を見るのでもなかった。彼の刈り上げた散髪頭は机の上に傾いたままであった。植木は胸の動悸《どうき》が高くなった。

十分間も、そうしていたであろう、中田はようやく顔を上げると、植木の方を見て、やあ、と言った表情をした。にこりとも笑わなかった。長い顔で、全体の感じが毛髪が無いみたいだった。唇が薄かった。彼はその唇を仕方なしに明けたように、こっちにいらっしゃい、と言った。植木は軽く頭を下げて、営業台の端の仕切戸を開けた。隅に四角い場所をとって、円テーブルと、来客用の白いカバアをつけた椅子がならんでいた。中田と向かいあうと、植木は丁寧にお辞儀をした。

「どうも、今度は、大へんなご迷惑をかけまして、何とも申し訳がありません」

植木は謝った。中田は、歯も見せずに仏頂面《ぶっちょうづら》をしていた。

「突然のようですが、そのためにこっちにいらしたのですか?」

彼は足を組み、煙草《たばこ》をとり出した。

「そうです。どうも、じっとして居られないものですから、矢も楯も堪《たま》らずに、こうしてお詫びにやって来たのです」

植木は力をこめて言った。こちらの誠意や気持を汲《く》んで欲しい。それがひとりでにきおい立った言い方になった。

「それは、わざわざ済みませんね」

中田は、もの憂《う》そうに答えた。

「しかし、今度のことは、折角ですが、簡単には済みませんよ。わたしん方は、詫びられても謝られても、そりゃ仕方がありませんね、で済みますが、和同さんはそうはいきません。ひどい立腹の仕方です。それは無理はないでしょう。折角、張り切って売り出している商品にケチをつけられたんですからね。たとえ、あなたん方が田舎の小さな新聞でも、信用を傷つけられたら憤りますよ」

「いや、全くその通りです。どうも編集とうまく連絡がとれなかったものですから。わたしも、ランキロンと名前が新聞に出たのには、ぎょっとしました。どうも、まことに不手際なことをしました」

植木は、謝るほかに能がなかった。下手に逆らってはいけない。和同製薬は諦めてもよいが、弘進社から見放されたら最後だ、という気持が胸に詰まっていた。

「編集と連絡がとれないとおっしゃるけれど、中央の大新聞じゃあるまいし、小さな地方紙ではその言い訳は通りませんよ。尤も、おたくだけは大新聞に負けないくらいの誇りがあるのかもしれないけれどね」

「中田さん、そう皮肉をおっしゃらないで下さい」

植木は唇を笑わせてお辞儀をした。

「いや、皮肉じゃありませんよ。現に、R新聞の扱いを見て下さい。いや、もう見てるでしょうが、あれが本当のやり方です。おたくは何もかも逆だ。訂正的な記事だって、一段の小さなものじゃありませんか。自分の方が軽率なことをしておいて、そんな法ってないよ」

中田の薄い唇はよく動いた。

「おっしゃる通りです。どうか今度だけは和同さんをとりなして、謝りを入れて下さい」

「植木さん」

と中田は改まったように呼んだ。

「あなたは単純に考えておられるようですが、事態はもっと深刻ですよ。わたしが冗談にあなたを電話なんかでおどかしていると思われたら大間違いです。今日は、まだ名倉課長が北海道から帰っていないから、こちらのはっきりした考えは申し上げられないが、和同さんのランキロン問題についての釈明広告は、さし当たり、全四段のサービスにして下さい。いま和同さんでその原稿を書いています。これだけは、はっきりしています」

「承知しました」

植木はすぐに受けた。せいぜい半三段くらいと踏んでいたが、全四段と宣告された。Q新聞は広告欄が三段制だから、一段だけ記事面を削らなければいけない。また、森野と渡り合わねばならないかと思うと、気鬱《きうつ》だったが、いまの場合、丸呑《まるの》みにしなければならなかった。しかし、その無理を通したことで和同製薬のあとの出稿がつづいたら、かえって有難い話であった。

「それと、その後の和同さんの出稿は、おたくとは解約になると思って下さい」

「え、解約?」

植木は、突然、殴られたようになった。

「そうですよ。そう言っちゃ失礼ですが、和同さんはおたくのような新聞は歯牙《しが》にもかけていないんですからね。それを、われわれが努力して、三拝九拝しながら原稿を貰《もら》って来るんです。こっちの身にもなって下さいよ。わたしん方も、随分と、和同さんには足を運んでやっと可愛がってもらうようになったんですから、こういう問題が起こると、和同さんの怒りを鎮《しず》めなければなりません。なにしろ大手筋のお客さんだから、失いたくありません。こっちも商売ですからね。こうまで先方に怒られると、もう口さきだけの外交ではおさまりませんよ。何とか実体で誠意を見せなくちゃね。申しわけないが、おたくとは全面的に取引を中止することになるでしょう」

植木は、あたりの騒音が急に聞こえなくなった。

6

その夜、植木欣作は、神田の旅館に泊まった。宿は甃《いしだたみ》を敷いた坂の途中にある。静かだが、寂しい場所だ。表の通りには街灯が疎《まば》らにあって、黒い影の方が多い。肩を寄せた男女が幾組ものろのろと歩いて通ってゆく。部屋の裏は東京の中心地が沈んで、賑やかな灯がひろがっていた。

弘進社のあるあたりにもネオンがこまかな点となってかたまっていた。しかし、弘進社は窓の灯を消しているに違いない。その社員は、今ごろは、家に帰っていたり、飲屋で酒を飲んでいたりしているのであろう。弘進社という地方の小新聞を脅《おび》やかしている怪物は、夜は機能を分解して停止しているのだ。彼を嗤い、彼に毒づいた中田は、現在、どうしているのか。燗酒《かんざけ》を飲屋の女中の酌で飲んでいるか、アパートの狭い部屋に寝転んで雑誌を読んでいるかしているのであろう。貧しい、小さなサラリーマンなのである。それが明日になると、また彼を威嚇《いかく》する人間になってくる。

電話が鳴った。申し込んだ長距離市外が出た。

「専務はご在宅ですか？」

女中の声で、いないと答えた。遠い声である。

「東京に来ている植木ですが」

それを聞いて女中の声は専務の妻に代わった。嗄《しやが》れた声だった。

「何時ごろお帰りですか？」

「十時ごろになると思います。そのころ、かけてみて下さい」

冷淡な口吻《くちぶり》である。専務の妻は何ごとも知ってはいない。丁度、彼の妻が彼の仕事を半分も理解しないのと同じであった。植木は電話を切ると、宿に晩《おそ》い夕食を出すように言いつけた。今日は空腹を感じなかった。

はずまない食事をしていると、外から三味線と笑い声と手拍子が聞こえた。

「宴会らしいね」

前に坐っている女中に言うと、すぐ隣りの旅館だと言った。

「お客さん、おひとりでお寂しいですね」

女中は笑った。

「トルコ風呂《ぶろ》でもいらしたらどうですか、東京名物ですよ」

「そうかね。しかし、もうそんな年齢ではない」

「あら、随分、ご年輩の方がいらっしゃいますよ」

女中は植木の耳のあたりを見つめていた。そこに白髪がかたまっているのを植木は知っていた。この頃は、体重も軽くなってゆく一方だった。

食膳《しょくぜん》を引くと、女中は床をとりはじめた。植木は窓際《まどぎわ》の椅子《いす》に腰かけて外を眺めている。街の灯が少なくなったように思われた。

電話が鳴った。植木は椅子から大股で歩いた。

「××からです」

交換手が長距離を告げた。専務だな、と思った途端、

「小林だ」

と専務の太い声が流れた。が、それは厚い壁の向こうから聞こえるように霞《かす》んでい

た。

「ご苦労さん。いま帰ったところだ。電話をもらったそうだが」

気がかりな調子が性急な声に籠《こも》っていた。

「どうだったかね？」

「あまり調子がよくありません」

「え、なに？」

女中は蒲団《ふとん》を敷き終わると、黙っておじぎをして襖《ふすま》を閉めた。植木は大きな声を出した。

「どうも思うようにゆきません。何しろ、郷土新聞課長の名倉氏が北海道へ出張して留守なものですから、要領を得ないんです」

「いつ、帰るというの？」

「まだ、四、五日はかかるらしいんです」

「そうか。それまで、君がそっちで待つより仕方がないんだろうね」

専務の声は、植木に頼っているようだった。

「はあ、止《や》むを得ないと思います」

「それで、そっちの空気はどうなんだね？」

「うちから電話したときと同じ状態です」

植木は送話器を手で囲って言った。

「相手の人間も同じ副課長の中田ですから、いろいろ煩《うるさ》いことを言っています。尤《もっと》も、この男は少し威張る方ですが」

弘進社はQ新聞に対して全面的に取引をやめるかもしれない、と言った中田の言種《いいぐさ》を植木は、正直に専務に取り次ぐ勇気はなかった。それに、課長の名倉忠一の言葉を聴くまでは決定的ではないのだ。

「和同製薬の方へは行ったかね?」

専務は訊《き》いた。

「行きました。とにかく、お詫びをしなければいけないと思って、すぐに行きました」

「そう、それでどうだった?」

「向こうでは、宣伝部長も次長も留守だといって会ってくれないんです」

これは正直に言った方がいい、と植木は思った。

「尤も、これはあとで、拙《まず》いと思いました。やはり、弘進社の誰かと一しょに行かなければ、よけいに弘進社を刺戟《しげき》することになるでしょう。だから、このことは中田には言っておりません」

　地方の小新聞が、直接に広告主に会うのは挨拶《あいさつ》の時だけである。毎度、有難うございます、と営業的な儀礼の場合だけが許されるのである。その本来の取引上の問題となると、代理店という厚い硝子《ガラス》の壁に仕切られて、接触が出来ない。広告主の意向は代理店を濾過《ろか》して流れ、新聞社の意見は代理店を通じて先方へ伝えられる。しかし、代理店は両方の単純なパイプではない。弱い立場の新聞社に対しては、代理店自身の特別な意志が加わってくる。

　だから、新聞社の広告部長が単独で、直接に和同製薬に謝罪に行くことさえ、扱店の弘進社には、遠慮しなければならないことなのである。まして、広告主の和同製薬はQ新聞のような田舎新聞は眼中に無いのだ。そこの貧弱な広告部長が、ひょろひょろとひとりで訪ねて来たところで嗤っているだけであろう。

「そうか」

　遠い電話の向こうで、専務は声を落とした。専務もその弱い立場を意識したようだった。

「とにかく、君は郷土新聞課長が出張から戻ってくるまで待って居給え。これは、その人によく頼み込むほかはない」

「分かりました」

植木は言った。

「それから、ランキロンの中毒事件についての釈明広告ですが」

「うむ」

「和同製薬では、いま文案を作成中だそうです。中田の話では、全四段を一の面に、全額新聞社負担で載せろというんです。無料サービスは止むを得ないと思いますが、全四段というのが問題です。うちは三段が建頁《ページ》ですから、四段となると、記事面から特別に一段を貰わねばなりません。この辺の編集との調整を専務にお願いしたいと思うんですが」

編集局長の森野義三の肥った顔を植木は眼の前に泛《うか》べていた。編集権の侵害だと憤って、植木には口を利かない男である。

「その方は、よろしい。ぼくの責任でやる」

専務は請け合った。

「こっちはどのような犠牲でも忍ぶからね、そっちの方の諒解《りょうかい》工作をよろしく頼むよ」

ご苦労さん、と声を残して専務は電話を切った。植木は受話器をゆっくりと置いた。

植木は煙草をとり出して喫《す》った。上から見下ろす中心街の灯の群は、また以前よりは少なくなったようである。植木は、名倉郷土新聞課長が帰社するまでの五、六日の滞在期間を想《おも》った。退屈で、苛立《いらだ》たしい期間である。毎晩こうして無意味に街のネオンを眺めなければならないであろう。見物に出る気持も起こらない。東京が色彩の無い、灰色の憂鬱な都市に見えた。懲罪が決定するまで、彼は宙ぶらりんの位置である。それなのに、毎日、弘進社には足を運ばなければならないのだ。名倉課長の予定が変更になって、思ったより早く帰ってくるかも分からないからである。その度に、若い中田の突慳貪《つっけんどん》な顔に卑屈な愛想笑いを向けなければならぬ。それだけが彼の目下の仕事であった。植木は煙草を二本つづけて喫《の》んだ。身体《からだ》は疲れているのに、少しも睡《ねむ》くはなかった。

翌日植木は弘進社に行った。表のドアを押すのに気が滅入《めい》ってくる。見渡すと、中田は誰かと話していたが、植木の入ってくる姿をちらりと見たようだったが、知らん顔をしていた。身体を椅子の上に曲げて、股を開いている怠惰な格好である。相手の中年男はきちんと足を揃《そろ》えて腰かけ、中田を見てつつましやかに笑っていた。小さな地方紙の広告外交員という見当は植木にはすぐついた。

「中田さん、今日は」

植木は営業台のこちらから挨拶した。

やあ、と中田は仕方なしに初めて気づいたように顔を向けたが、すぐに先客の方に顔を戻して、こっちへ入れとも言わなかった。

中田は机の抽出《ひきだ》しを開けたり閉めたりしている。その動作は無意味のように見えるけれども、植木には判《わか》っていた。抽出しの中には、広告主から預かった広告紙型が重なって入れられてあった。地方小新聞の広告外交員が、咽喉《のど》から手が出るくらい欲しいもので、中田の動作は、紙型の山を見せびらかすことで、相手の単価を叩こうという魂胆であった。そのやりとりの様子を、植木は少し離れたところに立って見ていた。外交員は困惑した顔で苦笑している。中田は、やはり気の乗らない顔つきをして、わき見をしたり、通りがかりの同僚に話しかけたりしている。外交員は誘惑に負けて、肩を落として出て来た。

「植木さん」

中田は椅子から起《た》ち上がると、あくびをして言った。

「まあ、こっちへお入んなさい」

植木は口にくわえていた煙草を捨てた。

7

「課長には連絡しましたよ」

中田は植木をじろじろと見て言った。植木にはそれが、どうです、昨夜睡れましたか、と訊いているようにみえた。

「ああ、そうですか、それはどうも」

植木は頭を下げた。

「名倉さんはね、北海道からこっちに真直《まっす》ぐに帰らないで、東北から北陸を回って帰ると言ってるんです。だから、帰社の予定が延びたわけですよ」

中田は、唇の端に薄笑いを泛べて言った。頰が尖《とが》っているから、すぼんだところに皺《しわ》が寄り、若いくせにいやらしく見えた。

「延びる、それは何日くらいですか？」

「三四日は長くなるでしょうね」

植木は、やり切れなさを感じた。この状態でもっと長く辛抱しろというのか。ふと、このとき、中田が意地悪なことを企《たく》らんで嘘《うそ》をつき、こちらをじらしているのではないかという錯覚が起きたくらいであった。

「課長には、あなたが見えたことを言いましたよ。すると、課長は、そんなに待たしては気の毒だから、一先《ひとま》ず、お帰り願ってくれ、ということでした」

「しかし、私の方は」

植木は喘《あえ》いで言った。

「いつまでお待ちしても構いませんが」

「いや、それは僕の方の都合です」

中田は、ぴしゃりと戸をたてるように言った。

「名倉さんが帰っても、すぐにおたくとの処置を決めるわけにはいかんでしょう。そんな簡単なことではありませんからね。和同さんとの折衝もあるし、うちの重役たちとも相談せねばならんことです。かなり時間がかかります。あなたもお忙しい身体ですから、こんなことで東京に縛っておくわけにもゆきません。どうか、一先ずお帰り下さい」

こんなこと——弘進社や和同製薬にとっては、こんなことかもしれなかったが、Q新聞にとっては危機に懸っていた。

「いや、お待ちする分は、いくらでもお待ちします。そのために私はこっちへ出て来たんですから」

「いや、これは課長の気持です」

中田は、植木の執拗《しつよう》さが迷惑だというように言った。

「とにかく、お帰り下さい。課長が帰ってきても決定はあとになりますから」

「すると」

植木は、手がかりを外されて絶望して言った。

「ご通知は、いつ頃、頂けるんでしょうか？」

「それはですな」

中田は、緩慢に言った。

「名倉さんがおたくの方へ行くと言ってますよ」

「え、私の社へ？」

植木は中田の顔を見つめた。

「そうです。名倉さんがそう言いました。どうせ、おたくばかりでなく、あの地方の各社を回らなければならないので、その用件を兼ねてお伺いすると言ってました」

植木は眼を伏せた。弘進社の意図がどこにあるか見当がつかなかった。

「中田さん」

植木は上体を前に出した。

「なんですか」

「この話の落着まで、わたしの方への出稿量には変わりはないでしょうね？　それをお伺いしたいのですが」

中田の眼は植木の気魄《きはく》に、一瞬、圧《お》されたように見えた。

「さあ、それは」

と彼は迷ったように言った。

「課長が何とも言わないから、その方の変化はないでしょうな」

「有難う、ぜひ、そうお願いします」

植木は礼を言った。中田は机の上のマッチをとると、乱暴に煙草に火をつけた。

「植木さん」

と彼は脚を組みかえた。

「とにかく、これは困った問題ですな。おたくも、えらいことを惹《ひ》き起こしてくれました」

威厳をとり戻すような口吻であった。

「和同さんのご機嫌はなかなか直らないんですよ。おたくもお困りでしょうが、わたしの方も困るんです。何度も言いますが、わたしの方にとっては、かけがえのない大手筋のお得意さんですからね。これは充分におたくも責任をとって貰いたいんです。尤も、おたくに責任をとって頂いても仕方がないかな。和同さんは、うちだけが相手ですからな」

植木は侮辱を感じないように抑えた。

「申し訳ありません。ただ、お詫《わ》びするほかありません。あなたの方のご都合がよかったら、和同さんには、ご一しょに行って頂いて、謝罪に参りたいくらいです」

「そりゃあ、うちの方の話が済んでからにしましょう、いま、和同をあなたがのぞいても仕方がない」

中田は吐くように言った。

「無論、そうします」

植木は逆らわずに、おだやかに言った。

「しかし、中田さん、わたしがこうして、こっちへ出て来たことは、その誠意を認めて下さいね。これは、名倉さんにも和同さんにも、伝えて頂きたいのですよ」

「分かりましたよ、そりゃあ」

中田は、半分面倒臭そうに答えた。植木は椅子から腰を上げた。

その晩の汽車に植木は乗った。窓から見ると東京のまぶしい灯の群が流れ、次第にその凝集が崩れ、疎《まば》らに散り、暗くなって行った。これから一晩中、汽車の中に睡り、明日の昼すぎでないと、自分の土地に着かないのだ。この長い、東京との空間が、無意味で、無連絡で、腹立たしかった。中田のような若造に足蹴《あしげ》にされたという恚《いか》りはふしぎに起こらなかった。弘進社という古びた、小さな建物が底に持っている暴力に腹が立ってならなかった。

昼すぎ、雨降りの駅に降りると、広告部次長の山岡由太郎が社の自動車をもって迎えに来ていた。植木の脂《あぶら》の浮いた黝《あおぐろ》い疲れた顔を見て、

「どうもご苦労さまでしたね」

と頭を下げ、鞄《かばん》をとった。

「如何《いかが》でした？」

山岡は車の中で訊いた。いかにも心配でならぬように眉を寄せていた。

「面白くない」

植木は答えた。大体の報告は東京からしてあるので、山岡の質問は、弘進社の空気のことであった。

「万事は、名倉がこっちへ来てからだ。中田には随分、厭味《いやみ》を言われてね」

植木が言うと、

「中田なんかには分からんでしょう。名倉さんがこっちへ来れば、僕は平穏におさまるような気がしますがね。問題の決定まで、弘進社の出稿が従来通りというのが、その証拠と思いますよ」

山岡は慰めるように言い、わざと笑ってみせた。それから、ポケットにたたんだ新聞をとり出して拡《ひろ》げ、今朝の朝刊だと言い、

「こんな風に出しました」

と一の面の下の方を見せた。

「ランキロン」の釈明広告で、先方の言う通り全四段であった。大きな活字で組み、先日、当地方で「ランキロン」の中毒で患者が死亡したような記事が報道されていたが、これは警察当局と当社派遣の技師が共同して調査したところ、全く誤報であることが判った。当社は信用ある一流製薬会社で決して当社発売の薬品に限ってそのような不良品があるわけではなく、どうか安心して従前以上にご愛用を願いたい、という意味が、宣伝文を兼ねて載っていた。

「編集はどう言ったかね？」

植木は変則的な四段広告を眺めながら訊いた。

「編集は一コロですよ。文句無しに一段くれました」

山岡は植木の機嫌をひき立てるように言った。彼も編集局長との経緯を知っていた。森野局長はどのような顔をしているのであろう。植木は新聞から眼をあげて外を見た。車の窓には雨が流れ、彼の住んでいる町が白い膜の中にぼやけていた。

専務室に行くと、専務は植木の顔を見て、眼鏡を外し、よう、と言って椅子から起ち上がった。

「ご苦労さん、大へんだったね」

専務は植木の肩を敲《たた》いて慰めた。

「名倉氏がこっちへ直接に来るんだって？」

「そうです。それまで一応帰ってくれと強《た》って言うものですから、帰って来ました」

専務は顎《あご》をひいた。

「そりゃ仕方がないね。向こうから出むいて話をするというのなら、待つほかはない。いい話かどうか分からないがね。まるで、仕置場に据えられたようなものだね」

専務は冗談を言ったが、植木には適切な言葉に聞こえた。

「まあ、名倉氏が見えたら、こっちの誠意を尽して、極力頼み込もう。日程が、はっきりしたら、君、準備にかかってくれよ」

款待《かんたい》する用意の意味であった。

「予算はどれだけ費《かか》ってもいい」

専務は言い足した。

「今朝の朝刊、見たかい?」

「見ました。山岡君が駅まで持って来てくれましたので」

専務はうなずき、唇にかすかな笑いを泛べた。それは、ちょっと躊《とま》うような微笑であった。

「君、森野君もね」

と編集局長のことを言った。

「話をしたら判ったよ。あの人は、大新聞の編集畑で育ったもんだから、広告や販売のことはよく分からないんだ。まあ、君も大目に見てやってくれ」

8

弘進社の郷土新聞課長名倉忠一が来るという通知があったのは一週間後で、その報《し》らせから三日後に彼は立ち寄る予定だった。

植木は専務と名倉を迎える準備をたびたび打ち合わせた。名倉忠一の性格や好みは、大体研究され尽した。彼は、ちょっと見ると茫洋《ぼうよう》としているが、頭脳は良く、広告主の間の評判も悪くない。弘進社では第一に腕ききの男で、将来は専務か社長になると噂《うわさ》されていた。二十貫を越す大男で、酒は好きな方であった。三十九歳である。

彼の妻は三十六歳で、十五になる女の子と十一の男の子とがある。このようなことを知っておく必要は、名倉課長に持って帰って貰う土産物の選択からであった。この地方は織物の産地で、特殊な織り方で知られていた。手織りで、大量生産でないだけに高価なのである。名倉には、この生地を一匹、彼の妻には柄の異なったものを二匹贈呈することにした。専務は織元と識《し》っているので、その最良のものを択《えら》びに出向いた。

料亭も、この市で最も大きな家を予約し、その日は一流の芸妓《げいぎ》を数人確保した。二次会用として、近ごろ東京風を真似《まね》て立派に出来たキャバレーとも特約した。料亭の方は植木が、キャバレーの方は山岡が奔走した。連絡によると、名倉郷土新聞課長の予定は一泊ということになっており、旅館も最高の部屋を予約した。

「まるで天皇の巡幸だね」

編集局長の森野が冷笑していたという話を植木は聞いた。局長は植木をまだ快く思っていない。専務から言われて、「ランキロン」の広告に一段を譲ったが、それを口《く》惜《や》しがっているのかもしれない。植木と会っても、眼を別のところに遣《や》って挨拶を返さないのである。中央紙の大きな機構の中に身を置いてきた人間だけに、そのときの習慣と意識を、まだ、この地方小新聞に持ち込んでいた。大新聞の社会部長だったという経歴が彼の自慢であり、営業には関心が無いというよりも軽蔑《けいべつ》していた。彼は専務もやらないゴルフに熱中しているが、それも編集局長の体面だと考えているようだった。

しかし、森野が、名倉が東京からやってくるのを天皇の巡幸と言ったのは、適評かもしれなかった。弘進社の郷土新聞課長の名倉忠一は年に二回くらいは、打ち合わせと称して、各地の小新聞社を歴訪する。新聞社は、その広告部は勿論《もちろん》、重役連が出迎えて彼を款待するのである。名倉は新聞社を、お得意さま、と言っているが、小新聞社側にとっては、その広告経営の死命を制せられている弘進社の郷土新聞課長は、無論、大切な賓客であった。どこでも、彼は大事にされ、機嫌をとられる。出来るだけ扱い高を増してくれるように頼み込むのはむろんだが、彼の機嫌を損ねて現在の広告高が減らされることのないよう、気を配ることもなみ大ていではなかった。名倉が機嫌よく去ってくれると、たとえば天皇の巡幸が事故無く、別の管轄《かんかつ》県に移ったと同様な安心をうけるのであった。

普通でさえそうである。Q新聞が名倉を迎えるのは、すこし誇張していえば、社運を賭《か》けているのであった。

弘進社郷土新聞課長名倉忠一が着いた日は、空が曇り、薄陽が差していた。植木欣作は次長の山岡由太郎と、広告部員二人を随《したが》えて駅に出迎えた。列車が到着する二十分も前から彼らはホームに出ていた。植木は、待っている間、なぜか身震いが熄《や》まなかった。

列車が停まると同時に、二等車の入口から山岡次長は降りる客を搔《か》き分けてとび込んだ。窓の中では、名倉忠一の肥《ふと》って、ずんぐりした姿が見え、山岡がしきりとおじぎをしながら名倉の荷物を両手で蒐《あつ》めていた。

名倉忠一は客のあとから降りた。大きなハンチングを被《かぶ》り、薄茶のスコッチ風の粗い織りの洋服を着ていた。それが、名倉の赭《あか》ら顔と、膨れた胴体とによく似合った。

植木欣作はその前に進んで、

「名倉さん、ようこそ。お疲れでしたでしょう」

と挨拶して頭を下げた。

名倉は、白っぽい大きなハンチングのひさしに指をちょっとかけて、

「やあ」

と会釈《えしゃく》の格好をした。薄い眉毛の下の眼が細く笑い、厚い唇が少し開き、脂《やに》のついた黒い歯が覗《のぞ》いた。その表情は決して不機嫌ではなかった。植木はすこし安心した。

自動車は二台を用意し、Q新聞で一番上等の社長用のキャデラックに名倉と植木が乗り、あとの車には名倉の鞄を守るようにして部員が二名乗った。山岡は名倉の前の助手席に背中を見せていた。

「どうも、このたびは」と植木は車の中で頭を低く下げた。

「大へん、ご迷惑をおかけして申し訳ありません。実は、すぐにお詫びに上がったんですが」

「聞きましたよ、丁度、あたしが北海道に行って留守だったもんで」

名倉の白い帽子の下の赭い顔はにやにや笑っていた。

「北海道は好《よ》かったですよ。季節も丁度よかったし、ちょいとこっちに帰ってくる気がしませんでしたな」

車が社の玄関に着くまで、名倉の濁《だ》み声は、登別や十勝平野の名所の感想で続いた。悪い機嫌ではない。が、植木の謝罪をわざとかわしたようなところもあり、植木はまた不安になった。助手席にいる山岡が、ときどき振り返り、名倉の話に相槌《あいづち》を打っていた。

時間が分かっているので、社の玄関には専務と編集局長とが出迎えていた。植木は局長と眼が合ったが、局長はわきを向いた。

専務が自動車から降りた名倉に頭を下げた。森野局長も、愛想笑いをしていた。名倉はハンチングを取り、禿《は》げ上がった頭をにこやかに屈《かが》めた。

一応、専務室に名倉を通した。専務室はこの賓客のために清掃され、飾られてあった。名倉忠一を正面のソファに、それを囲むようにして、営業局長兼務の専務、森野編集局長、植木とが椅子に坐《すわ》った。

紅茶と菓子が出て間もなく、カメラマンが入って来て、世間話をしている名倉忠一に、縦から横から、いろいろな角度でフラッシュの光を当てると、一礼して出て行った。

「あたしも大臣なみですな」

深いソファにまるい胴体を沈めた名倉は笑っていた。しかし、その皮肉は森野には通ぜず、

「今晩の夕刊に出させて頂きますよ」

と局長は微笑を向けた。いかにも自分の指図でそうしたという口吻であった。

専務が椅子から起ち上がると、姿勢を正して名倉に改めて膝《ひざ》を折った。

「どうも、今回は、いろいろと手違いが起こりまして、和同製薬さんには御不快をかけ、ひいては弘進社さんに思わぬ御迷惑をおかけいたしました。早速、広告部長にお詫びに上京させたのですが、折悪《あ》しく、名倉さんが御出張中でお目にかかることが出来ませんでした。幸い、今度、当社にお見えになりましたので、この機会に、私から深く手落ちをお詫び申し上げます。この失態は全く私の責任でございます。どうか、当社の誠意をお酌《く》みとり下さいまして、御了承を願いとう存じます」

専務のおじぎにつれて森野も、植木も椅子から立って頭を下げた。どういうものか、肥った森野は植木よりもずっと丁寧な敬礼をした。

「いやあ、どうも恐れ入ります」

名倉忠一は禿げ上がった頭に手をやり、笑い出した。大きな声で爆発するような笑い方であった。

名倉は機嫌がいい。そのあとでも、森野義三の肥えた身体《からだ》に眼を向けると、局長の体重は何貫ぐらいありますか、と訊いたりした。二十三貫だと聞いて、ひどく感心した顔つきをし、あたしはこれで二十貫そこそこだが、夏が一ばん辛《つら》いというような話をした。森野は椅子から身体を乗り出し、ゴルフをおやりになった方がいいでしょう、あれをすると瘦《や》せますよ、と健康上のことを言い出した。名倉は、実は人にすすめられてやり始めました、というと、森野はわが領分だとばかり、いろいろ訊いて、お時間があったらぜひ試合をお願いしたいのですがなあ、とお世辞を言っていた。名倉は笑ってばかりいる。話は仕事に関係のないことに限られていた。笑っているのは機嫌の悪くない証拠であろうが、そのとぼけたような顔つきからは、彼の肚《はら》は量りかねた。

植木が手洗いに中座すると、専務が追ってきた。

「君、あのことはいいんだろうな?」

専務にも判らないらしかった。

「さあ」

植木も、名倉がはっきりした返辞を言わないので落ちつかなかった。

「私も気にかかるんですが、あとで、もう一度、確かめておきましょう」

「しかし、あれが名倉の肚芸かも判らないな。笑いとばしているようだけれど、それが円満解決という含みじゃないかな。あんまり正面切って言い出すのも変かもしれない。念を押すのもいいが、折を見た方がいいね」

専務も迷っていた。

植木が仕事を見るために、ちょっと机にかえると、次長の山岡が心配そうな顔つきで寄って来た。

「部長、名倉さんはどう言いました？」

「はっきり言わない。ほかの話ばかりして、げらげら笑っている」

山岡は小賢《こざか》しく首を傾《かし》げていたが、

「そりゃ大丈夫でしょう、部長。名倉さんは太っ肚な人だから、それは、あのことはもう済んだ、ということなんでしょう」

と植木の顔を見て元気づけるように言った。

「そうかな」

植木は、山岡の独断に、ともかく多少は明るくなった。

9

その晩の宴会でも、名倉忠一は相変わらず、茫洋とした顔に笑いを湛《たた》えていた。酒はいける方で、局長とも、次長の山岡ともいい勝負であった。山岡は世話役で、痩せた身体を立ったり坐ったりさせて、敏捷《びんしょう》に動いている。

名倉は酒の話に移っていた。各地を旅行しているだけに、講釈が細かい。その相槌相手も森野局長がしていた。彼も酒が詳しいが、特に、以前の新聞社で特派員として外国にいたころの、向こうの酒の想い出を話していた。これは名倉の知識には無いものとみえ、あまり気のりのしない顔つきをしたので、森野はうろたえて話を引っ込めて、別な話題に移った。

彼の様子には、明らかに名倉忠一に対する阿諛《あゆ》があった。広告のために新聞を作っているのではない、編集は編集だ、と植木に眼をむいた彼は、その言葉を忘れたように広告扱店弘進社の郷土新聞課長に奉仕をしていた。彼が広告を俄《にわ》かに理解したとは思われない。或《ある》いは、「ランキロン」の記事を不覚に載せたことの責任をそれほど深く感じているとも思われなかった。それらのことは別なのだ。要するに、専務の前での保身であるように思われた。

彼は植木には、やはり眼をそむけ、言葉を決してかけて来ようとはしなかった。まだ、敵意が露骨にみえた。

芸者が、金屛風《びょうぶ》を背に、踊りはじめた。郷土の唄《うた》と踊りである。名倉は眼を細め、熱心に鑑賞していた。踊っている芸妓は三人で、真ん中のが一ばんうまく、顔も綺麗《きれい》であった。名倉の眼はその方に注いでいた。

踊りが済むと、芸妓たちは客の傍に寄って、銚子《ちょうし》をとった。

「君」

と専務が踊りのうまい妓《こ》に言った。

「お客さまの傍に行ってくれ」

名倉忠一は床柱を背にして、ずんぐりした身体を脇息《きょうそく》に傾けていた。赭《あか》ら顔は、いよいよ真赤になり、盃《さかずき》をしきりとあけていた。

「名倉さん」と専務が身を前に屈《かが》めていった。

「このコは、ぼたんと言うんです。当市の一流中の一流ですよ」

名倉は、芸妓を斜めに見ていたが、身体を起こして笑った。

「そうですか。なるほど綺麗だな」

彼は窺《うかが》うように芸妓の顔を視た。

「これは、東京の、そうだな、新橋でも赤坂でも一流になれる。まず、いこう」

盃を渡すと、みなが声を合わせて笑った。その中でも山岡の声が最も高かった。

芸者は、みんなで六人であった。三味線が賑《にぎ》やかに鳴り、客も妓《おんな》たちも唄った。招待側の方からは山岡が一ばんに立って、女中から支度を手伝って貰《もら》い、奴《やっこ》さんとかっぽれを踊った。

「うまい。なかなか芸人ですな」

名倉は褒めた。

専務は芸が無いからと辞退し、森野は都々逸を唄った。植木も下手な黒田節を口にした。最後に、名倉は年増《としま》芸者に三味線の調子を注文し、小唄を唄った。厚い唇をまるく動かし、存外に渋い佳《よ》い声であった。招待側は一斉に手を敲《たた》いて賞讃《しょうさん》した。

「旦那《だんな》さん、いい咽喉《のど》だわ。もう一度、聴かせて。しんみりとするわ」

ぼたんが名倉の腕に縋《すが》った。

「ね、アンコールよ。アンコール」

「莫迦《ばか》言え」

と名倉は、ぼたんの手をとった。

「そうやすやすとは唄えないよ」

「あら、よろしいじゃないの。わたし、あなたの声に惚《ほ》れたのよ。アンコールして頂いたら、二度惚れするわ」

みなが笑った。その笑いの中には、やはり名倉に対する迎合があった。名倉は上機嫌で、ぼたんを見ながら、二度目を唄い出した。

専務は、植木を陰に呼んで言った。

「この調子なら、大丈夫だよ」

弘進社からの出稿問題であった。

「下手に言い出さない方がいいな。名倉さんのあの様子は、万事了承という肚だよ。正式なことは、東京に帰社してから報らせるというつもりだろう。しかし、それはワンマンの名倉氏の裁量で決定的だろうからな」

植木も、そう思った。

「君、名倉氏はどうやら、ぼたんが気に入ったらしいぜ。ちょっと、女将《おかみ》に当たってくれないか？」

植木はうなずいて、こっそりと別部屋に行った。芸妓の明かしの交渉をするのは初めてである。彼は自分で赧《あか》くなり、どもりながら女将に向かった。

「植木はん、お役目ご苦労だんな」

女将は請け合ってから、口をすぼめて笑った。

席に戻ると、森野局長が、名倉に、これからキャバレーにご案内しましょうかと、誘っていた。

「いや、少し疲れましたのでね、やっぱり年齢のせいですよ。もう、動きたくありませんな」

名倉は身体を崩し、弾《はじ》けるような笑い声を立てた。

ぼたんが女中に耳打ちされて小さくうなずき、こっそり立って行った。

その晩、植木は家に帰ってよく睡《ねむ》れた。も早、これで名倉忠一の意志は決定的であった。機嫌のよい笑い声と、招待者側の意のままになってゆく彼の行動は、すべて暗黙の諒解であった。二百三十段の喪失はこれで救われたのである。Ｑ新聞広告総段数の三分の一である。随分、永い間の苦労のように思われた。東京に滞在した三日間のやるせない絶望感を考えると、何か深い谿間《たにま》を覗いて来たような気持であった。才気走った中田の影も、名倉忠一の笑い声の中に埋没してしまっている。植木は夢も見ずに睡った。安心がこれほど人間に熟睡を与える経験は初めてであった。責任をとらなくとも済んだのである。

頼んでいたので、朝、七時には妻に起こされて、そのまま朝飯も食べないで、駅に駆けつけた。見送りのため、専務も、森野局長も来ていた。

「お早う、ご苦労さん」

専務は植木を見て微笑した。その顔を見ると、彼の安堵《あんど》が表情に漲《みなぎ》っていた。専務もやはり昨夜はゆっくりと熟睡したに違いなかった。森野は植木を見ないように、身体を横に曲げてゴルフ練習の真似をしていた。

「よかったな」

専務は植木の傍に来て低声で言った。

「安心しました」

と植木も答えた。

「今だから言えますが、毎日、七段あまりの白紙広告が出るかと思うと生きた心地はしませんでしたよ」

専務は笑いながらうなずいた。植木の多少誇張した言い方を、彼の今の気持になってうけとってくれた。

社のクライスラーが駅に着いた。旅館まで迎えに行った山岡が先に降り、手早く荷物を持った。その荷物には名倉とその妻への土産の織物がふえていた。

「やあ、どうも」

名倉忠一は、やはり白い鳥打帽に手をかけて、満面に笑いを浮かべていた。その笑いには、芸者との昨夜のことで、多少のてれ臭さがないでもなかった。が、そのように思うのはこっちの思い誤りかもしれない。名倉忠一は、いわば不得要領な豪傑笑いをしていた。

「大へん行き届きませんで」

専務が頭を低く下げて挨拶した。

「いやいや、こちらこそ、お世話になりました。お土産まで頂いて恐縮です」

名倉が先に行き、専務がすぐうしろに随《したが》ってホームに出た。列車の到着間近で忙しい空気であった。名倉は、何か思いついたように、

「専務さん」

と呼んで、二、三歩、植木たちの立っているところから離れた。それは忘れものでもしているような呼びかけ方であった。気軽に専務はずんぐりした名倉の傍に近づいた。

「専務さん」

と名倉は、言った。名倉忠一の顔は、このとき、今までずっと見せつづけていたあの豪放な笑いが消えて、薄い眉毛《まゆげ》の下の細い眼が妙に真剣に光っていた。名倉は専務の耳に口を寄せた。

「あたしもね、折角、ここに来たんですから、今度の厄介な問題については、和同製薬さんに何かオミヤゲを持って帰らねばなりませんでな。これは分かって頂けるでしょうね」

列車がホームに滑り込んでくる前の、ほんの二、三分間のことであった。

専務の顔色が変わった。オミヤゲの意味を知ったのである。

「じゃ。どうも」

名倉は列車がつくと、再び大声で賑やかに笑いを出しながら、見送り人たちに手を振って特二車輛《しゃりょう》の内に消えた。

Q新聞広告部長植木欣作は、専務の懇願で、その日のうちに、辞表を出した。

編者解説

日下三蔵

　二〇二二年八月に新潮文庫から出した松本清張の『なぜ「星図」が開いていたか　初期ミステリ傑作集』は、おかげさまで読者の皆さまからご好評をいただき、こうして続刊を出せることとなった。

　『「星図」～』が主に一九五六（昭和三十一）年に発表された作品を対象としていたのに対して、本書は五七年から五九年に発表された作品から八篇を選んでみた。この解説では、初期の主要作品を年表形式で紹介しながら、松本清張の作家活動の原点を振り返ってみたい。

　松本清張は一九〇九（明治四十二）年、福岡県小倉《こくら》市（現在の北九州市）に生まれた。後述するように、「西郷札」でデビューしたのが四十一歳、本格的に推理小説を書き始めて短篇集『顔』で日本探偵作家クラブ賞を受賞したのが四十七歳のことであるから、かなり遅咲きの作家といえる。三六（昭和十一）年に本格探偵小説『船富家の惨劇』を刊行した蒼井雄と同年生まれ、〇六年生まれで大正期から活躍していた戦前派の人気作家・角田喜久雄と三つしか離れていないといえば、それが実感出来るのではないだろうか。

二四年、板櫃《いたびつ》尋常高等小学校を卒業後、電機メーカーや印刷会社に勤め、三七年から朝日新聞社に勤務。当初はフリーの版下職人としての契約だったが、嘱託を経て四三年に広告部意匠係の正社員となる。

その間も小説を読み続けており、芥川龍之介、菊池寛からプロレタリア文学まで興味の幅は広かった。「新青年」の翻訳探偵小説も愛読していて、江戸川乱歩にはデビュー当初から注目していた。あるインタビューでは好きな作家として、スリリングな展開とショッキングなオチで人気を博したビーストンを挙げている。

版下工時代には文学好きの仲間たちのグループに入り、習作の朗読や合評会などに参加していた。一方、朝日新聞時代の同僚の影響で考古学に興味を持ち、休日には九州の史跡を巡っていたというから、後の広汎《こうはん》な活動の下地は、この頃から着々と作られていたのである。

五一（昭和二十六）年、賞金目当てで「週刊朝日」の懸賞小説に投じた短篇「西郷札」が第三席に入選、同誌の増刊号に掲載されてデビュー。この作品は同年上期の第二十五回直木賞の候補となった。この時、選考委員の中で、ただ一人、「西郷札」を強く推したのが、戦前派の探偵作家では唯一直木賞を受賞していた木々《きぎ》高太郎《たかたろう》だった。

木々から激励の手紙をもらった清張が、返信の中で、「西郷札」は先生の提唱する「推理小説」のカテゴリに入りますか、と訊《たず》ねたところ、充分に入る、何か書けたら送ってきなさい、との返事が来たという。

五二年、ミステリのつもりで書いて木々に送った短篇「記憶」（後に「火の記憶」と改題改稿）が「三田文学」に掲載された。木々は当時の「三田文学」の編集委員であった。清張は推理小説としてどこかの雑誌に推薦してくれるのだろうと思っていたが、純文学誌に載ったので驚いた。

次作「或る『小倉日記』伝」も「三田文学」に掲載。この作品は同年下期の第二十八回直木賞候補となったが、純文学的であるとして芥川賞に回され、第二十八回芥川賞を受賞した。この時の選考委員だった坂口安吾は選評で「小倉日記の追跡だからこのように静寂で感傷的だけれども、この文章は実は殺人犯人をも追跡しうる自在な力があり、その時はまたこれと趣きが変りながらも同じように達意巧者に行き届いた仕上げのできる作者であると思った」と書いている。後にミステリの大家となる未来を予測したかのような驚くべき慧眼《けいがん》であった。

五三年、文藝春秋「オール讀物」の第一回オール新人杯に投じた時代短篇「啾啾《しゅうしゅう》吟《ぎん》」が佳作第一席となる。この時の受賞作は、南條範夫「子守りの殿」であった。

現在と違って、当時はまだ、芥川賞を受賞したからといって、注文殺到ということにはならなかったようだが、「別冊文藝春秋」「オール讀物」「週刊朝日別冊」「小説公園」などに十篇あまりを着実に発表している。その多くが時代小説であり、編集者からも時代小説畑の有力新人と見られていたことは、『なぜ「星図」が開いていたか』の解説でも、ご紹介したとおり。

十月、文藝春秋新社から最初の著書となる短篇集『戦国権謀』を刊行。芥川賞受賞作「或る『小倉日記』伝」の他に時代小説五篇を収録したもの。

五四年、学習研究社の学年誌「中学コース」に初めての長篇小説「武田信玄」を連載。この作品は、五七年に少年向けの単行本『決戦川中島』として刊行後、『乱雲』

と改題して一般向けの著書にも収められている。

この年も小説誌に十篇あまりの短篇を発表しているが、ミステリ色の強い現代ものと歴史・時代小説が半々であった。

八月、和光社から時代小説集『奥羽の二人』を刊行。

五五年、文化実業社の女性誌「新婦人」に連作時代小説『大奥婦女記』を連載。タイトルの通り、大奥に展開する女性のドラマを史実に即して描いたもの。

少年向けの伝記小説『徳川家康』（4月／大日本雄弁会講談社／世界伝記全集19）、初めての現代小説集『悪魔にもとめる女』（8月／鱒書房／コバルト新書）、時代小説集『西郷札』（11月／高山書院／タヌキ・ブックス）の三冊を刊行。

短篇作品は二十篇におよび、その半分強が時代小説だった。現代ものでは、戦争小説「赤いくじ」、学者を主人公にした「笛壺」「石の骨」、自伝小説「父系の指」、美術ミステリ「青のある断層」と多彩な作品を書いているが、「小説新潮」十二月号に発表した「張込み」から「リアルな舞台設定」と「意外な動機」を組み合わせた独自の方法論で推理小説に取り組み始めた。

五六年、五月に朝日新聞社を退職して専業作家となる。「高校コース」に『黒田如水』(八七年七月に『軍師の境遇』として角川文庫から刊行)、「西日本スポーツ」他の地方紙に『野盗伝奇』と二作の時代長篇を連載。本書に収めた短篇「地方紙を買う女」で作中の新聞連載小説として『野盗伝奇』が登場しているのは、作者のお遊びである。

短篇作品は約三十作で、現代ものと時代ものが半々。ミステリ短篇に「弱味」「殺意」「箱根心中」「背広服の変死者」「顔」「なぜ「星図」が開いていたか」「反射」「途上」「市長死す」「声」「共犯者」などがあり、そのクオリティは圧倒的であった。早くもこの年の十月には、大日本雄弁会講談社の新書判叢書〈ロマン・ブックス〉から推理小説集『顔』が刊行されている。

その他の著書は、『戦国権謀』(1月/河出書房/河出新書)、『乱世』(2月/新潮社/新潮小説文庫)、『信玄軍記』(4月/河出書房/河出新書)、『柳生一族』(5月/大日本雄弁会講談社/ロマン・ブックス)と時代小説が多かった。『風雪』(11月/角川書店/角川小説新書)は考古学や文学など史学をテーマにした作品をまとめた一冊。

五七年二月、短篇集『顔』で第十回日本探偵作家クラブ賞を受賞。日本交通公社の旅行雑誌「旅」に『点と線』、「週刊読売」に『眼の壁』と二作の長篇ミステリを連載し、いよいよ本格的にミステリ作家としての活動を始める。

二十作あまりの短篇のうちの三分の二がミステリで、「金庫」「一年半待て」「地方紙を買う女」「鬼畜」「遠くからの声」「投影」「捜査圏外の条件」「白い闇」「カルネアデスの舟板」「発作」「支払い過ぎた縁談」などがある。ミステリ作品集『白い闇』(8月／角川書店／角川小説新書)、『詐者の舟板』(12月／筑摩書房)も刊行。

時代小説では「芸術新潮」に『日本芸譚』、「オール讀物」に『無宿人別帳』と二つの連作を開始。著書として『佐渡流人行』(2月／新潮社／新潮小説文庫)、『大奥婦女記』(3月／大日本雄弁会講談社／ロマン・ブックス)、『野盗伝奇』(4月／光風社)、『乱国春秋』(8月／和同出版社)、『決戦川中島』(11月／大日本雄弁会講談社／少年少女日本歴史小説全集12)を刊行した。

五八年二月、光文社から『点と線』『眼の壁』が相次いで刊行されると、いずれもベストセラーになる。宝石社の探偵小説誌「宝石」に『零の焦点』(『ゼロの焦点』と改題)、集英社の週刊誌「週刊明星」に『蒼《あお》い描点』、講談社の女性誌「婦人倶楽部」に『黒い樹海』を、それぞれ連載。「週刊朝日」の『黒い画集』は短篇オムニバス形式のシリーズであった。時代小説では、大作『かげろう絵図』を「東京新聞」でスタートしている。

ミステリ短篇に「二階」「失敗」「ある小官僚の抹殺」「拐帯行」「黒地の絵」「日光中宮祠事件」「真贋《しんがん》の森」「巻頭句の女」「紙の牙《きば》」など。

ミステリと現代小説の短篇集に『黒地の絵』(6月/光文社)、『装飾評伝』(8月/筑摩書房)、『赤いくじ』(9月/光書房)、時代小説集に『乱雲』(2月/東方社)、『小説日本芸譚』(6月/新潮社)、『甲府在番』(6月/筑摩書房)、『無宿人別帳』(7月/新潮社)がある。

五九年、「文藝春秋」に『小説帝銀事件』を連載。歴史上の事件を扱った史学小説から一歩踏み出して、リアルタイムの事件を小説化した。この方向性は、緻密《ちみつ》な調査に基づく一連のノンフィクションへと発展していくことになる。

「河北新報」他の地方紙に『影の地帯』、「北海道新聞」他の地方紙に『黒い風土』(『黄色い風土』と改題)、光文社の女性週刊誌「女性自身」に『波の塔』、「小説新潮」に『歪《ゆが》んだ複写』、「婦人公論」に『霧の旗』、「週刊コウロン」に『黒い福音』を、それぞれ連載。時代小説では講談社の「週刊現代」に『雲を呼ぶ』(『火の縄』と改題)を連載している。

ミステリ短篇に「上中書」「危険な斜面」「空白の意匠」「黒い血の女」「天城越え」など。

著書としてミステリ短篇集『危険な斜面』(2月/東京創元社)、『黒い画集・1』(4月/光文社)、『真贋の森』(7月/中央公論社)、『紙の牙』(9月/東都書房)、『黒い画集・2』(12月/光文社)、ミステリ長篇『蒼い描点』(9月/光文社)、『小説帝銀事件』(11月/文藝春秋新社)、『ゼロの焦点』(12月/光文社/カッパ・ノベルス)、時代小説集『刃傷《にんじょう》』(10月/東都書房)、長篇時代小説『かげろう絵図』前・後(11、12月/新潮社)を刊行。

『ゼロの焦点』は光文社の新書判叢書〈カッパ・ノベルス〉の創刊第一弾。以後、〈カッパ・ノベルス〉は松本清張作品を大量に収録し、そのどれもがベストセラーとなる。

六〇年、膨大な資料を駆使して戦後の重大事件の真相に迫るノンフィクション『日本の黒い霧』シリーズを「文藝春秋」に連載。「黒い霧」は流行語となり、背後に不正や犯罪が隠されている事案の例えとして定着した。

「オール讀物」に『球形の荒野』、「週刊新潮」に『わるいやつら』、「週刊読売」に

『考える葉』、「高校上級コース→高校コース」に『赤い月』(『高校殺人事件』と改題)、「読売新聞夕刊」に『砂の器』、主婦の友社の女性誌「主婦の友」に『氷の燈火』(『山峡の章』と改題)を、それぞれ連載。時代小説では「週刊現代」に『異変街道』を連載している。

また、『日本の黒い霧』(5月/文藝春秋新社)、『黒い樹海』(6月/講談社)、『波の塔』(6月/光文社/カッパ・ノベルス)、『黒い画集・3』(7月/光文社)、『日本の黒い霧Ⅱ』(9月/文藝春秋新社)を刊行。

ここまででデビュー作「西郷札」から十年、推理小説に本格的に取り組んでから五年である。しかも、ここに挙げたのは全作品ではなく、主要作品を選んだものなのだ。質量ともに、堰《せき》を切ったように、としか言いようのない執筆ペースであった。

本書収録作品の初出は、以下の通り。

一年半待て　「週刊朝日別冊」57年4月
地方紙を買う女　「小説新潮」57年4月号

遠くからの声　「新女苑」57年5月号
白い闇　「小説新潮」57年8月号
支払い過ぎた縁談　「週刊新潮」57年12月2日号
巻頭句の女　「小説新潮」58年7月号
紙の牙　「日本」58年10月号
空白の意匠　「新潮」59年4〜5月号

このうち誌名から版元が類推できないのは、実業之日本社の女性誌「新女苑」と大日本雄弁会講談社の月刊誌「日本」の二誌だけだろう。

1957年8月／角川書店

1959年7月／中央公論社

1959年９月／東都書房

1960年６月／東都書房

「一年半待て」「地方紙を買う女」「白い闇」は『白い闇』（57年8月／角川書店／角川小説新書）、「空白の意匠」は『真贋の森』（59年7月／中央公論社）、「遠くからの声」「支払い過ぎた縁談」「紙の牙」は『紙の牙』（59年9月／東都書房）、「巻頭句の女」は『松本清張集』（60年6月／東都書房／日本推理小説大系11）に、それぞれ初めて収録された。

初期傑作集と銘打ったが、未熟な習作の類《たぐ》いはひとつもなく、むしろ著者のベスト短篇集といっても、まったく遜色《そんしょく》のないラインナップになったと思う。巨匠の最初期の傑作群を、どうかじっくりとお楽しみください。

（二〇二四年二月、ミステリ研究家）

本書は文庫オリジナル作品です。

底本一覧

一年半待て　『張込み　傑作短編集(五)』（新潮文庫）
地方紙を買う女　『張込み　傑作短編集(五)』（新潮文庫）
遠くからの声　『宮部みゆき責任編集　松本清張傑作短篇コレクション　中』（文春文庫）
白い闇　『駅路　傑作短編集(六)』（新潮文庫）
支払い過ぎた縁談　『宮部みゆき責任編集　松本清張傑作短篇コレクション　下』（文春文庫）
巻頭句の女　『駅路　傑作短編集(六)』（新潮文庫）
紙の牙　『黒地の絵　傑作短編集(二)』（新潮文庫）
空白の意匠　『黒地の絵　傑作短編集(二)』（新潮文庫）

表記について

新潮文庫の文字表記については、原文を尊重するという見地に立ち、次のように方針を定めました。

一、旧仮名づかいで書かれた口語文の作品は、新仮名づかいに改める。
二、文語文の作品は旧仮名づかいのままとする。
三、旧字体で書かれているものは、原則として新字体に改める。
四、難読と思われる語には振仮名をつける。

なお本作品集中には、今日の観点からみると差別的表現ととられかねない箇所が散見しますが、著者自身に差別的意図はなく、作品自体のもつ文学性ならびに芸術性、また著者がすでに故人である等の事情に鑑み、原文どおりとしました。

（新潮文庫編集部）

松本清張著

なぜ「星図」が開いていたか
―初期ミステリ傑作集―

清張ミステリはここから始まった。メディアと犯罪を融合させた「顔」、心臓麻痺で急死した教員の謎を追う表題作など本格推理八編。

新潮文庫編

文豪ナビ 松本清張

40代で出発した遅咲きの作家は猛然と書き、700冊以上を著した。『砂の器』から未完の大作まで、〈昭和の巨人〉の創作と素顔に迫る。

松本清張著

小説日本芸譚

千利休、運慶、光悦――。日本美術史に燦然と輝く芸術家十人が煩悩に翻弄される姿――人間の業の深さを描く異色の歴史短編集。

松本清張著

或る「小倉日記」伝
芥川賞受賞 傑作短編集(一)

体が不自由で孤独な青年が小倉在住時代の鷗外を追究する姿を描いて、芥川賞に輝いた表題作など、名もない庶民を主人公にした12編。

松本清張著

黒地の絵
傑作短編集(二)

朝鮮戦争のさなか、米軍黒人兵の集団脱走事件が起きた基地小倉を舞台に、妻を犯された男のすさまじい復讐を描く表題作など9編。

松本清張著

西郷札
傑作短編集(三)

西南戦争の際に、薩軍が発行した軍票をもとに一攫千金を夢みる男の破滅を描く処女作の「西郷札」など、異色時代小説12編を収める。

松本清張著
佐渡流人行
傑作短編集(四)

逃れるすべのない絶海の孤島佐渡を描く「佐渡流人行」、下級役人の哀しい運命を辿る「甲府在番」など、歴史に材を取った力作11編。

松本清張著
張込み
傑作短編集(五)

平凡な主婦の秘められた過去を、殺人犯を張込み中の刑事の眼でとらえて、推理小説界に新風を吹きこんだ表題作など8編を収める。

松本清張著
駅路
傑作短編集(六)

これまでの平凡な人生から解放されたい……。停年後を愛人と送るために失踪した男の悲しい結末を描く表題作など、10編の推理小説集。

松本清張著
わるいやつら
(上・下)

厚い病院の壁の中で計画される院長戸谷信一の完全犯罪！　次々と女を騙しては金をまき上げて殺す恐るべき欲望を描く長編推理小説。

松本清張著
歪んだ複写
―税務署殺人事件―

武蔵野に発掘された他殺死体。腐敗した税務署の機構の中に発生した恐るべき連続殺人を描いて、現代社会の病巣をあばいた長編推理。

松本清張著
半生の記

金も学問も希望もなく、印刷所の版下工としてインクにまみれていた――。若き日の姿を回想して綴る〈人間松本清張〉の魂の記録。

松本清張著

黒い福音

現実に起った、外人神父によるスチュワーデス殺人事件の顚末に、強い疑問と怒りをいだいた著者が、推理と解決を提示した問題作。

松本清張著

点と線

一見ありふれた心中事件に隠された奸計！列車時刻表を駆使してリアリスティックな状況を設定し、推理小説界に新風を送った秀作。

松本清張著

時間の習俗

相模湖畔で業界紙の社長が殺された！容疑者の強力なアリバイを『点と線』の名コンビ三原警部補と鳥飼刑事が解明する本格推理長編。

松本清張著

ゼロの焦点

新婚一週間で失踪した夫の行方を求めて、北陸の灰色の空の下を尋ね歩く禎子がまき込まれた連続殺人！『点と線』と並ぶ代表作品。

松本清張著

眼の壁

白昼の銀行を舞台に、巧妙に仕組まれた三千万円の手形サギ。責任を負った会計課長の自殺の背後にうごめく黒い組織を追う男を描く。

松本清張著

黒い画集

身の安全と出世を願う男の生活にさす暗い影。絶対に知られてはならない女関係。平凡な日常生活にひそむ深淵の恐ろしさを描く7編。

松本清張著

霧の旗

兄が殺人犯の汚名のまま獄死した時、桐子は依頼を退けた弁護士に対する復讐を開始した。法と裁判制度の限界を鋭く指摘した野心作。

松本清張著

蒼い描点

女流作家阿沙子の秘密を握るフリーライターの変死——事件の真相はどこにあるのか？代作の謎をひめて、事件は意外な方向へ……。

松本清張著

影の地帯

信濃路の湖に沈められた謎の木箱を追う田代の周囲で起る連続殺人！ふとしたことから悽惨な事件に巻き込まれた市民の恐怖を描く。

松本清張著

砂の器（上・下）

東京・蒲田駅操車場で発見された扼殺死体！新進芸術家として栄光の座をねらう青年の過去を執拗に追う老練刑事の艱難辛苦を描く。

松本清張著

蒼ざめた礼服

新型潜水艦の建造に隠された国防の闇。日米巨大武器資本の蠢動。その周辺で相次ぐ死者……。白熱、迫真の社会派ミステリー。

松本清張著

黒の様式

思春期の息子を持つ母親が、その手に負えない行状から、二十数年前の姉の自殺の真相にたどりつく「歯止め」など、傑作中編小説三編。

松本清張著

Dの複合

雑誌連載「僻地に伝説をさぐる旅」の取材旅行にまつわる不可解な謎と奇怪な事件！　古代史、民俗説話と現代の事件を結ぶ推理長編。

松本清張著

死の枝

現代社会の裏面で複雑にもつれ、からみあう様々な犯罪——死神にとらえられ、破滅の淵に陥ちてゆく人間たちを描く連作推理小説。

松本清張著

眼の気流

車の座席で戯れる男女に憎悪を燃やす若い運転手、愛人に裏切られた初老の男。二人の男の接点に生じた殺人事件を描く表題作等5編。

松本清張著

巨人の磯

大洗海岸に漂着した、巨人と見紛うほどに膨張した死体。その腐爛状態に隠された驚きのトリックとは。表題作など傑作短編五編。

松本清張著

喪失の儀礼

東京の大学病院に勤める医局員・住田が殺害された。匿名で、医学界の不正を暴く記事を書いていた男だった。震撼の医療ミステリー。

松本清張著

渦

テレビ局を一喜一憂させ、その全てを支配する視聴率。だが、正体も定かならぬ調査による集計は信用に価するか。視聴率の怪に挑む。

新潮文庫最新刊

安部公房著
(霊媒の話より)題未定
―安部公房初期短編集―
19歳の処女作「(霊媒の話より)題未定」、全集未収録の「天使」など、世界の知性、安部公房の幕開けを鮮烈に伝える初期短編11編。

松本清張著
空白の意匠
―初期ミステリ傑作集(二)―
ある日の朝刊が、私の将来を打ち砕いた――。組織のなかで苦悩する管理職を描いた表題作をはじめ、清張ミステリ初期の傑作八編。

宮城谷昌光著
公孫龍 巻一 青龍篇
群雄割拠の中国戦国時代。王子の身分を捨て、「公孫龍」と名を変えた十八歳の青年の行く手に待つものは。波乱万丈の歴史小説開幕。

織田作之助著
放浪・雪の夜
―織田作之助傑作集―
織田作之助――大阪が生んだ不世出の物語作家。芥川賞候補作「俗臭」、幕末の寺田屋を描く名品「蛍」など、11編を厳選し収録する。

松下隆一著
羅城門に啼く
京都文学賞受賞
荒廃した平安の都で生きる若者が得た初めての愛。だがそれは慟哭の始まりだった。地べたに生きる人々の絶望と再生を描く傑作。

河端ジュン一著
可能性の怪物
―文豪とアルケミスト短編集―
織田作之助、久米正雄、宮沢賢治、夢野久作、そして北原白秋。文豪たちそれぞれの戦いを描く「文豪とアルケミスト」公式短編集。

空《くう》白《はく》の意《い》匠《しょう》

初期ミステリ傑作集（二）

新潮文庫　ま－1－72

令和六年四月一日発行

著者　松《まつ》本《もと》清《せい》張《ちょう》

発行者　佐藤隆信

発行所　株式会社 新潮社

郵便番号 一六二―八七一一
東京都新宿区矢来町七一
電話 編集部(〇三)三二六六―五四四〇
読者係(〇三)三二六六―五一一一
https://www.shinchosha.co.jp

価格はカバーに表示してあります。

乱丁・落丁本は、ご面倒ですが小社読者係宛ご送付ください。送料小社負担にてお取替えいたします。

印刷・錦明印刷株式会社　製本・錦明印刷株式会社

ISBN978-4-10-110978-7　C0193